壺中天酔歩

中国の飲酒詩を読む

枯骨閑人
沓掛良彦

大修館書店

目次

〈詩句の引用について〉

本文中に引用した詩句のうち、先学諸家の校注によるものは校注者の名を掲げ、巻末の「引用書目一覧」でその出典を示した。漢詩の読み下し文は、送り仮名を含め原則として校注者の読み方に従ったが、表記は新字体・現代仮名遣い（平仮名）とし、難読字にはルビを補った。

壺中天酔歩

酔歩の前に　贅言少々

壺中喚天雲不開　　壺中《こちゅう》　天《てん》を喚《よ》べども雲開《くもひら》かず　　李賀

願わくば壺の中にぞわれ住まむ日月《じつげつ》も備わると聞く壺中の天に　　枯骨閑人

そもそも人類に酒なるもののあること甚だ古く、人間を人間たらしめている「ことば」と同じく、その始原を詳らかにし得ないのであるが、思うに、この摩訶不思議な液体ほど、情感や思想の面で、人類の歴史を多彩に彩ってきたものはなかろう。儀狄《ぎてき》か杜康《とこう》の発明か、はたまたギリシア人の伝えるように酒神バッコスの贈り物かは知らぬが、太古悠久の昔から酒は人類とともにあった。

古代人は酒を神の賜物と考えていたようであるが、その実これは人間をして人間たらしめる、まことに人間的な飲み物であって、「酒《さけ》は是《こ》れ古《いにしえ》の明鏡《めいきょう》」と漢土のさる詩人が喝破したように、古来人間のさまざまな姿を映し出す役割をも果たしてきた。

而してまた、詩もまた人類とともにあること、まことに古い。きわめて原始的な歌謡から高度に芸術的な詩に至るまでの道程はいかにも長いが、酒と同じく詩もまた常に人類とともにあり、それぞれの時代に生きる人間たちの情感や思念を映す明鏡ともなっている。

さてこの両者が相交わるところ、それが漢人の言う「詩酒」の世界である。いささかなりとも詩を愛し、それに劣らず酒を愛し、觴《さかずき》を把っては詩を唱することを愉しみとする者にとって、「詩酒」という味わい深い言葉に象徴される両者の交わりほど、心にかなうものはない。酒詩の座が深く交わり、酒徒が詩徒、詩徒が酒徒を一身に兼ねて「詩酒徒」となったとき、そこにまごうかたなき詩酒合一の世界が実現し、すぐれた飲酒詩が生まれる。

実際、酒と詩は縁が深い。洋の東西を問わず、詩人たちは悠久の昔から嬉しいにつけ悲しいにつけ酒を酌み、酒杯を手にして、酒というこの摩訶不思議な液体にさまざまな感懐や情感を託し、これを詠ってきたのである。東にも西にも酒にまつわる詩は多く、飲酒詩、詠酒詩によって詩名を轟かせ、千古にその名をとどめた詩人も少なくはない。

しかしこと酒の詩となれば、世界広しといえども、「酒泉」の地を擁し、夜ともなれば酒徒の頭上には酒星（酒旗星）さえも輝くと聞く国だけあって、中国に及ぶ国はなかろう。なにしろ聖帝と崇められる堯《ぎょう》・舜《しゅん》からして千の大杯、百の觚《さかずき》の酒量があったというし（『抱朴子《ほうぼくし》』外篇）、聖人孔子にしても「惟《た》だ酒《さけ》は量《りょう》なし。乱《らん》に及《およ》ばず」（『論語』郷党篇）というお国柄であるから、古来文字の国、文の国である漢土は、「詩酒」なる併称を生んだ国にふさわしい酒の国でもあったようで、上下貴賤を問わず人々は盛んに酒を飲んだらしい。かの国には意を詩酒文酒に恣《ほしいまま》にし、それによって稗史《はいし》に名をとどめた士人が多かったことは、青木正児《あおきまさる》大人編するところの明の夏樹芳《かじゅほう》の『酒顚《しゅてん》』や『世説新語《せせつしんご》』に見えるところである。

そういう次第で、古代オリエント、エジプトに始まる古今の文学の世界はいかにも広大無辺だが、いずれの時代いずれの国を訪ねても、中国におけるほど酒と詩が緊密に結びつき、またそのめでたき詩酒合一の境地が、かの国にも増して豊饒な詩的所産を生み出したところはない。由来中国は『詩経《しきょう》』以来詩を重んじ、また歴代すぐれた詩人を輩出してきた点で世界屈指の国だが、飲酒詩、詠酒詩においてもまたしかり、その酒の詩は質、量ともにまさに古今の世界に冠絶していると言っていい。詩人西脇順三郎は「詩人が酒を飲むのは中国文学の特徴である」と言っており、魯迅《ろじん》にもまた中国における飲酒と詩人との結び付きを説いた興味深い一文がある。いや、さような指摘を待つまでもなく、中国の詩史を繙けば、漢土が古来めでたく詩酒合一の境成って、ホメロスに劣らず古い『詩経』の時代から清末に至るまで、いささかの消長盛衰はあるものの、ほぼ連綿と数多くのすぐれた飲酒詩を生み続けてきたことが知られよう。そればかりか、陶淵明《とうえんめい》、李白《りはく》、杜甫《とほ》、白居易《はくきょい》、韓愈《かんゆ》、蘇軾《そしょく》といった第一級の大詩人たちの作品において、詩酒の座が深く交わり、数多くの飲酒詩の傑作が生まれているという点でも、酒の詩において中国詩が世界文学の中で占めている格段に高い位置は、まず揺るがない。まことに中華飲酒詩こそは世界の至宝である。

拙老は元々横文字の文学を学び、古代ギリシア抒情詩などをほそぼそと読んできた男で、中国文学に関しては一介の素人、全くの門外漢に過ぎない。漢籍には暗く、漢詩の素養もまた乏しい。さりながら、はや頽齢に達し記憶力も衰えてからは、未だによくわからぬ蟹行文字をたどることにも倦み、日暮聊か酒を把《と》って中華飲酒詩を誦し、東軒（と言っても鉄筋長屋の小窓だが）に向かって嘯《うそぶ》くことのみが、老来隠居生活のささやかな愉しみとなっている。素人ながら日頃かの国の詩人たちの酒の詩に接していれば、それなりの感慨もあり、東都の一酒徒としての手前勝手な解釈もないわけではない。そこでひとつ蛮勇をふるって、閑人酒話という形で、そのあたりを少々洩らしてみたい。何分、漢籍に暗い拙老のことであるから、以下説くところは、原詩の読み下し、詩句、章句の解釈、疏注《そちゅう》、典故の指摘など、学問的な面に関しては、もっぱら本朝における中国文学研究の先学諸家のお仕事に負うている。その貴重な研究業績を、かような酔余の漫筆に枉げて用いる非礼をおわびせねばならない。幸い、本朝で中国文学研究に従う先生方は、いずれも大人の風格あり、雅量また広大無辺、敢えて閑人の無学を嗤《わら》わず謗《そし》らず、隠居の酒話空談を憫笑をもって眺めてくださることであろう。それを冀《こいねが》いつつ、唐土の仙人に倣ってそろそろ酒壺の中へと入り、あちらの飲酒詩を賞で、こちらの詠酒詩を吟味し、時には西方の酒の詩などにも目をくれつつ、詩酒の香り漂う壺中天をよろぼい歩くこととしたい。まずは古き世の酒の詩を窺うことから始めよう。

『詩 経』

言うまでもなく『詩経』は中国最古の詩集である。成立年代の早さから言えば、その最も古い部分は今から約三千年以前にも溯るというから、オリエントの『ギルガメシュ叙事詩』やエジプト古王朝の詩にこそ及ばぬものの、インドの『リグ・ヴェーダ』やホメロスの二大叙事詩にもおさおさひけをとることはない。もっとも、中国古代の民衆歌謡、祭祀や儀礼の楽歌の集大成である『詩経』の歌謡群は、わが国の記紀歌謡と同じく、中にはわれわれ近代人の心に触れ、強く訴えかけてくるものも無論あるが、全体としては必ずしも親しみやすいとは言えないだろう。

それはともあれ、酔余折に触れ『詩経』を覗いていると、あちこちに酒の字を見、酒にまつわる歌謡があって、それが東都の酒客の目を惹く。とは言えその多くは、

幡幡瓠葉　幡幡《はんはん》たる瓠葉《こよう》
采之亨之　之《これ》を采《と》り之《これ》を亨《に》る
君子有酒　君子《くんし》酒《さけ》有《あ》り
酌言嘗之　酌《く》みて言《ここ》に之《これ》を嘗《な》む

（「小雅《しょうが》」瓠葉）

弋言加之　弋《よく》して言《ここ》に之《これ》を加《あ》てば
與子宜之　子《し》と之《これ》を宜《よろ》しくせん
宜言飲酒　宜《よろ》しくして言《ここ》に酒《さけ》を飲《の》み
與子偕老　子《し》と偕《とも》に老《お》いん
琴瑟在御　琴瑟《きんしつ》御《ぎょ》に在《あ》り
莫不靜好　靜好《せいこう》ならざる莫《な》し

（「鄭風《ていふう》」女曰鶏鳴《じょえつけいめい》）

といった趣のもので、酒にちなむ詩（歌謡）と言っても、後代の詩人がそれに深い思想や感懐を託した飲酒詩とはおのずと性質が異なる。要するに、酒徒にすれば古代歌謡にしばしば酒が

歌われていること自体が面白いのであって、そこから得る感興は本朝の記紀歌謡の中にもいくつか見られる、

この御酒《みき》を　醸《か》みけむ人《ひと》は
その鼓《つづみ》　臼《うす》に立《た》てて
歌《うた》ひつつ　醸《か》みけれかも
舞《ま》ひつつ　醸《か》みけれかも
この御酒《みき》の　御酒《みき》の　あやに転楽《うただの》し　ささ

（『古事記』）

というような素朴至純な歌に接するときの感じに近い。しかし中には、飲酒・詠酒そのものの作ではないが、はっと胸を衝かれるような詩もある。「邶風《はいふう》」の冒頭に位置する一篇「柏舟《はくしゅう》」の最初の章は、深い憂愁をたたえたこんな六句から成っている。

汎彼柏舟　汎《へん》たる彼《か》の柏舟《はくしゅう》は
亦汎其流　亦汎《またへん》として其《そ》れ流《なが》る

耿耿不寝　耿耿《こうこう》として寝《い》ねられず
如有隠憂　隠憂《いんゆう》有《あ》るが如《ごと》し
微我無酒　我《われ》　酒《さけ》無《な》きに微《あら》ず
以敖以遊　以《もっ》て敖《ごう》し以《もっ》て遊《あそ》ばん

先学諸家の諸注や解釈を見るに、この作品はさまざまな解釈がなされているようである。不遇な男性（官吏）の歌とも悲しい結婚を強いられた女性の嘆きの歌ともいう。右に掲げたのは高田真治氏の読み下しであるが、最後の二句を吉川幸次郎氏は「我《われ》に酒《さけ》の　以《も》て敖《たの》しみ以《も》て遊《あそ》ぶべきもの無《な》きにあらねど」（心をゆかいにしてくれる酒が、わたしにないわけではないけれども）と読み、目加田誠氏は「心の思いを忘れて遊ぶ　酒もないではないけれど」と解しており、いずれも高田氏の読みとは異なっている。それはともあれ、高橋和巳の小説のタイトルにもなっている「我心匪石（我《わ》が心石《こころいし》に匪《あら》ず）」というよく知られた詩句を含むこの「柏舟」は全篇深い憂愁に鎖され、「耿耿不寝、如有隠憂、微我無酒、以敖以遊」の四句が、「如」の一字によって余韻をとどめている。その憂いのよって来るところは明らかではないが、酒と憂愁とが結びつき、「忘憂物」としての酒という、やがて中華飲酒詩の精髄をなすことになる観念が、早くもここで詠われているのは興味深い。

さて酒徒の目から見て、『詩経』の中で最も興味深くまた大いに愉快なのは、なんと言っても周詩「小雅」のうちの一篇「賓之初筵《ひんししょえん》」だろう。これは青木正児大人の名著『中華飲酒詩選』にも採られているから、わが国の詩酒徒にもなじみ深い作品である。酒宴の有様を詠った全部で五つの詩節から成るかなり長い詩で、青木大人の解には、「此篇は朝廷に於て臣下が宴を賜うて、痛飲するの状を詠じたものである」とある。

この愉快な酒宴の詩は、まず、

賓之初筵　　賓《ひん》の初《はじ》めて筵《えん》する
左右秩秩　　左右《さゆう》秩秩《ちつちつ》たり
籩豆有楚　　籩豆《へんとう》楚《そ》たる有《あ》り
殽核維旅　　殽核《こうかく》維《こ》れ旅《りょ》す
酒既和旨　　酒既《さけすで》に和旨《わし》
飲酒孔偕　　酒《さけ》を飲《の》むこと孔《はなは》だ偕《ととの》う

と宴席に連なる一同威儀を正し、粛々と酒宴が始まる様から詠い出している。それが行を追い詩節を重ねるごとに、酒席の一同が次第に酔いがまわってくるにつれて、初めの威儀、礼節はどこへやら、一同大いに乱に及んで、どなり、わめき、狂態のかぎりを尽くす様子が実に生き生きと活写されていて面白い。その第四に曰く、

賓既醉止	賓《ひん》既《すで》に酔《よ》い
載號載呶	載《すなわ》ち号《ごう》し載《すなわ》ち呶《ど》し
亂我籩豆	我《わ》が籩豆《へんとう》を乱《みだ》し
屢舞僛僛	屢〻《しばしば》舞《ま》うて僛僛《きき》たり
是曰既醉	是《こ》れ曰《ここ》に既《すで》に酔《よ》うて
不知其郵	其《そ》の郵《とが》を知《し》らず
側弁之俄	弁《べん》を側《かたむ》くること之《これ》俄《が》たり
屢舞傞傞	屢〻《しばしば》舞《ま》うて傞傞《ささ》たり
既醉而出	既《すで》に酔《よ》うて出《い》づれば
竝受其福	並《ならび》に其《そ》の福《ふく》を受《う》く
醉而不出	酔《よ》うて出《い》でざる
是謂伐徳	是《これ》を徳《とく》を伐《そこな》うと謂《い》う
飲酒孔嘉	酒《さけ》を飲《の》む孔《はなは》だ嘉《よ》きは

維其令儀　維《こ》れ其《そ》の令儀《れいぎ》

という具合で、廷臣一同乱酔して酒鬼と化し、ドンチャン騒ぎをやらかす情景が目に浮かぶようである。古注によると、これは衛《えい》の武公が酒を飲んで過を悔いた作だとか、当今の君臣上下が酒に耽るのを風刺した作だとか言うが、要するに酒宴における乱酔を戒めた詩であることは確からしい。

飲酒孔嘉　維其令儀

酒を飲むのは甚だ嘉《よ》いことだが、其れはあの見事な作法が有ればこそ

（青木正児氏訳）

いかにももっともな訓戒であるが、この「賓之初筵」なる一篇が面白く生気に満ちているのは、青木老が「甚だ行儀は悪いが、痛快な飲み方である」と評しておられるように、なんといっても酒席での酔態、狂態が余すところなく描かれているからである。

（『詩経』の訓読は高田真治氏による）

漢代の詩

はかなきものよ、人間《ひと》とは何ぞ、また何ならぬぞ
人間《ひと》とは影の夢よ。

ピンダロス

さて文字通りの瞥見ながら、『詩経』の酒の詩を一瞥したところで、漢詩すなわち漢代の詩に見られる飲酒詩にも目をやっておきたい。とは言え、正直に言って、拙老のごとく古代中国の詩に暗い者には、これはそう容易なことではない。漢代を代表する詩文学と言えば、まずは賦《ふ》であろうが、厖大な文字と字句を連ねた、難解にして個性乏しきその長大な叙事の賦は、単なる中華飲酒詩の一愛好家を遠ざけるに十分である。漢代の詩について拙老がわずかに知るところは、垣覗き程度の『文選《もんぜん》』や『古詩源《こしげん》』に収められている古詩のたぐいに過ぎない。その

程度の乏しい知識をもって、漢代の飲酒詩について云々するのは不遜のきわみであるが、先に中国の飲酒詩こそは酒を詠じた古今の世界の詩に冠絶するものと、大見得切って断言したからには、やはり漢代の詩にも一言触れておく必要があろう。

というわけで漢代における酒の詩に筆を及ぼそうとすると、ここにまた厄介な、と言うよりは落胆を誘う事実に遭遇せねばならない。つまり質量ともに世界の最高峰を誇る中国の飲酒詩も、こと漢代の詩に関してはあまり振るわないのである。漢代における飲酒詩には、ほとんど見るべきものがないと言っていい。拙老の枕頭の書である名著『中華飲酒詩選』を編まれた青木正児老は、それについてこんなふうに言っておられる。

詩経は固《もと》より上代民謡雅歌の宝庫として、飲酒のことは随所に現れてゐるが、漢代に降ると不思議に飲酒詩は殆ど影を潜め、楽府《がふ》の中に唯一つ「将進酒《しょうしんしゅ》」(酒を捧げ進める)と題する歌が有るけれど、惜しいかな歌詞の意味がよく解からない。

酒の詩に豊富な中国の詩文学が、漢代に入るとなぜ飲酒詩に乏しくなるのか、その辺りは中国文学の専門家にお考えいただき、御垂教賜りたいものだが、唐詩宋詩はもとより魏晋《ぎしん》の詩に比べても、漢代の詩が格別に飲酒詩に貧しいという事実は、いかんともしがたいようである。

中国の詩史の上で真に論ずるに足る飲酒詩が登場するのは、個性豊かな創作詩が確立し、風骨を称えられる魏の曹操《そうそう》、曹植《そうしょく》以下の建安の文学を待たねばならない。

では漢代には酒にまつわる詩で、取り上げるに値しない作しかないのかと言うと、これは必ずしもそうではない。見るべきものが乏しいのは事実だが、やはりそれなりに酒徒の心を惹く飲酒詩はある。漢代の酒の詩でまず第一に挙げるべきは、青木老が挙げておられる楽府「将進酒」ではなく、同じ楽府「西門行《せいもんこう》」であろう。『文選』に収める「古詩十九首」の第十五首は、これとほぼ同文で意を同じくしているが、これは逸名の作者によるこの楽府の五言の句のみを取って、五言詩の体に改めたものとされている。しかしこの詩には酒の字は見えないので、ここでは外すこととする（以下「西門行」の訓読は内田泉之助氏による）。

西門行

出西門　歩念之
今日不作樂
當待何時
夫爲樂　爲樂當及時
何能坐愁怫鬱

西門行《せいもんこう》

西門《せいもん》を出《い》でて　歩《あゆ》みて之《これ》を念《おも》う
今日《こんにち》楽《たのしみ》を作《な》さずんば
当《まさ》に何《いず》れの時《とき》をか待《ま》つべき
夫《そ》れ楽《たのしみ》を為《な》さん　楽《たのしみ》を為《な》すには当《まさ》に時《とき》に及《およ》ぶべし
何《なん》ぞ能《よ》く坐《ざ》し愁《うれ》えて怫鬱《ふつうつ》として

當復待來茲
飲醇酒　炙肥牛
請呼心所歡
可用解愁憂
人生不滿百
常懷千歲憂
晝短苦夜長
何不秉燭遊
自非仙人王子喬
計會壽命難與期
自非仙人王子喬
計會壽命難與期
人壽非金石
年命安可期
貪財愛惜費
但爲後世嗤

当《まさ》に復《ま》た来《らい》茲《し》を待《ま》つべけん
醇酒《じゅんしゅ》を飲《の》み　肥牛《ひぎゅう》を炙《あぶ》り
請《こ》う心《こころ》に歓《よろこ》ぶ所《ところ》を呼《よ》ばば
用《もっ》て愁憂《しゅうゆう》を解《と》く可《べ》けん
人生《じんせい》は百《ひゃく》に満《み》たず
常《つね》に千歳《せんざい》の憂《うれい》を懐《いだ》く
昼短《ひるみじか》くして夜《よる》の長《なが》きに苦《くる》しむ
何《なん》ぞ燭《しょく》を秉《と》りて遊《あそ》ばざる
仙人王子喬《せんにんおうしきょう》に非《あら》ざるよりは
寿命《じゅみょう》を計会《けいかい》して与《とも》に期《き》し難《がた》し
仙人王子喬《せんにんおうしきょう》に非《あら》ざるよりは
寿命《じゅみょう》を計会《けいかい》して与《とも》に期《き》し難《がた》し
人寿《じんじゅ》は金石《きんせき》に非《あら》ず
年命《ねんめい》安《いず》くんぞ期《き》す可《べ》けん
財《ざい》を貪《むさぼ》りて費《ひ》を愛惜《あいせき》せば
但《ただ》後世《こうせい》の嗤《わらい》と為《な》るのみ

よく知られたこの楽府の主題は何であろうか。

その発想の根源にあるものはと言えば、人間というものが有限の、しかもはかない存在であるところから必然的に生じる愁憂を、飲酒の歓楽によって解こうという「解憂物」としての酒の勧めにほかならない。ローマの詩人ホラティウスの詠った carpe diem（その日の花を摘め）と詩想を同じくし、その根底には、シェークスピアのソネットに見られる Pick up the roses, while you may. という名高い詩句に見られるのと同様な発想が横たわっている。

この詩そのものを眺めるに先立って、そもそも人はなぜ酒を飲むのか、また詩人はなぜ酒を酌みさまざまな想いを詩に託するのか、飲酒詩の生まれる背景をまず考えたい。人間を、また詩人を飲酒の歓楽へと駆り立てずにはおかないもの、それは吉川幸次郎博士の言う「推移の悲哀」の意識ではあるまいか。「人生は百に満たず、常に千歳の憂を懐く」。その昔ギリシアの詩人ピンダロスは、「はかなきものよ（字義通りには「一日かぎりのものよ」）、人間《ひと》とは何ぞ、また何ならぬぞ。人間《ひと》とは影の夢よ」と詠ったが、生年百に満たず、天地の悠久に比べれば人間の一生はかげろうのごとくはかない。「古詩十九首」に、

（第三首）

人生天地間　　人《ひと》の天地《てんち》の間《かん》に生《い》くるや

忽如遠行客　　忽《こつ》として遠行《えんこう》の客《きゃく》の如《ごと》し

人生忽如寄　　人生忽《じんせいこつ》として寄《よ》するが如《ごと》く
壽無金石固　　寿《じゅ》には金石《きんせき》の固《かた》き無《な》し
（第十三首）

と詠われているように、無常迅速、人の一生は、五柳先生陶淵明の言を借りれば「倏《たちま》ち流電《りゅうでん》の驚《おどろ》かすが如《ごと》く」瞬時に過ぎ去ってしまう。しかもその短い一生すらも多くは様々な苦患に満ち、人はその重荷に耐えつつ、憂いを抱いて生を終えるのが常である。ホメロスは人間を呼ぶのに、いみじくも「死すべきもの」の名をもってした。栄耀栄華を誇り、いかなる順風満帆の人生を送っている人物も、時間の軸に沿って有限の生を生きる「死すべきもの」としてこの世に生を享けたからには、人間の存在自体が生む「千歳の憂い」だけは逃れるべくもない。吉川博士の言う「推移の悲哀」とはこれである。つまりは「人間が時間の上に生きることを意識する悲哀の情」にほかならない。人間を「死すべきもの」と呼んだギリシア人は、この「推移の悲哀」にことにも敏感な民族であった。しかしホメロスの叙事詩では、人間は「死すべきもの」、うつろうものとしてとらえられてはいても、まだ時間の推移というものは強く詩人の意識に上ってはいない。ギリシア詩の上で、この「推移の悲哀」がはっきりと意識され、無常観と結び付いて表出されるようになるのは、個の意識が覚醒した抒情詩人たちにおいてであった。頰を虞《おそ》れてここには引かないが、うつろうものとしての人間の生のはかなさを詠ったシモニデスの詩などには、「推移の悲哀」が濃厚に出ている。拙老は『詩経』は垣間見た程度にすぎないからこれは直感で言うのだが、中国でも、ホメロスとほぼ同時代に成立した『詩経』では、流れてとどまることを知らない時間の推移というものは、さほど強く意識されていないように思われる。時間の上に生きる存在としての人間という形での人間把握も、まだ明瞭にはなされていないのではないか。しかし漢代の詩になると、時間の流れの中に生きる人間という意識が強まってくるようだ。古詩の珠玉として称えられてきた漢代の「古詩十九首」には、明らかにこの「推移の悲哀」の意識が、一本の細い赤い糸のように流れているのが見られる。「古詩十九首」は逸名の作ではあるが、ギリシアと同じく個の意識が覚醒しつつあり、詩が民衆歌謡から個人の芸術作品へと発展を遂げてゆく過程の作品であって、うつろいゆく時間とその中に生きる人間という意識が、明らかに認められる。ここで取り上げた楽府「西門行」は、その「古詩十九首」の第十五首の源となった歌だが、ここにも既にそういう意識の反映が見られると言ってよいかと思われる。

ともあれ、有限の時間の中に生きるこのうつろうもの、はかない存在としての人間の悲哀こそは、古来東西の詩人たちが好んでその飲酒詩の詩題としてきたところであった。人は、ことにも詩人は、この憂い、この存在からくる「推移の悲哀」を、飲酒の歓楽というものによってしばし押しとどめようとして酒を酌む。有限の生の間にも流れ去って瞬時もやまない時間のうつろい、それを意識するところからくる無限の憂愁、李白の言う「万古の憂い」をしばしなりとも消してくれるものは、アルカイオスも五柳先生も等しく言う「忘憂物」すなわち酒を措いてほかにない。そこからして carpe diem 的刹那主義とも、享楽思想とも見える飲酒詩が生まれるのである。

さて「西門行」に戻れば、この歌謡は、

今日《こんにち》 楽《たのしみ》を作《な》さずんば
当《まさ》に何《いず》れの時《とき》をか待《ま》つべき
夫《そ》れ楽《たのしみ》を為《な》さん　楽《たのしみ》を為《な》すには当《まさ》に時《とき》に及《およ》ぶべし
何《なん》ぞ能《よ》く坐《ざ》し愁《うれ》えて怫鬱《ふつうつ》として
当《まさ》に復《ま》た来茲《らいし》を待《ま》つべけん

と時を逃さず人生の歓楽を追い求めよ、と勧める。醇酒を飲み、肥えた牛を食らい、心に適う相手を呼んで語らえば、存在の悲哀から来る憂愁を解くことができよう、と。「盛年《せいねん》は重《かさ》ねて来《きた》らず、一日《いちじつ》再《ふたた》び晨《あした》なり難《がた》し、時《とき》に及《およ》びて当《まさ》に勉励《べんれい》すべし、歳月《さいげつ》人《ひと》を待《ま》たず」と、後に陶靖節先生が詠ったのと同じ詩境である。

人生《じんせい》は百《ひゃく》に満《み》たず
常《つね》に千歳《せんざい》の憂《うれい》を懐《いだ》く
昼短《ひるみじか》くして夜《よる》の長《なが》きに苦《くる》しむ
何《なん》ぞ燭《しょく》を秉《と》りて遊《あそ》ばざる

「今日という日の花を摘め」、この百年にも満たない短くはかない人生を、千年先のことまで考えて憂うるのは馬鹿げている。それ時を移さず歓を尽くせ、と言うのだが、この四句は実にすばらしく、また何か深いものを蔵している。享楽思想と言うならそれもよい、刹那主義と言うも誤りではなかろう。しかしここにはそれだけでは言い尽くせない哀感、深い溜め息のようなものが洩れ聞こえはしないだろうか。人をして「千歳の憂い」を抱かせる憂愁の気が、この詩に翳りを与えているのである。

この楽府は、最後に人間の身にして神仙を追い求める虚しさを嗤い、またいつ命が尽きるともわからぬのに、あの世まで持ってゆく術もない財を貪ることの愚かさを言って終わる。見てのとおり、この「西門行」には、酒の字は「醇酒《じゅんしゅ》を飲《の》み」という句に現れるのみである。これを飲酒詩とするのはやや無理があるかもしれないが、時間の中に生きる有限の存在であることから来る憂愁を、酒によって払えとする詩想からすれば、やはり飲酒詩、勧酒詩と見てよかろう。やがて中国の飲酒詩の中核を成すことになる「忘憂物」「銷憂薬《しょうゆうやく》」としての酒という観念が、既にここにも姿を現している。詩的完成度から言えば、唐宋の詩人たちの飲酒詩には遠く及ばぬにもせよ、漢代には稀な飲酒詩として、この「西門行」は記憶されるべきものであろう。

ちなみに、「死すべきもの」である人間の一生は短くはかない、さればこの与えられたわずかな時間を、酒を飲み悦楽のうちに過ごせ、というテーマは、ギリシアの飲酒詩、ことにも『ギリシア詞華集』の飲酒詩には随所に見られ、もはやパターン化、マンネリ化していると言ってよいほどである。拙老の訳詩集『ピエリアの薔薇』を覗いていただければ幸いである。

魏晋の詩

人生如寄　人生《じんせい》は寄《よ》るが如《ごと》し
多憂何爲　多《おお》く憂《うれ》うるも何《なに》をか為《な》さん
今我不樂　今我楽《いまわれたの》しまずんば
歳月如馳　歳月馳《さいげつは》するが如《ごと》し

曹丕《そうひ》

さて、長大華麗な賦《ふ》を代表的な文学の形態とする漢代の詩に、飲酒詩が乏しいことは既に見たところだが、魏《ぎ》・晋《しん》の詩となれば話は変わってくる。まず中華飲酒詩の宗とも称すべき五柳先生陶淵明は、晋における最大の詩人であり、それに先立つ魏もまた、太祖曹操《そうそう》をはじめ、建安文学を支える詩人たちが、何首ものすぐれた飲酒詩を残しており、中国の飲酒詩を語ってこの時代を逸することはできない。詩酒合一の境地の権化のごとき詩人である陶淵明は、他の詩人たちと一緒にして、一括りであつかうにはあまりに大きな存在なので、独立させて語ることとし、ここではそれ以外の魏・晋の詩人たちの飲酒詩を窺ってみたい。

まずは魏の武帝曹操の「短歌行《たんかこう》」を取り上げよう。曹操と言えば、群雄割拠の渦中を権謀術数を弄して生き抜き、魏王にまで上り詰めた一代の姦雄、梟雄《きょうゆう》としてのイメージが強いが、人も知るごとく、武人としてばかりではなく、詩人としても傑出した存在であった。風骨を謳われる建安文学の指導者的存在であり、中国詩のその後の発展の方向を定めた五言詩の礎《いしずえ》を置いた、才長けた詩人であった。武人として陣中にあってもなお書籍を手放さず、「槊《ほこ》を横《よこ》たえて詩《し》を賦《ふ》す」「横槊《おうさく》の詩人」としての名は夙《つと》に高い。その曹操の詩の中で、もっともよく知られているひとつが、次に掲げる「短歌行」である。

對酒當歌　　酒《さけ》に対《たい》しては当《まさ》に歌《うた》うべし
人生幾何　　人生《じんせい》は幾何《いくばく》ぞ
譬如朝露　　譬《たと》えば朝露《ちょうろ》の如《ごと》し
去日苦多　　去日《きょじつ》苦《はなは》だ多《おお》し
慨當以慷　　慨《がい》して当《まさ》に慷《こう》すべし

幽思難忘　幽思《ゆうし》忘《わす》れ難《がた》し
何以解憂　何《なに》を以《もっ》て憂《うれい》を解《と》かん
惟有杜康　惟《ただ》杜康《とこう》有《あ》るのみ
青青子衿　青青《せいせい》たる子《し》が衿《きん》
悠悠我心　悠悠《ゆうゆう》たる我《わ》が心《こころ》
但爲君故　但《ただ》君《きみ》の為《ため》の故《ゆえ》に
沈吟至今　沈吟《ちんぎん》して今《いま》に至《いた》る
呦呦鹿鳴　呦呦《ゆうゆう》として鹿《しか》鳴《な》き
食野之苹　野《の》の苹《よもぎ》を食《くら》う
我有嘉賓　我《われ》に嘉賓《かひん》有《あ》り
鼓瑟吹笙　瑟《しつ》を鼓《こ》し笙《しょう》を吹《ふ》く
明明如月　明明《めいめい》として月《つき》の如《ごと》し
何時可掇　何《いず》れの時《とき》か掇《と》る可《べ》けん
憂從中來　憂《うれい》は中《なか》より来《きた》って
不可斷絶　断絶《だんぜつ》す可《べ》からず
越陌度阡　陌《はく》を越《こ》え阡《せん》を度《わた》り

枉用相存
契闊談讌
心念舊恩
月明星稀
烏鵲南飛
繞樹三匝
何枝可依
山不厭高
海不厭深
周公吐哺
天下歸心

枉《ま》げて用《もっ》て相存《あいそん》せば
契闊談讌《けつかつだんえん》
心《こころ》に旧恩《きゅうおん》を念《おも》う
月明《つきあき》らかに星稀《ほしまれ》に
烏鵲《うじゃく》南《みなみ》に飛《と》ぶ
樹《き》を繞《めぐ》ること三匝《さんそう》
何《いず》れの枝《えだ》か依《よ》る可《べ》き
山《やま》は高《たか》きを厭《いと》わず
海《うみ》は深《ふか》きを厭《いと》わず
周公《しゅうこう》哺《ほ》を吐《は》きて
天《てん》下《か》心《こころ》を帰《き》す

（訓読は内田泉之助氏による）

詩のパターンとしての「短歌行」は、有限の人生の短さ、はかなさを嘆くものと、その主題が決まっていたようだが、曹操のこの四言詩も、その伝統に従った作である。曹操はその子曹《そう》丕《ひ》、曹植《そうしょく》とともに「三曹」と称せられるが、人間としての器量は最も大きい。

酒《さけ》に対《たい》しては当《まさ》に歌《うた》うべし
人生《じんせい》は幾何《いくばく》ぞ
譬《たと》えば朝露《ちょうろ》の如《ごと》し
去日《きょじつ》苦《はなは》だ多《おお》し

と雄勁に詠い出すその調子には、一代の英傑、卓越した武人として乱世を生き抜いてきた男の、烈々たる気概がみなぎっているのが感じられる。そこには人生短促の嘆きや、たまゆらの生から来る深い憂愁はあっても、弱々しく、消極的にこれに対するのではなく、凜《りん》とした気概をもって、この朝露のごとくはかない生に当たろうという、激しい気迫がこもっている。「酒《さけ》に対《たい》しては当《まさ》に歌《うた》うべし」という冒頭の一句は、それを強く感じさせずにはおかない。乱世の姦雄としての、豪放さが窺われる詩である。

慨《がい》して当《まさ》に慷《こう》すべし
幽思《ゆうし》忘《わす》れ難《がた》し
何《なに》を以《もっ》て憂《うれい》を解《と》かん
惟《ただ》杜康《とこう》有《あ》るのみ

実によろしい。「何を以て憂を解かん、惟杜康有るのみ」（杜康は酒の意）とは、よくぞ喝破してくださったと、後の世で、槊《ほこ》ならぬ肱《ひじ》を横たえて中国の飲酒詩を楽しみ、傍らの酒瓶を引き寄せる「横肱《おうこう》の酒人」は、横槊の詩人の作に感嘆これ久しうしているのである。曹操のこの「短歌行」は、これを飲酒詩として見た場合には、他に類を見ないものではなかろうか。歳月のうつろいやすきを嘆じ、また「憂《うれい》は中《なか》より来《きた》って、断絶《だんぜつ》す可《べ》からず」との憂いを心中に抱きながらも、海内の賢才を招いて王業を維持してゆこうと詠うこの詩は、やはり武人にして詩人たる「横槊の詩人」ならではのものである。酒を詠じてはいても、おだやかに酒楽の境地にひたる文人の作ではない。

「横槊の詩人」と言えば、前七世紀のギリシアの詩人アルキロコスもまた、傭兵として槍一筋に命を託しつつ、陣中に酒を酌み、詩を賦したものであった。その詩に言う、

槍により　俺は得る日々の糧《かて》
槍により　俺は得るイスマロスの酒
飲むもまた　槍に凭《よ》りてぞ。

ギリシアの「横槊の詩人」アルキロコスの飲酒詩も、豪放ではあるが、貧乏貴族の庶子と王者

の位に上った英傑とでは、やはり器の大きさが違う。曹操の詩の世界の方が、遥かに広く、また深い。

それにしても不可解なのは、いくら兵糧の調達に悩み、米穀を統制するためとは言え、こういうすぐれた飲酒詩を作った曹操が、禁酒令を出したことである。曹操みずからはすこぶる酒を好んだにもかかわらず、飲酒は古来亡国の因だとして、厳しく飲酒を禁じたのだが、そういう無理をすると、禁酒令を破りながら徐邈《じょばく》のごとく「聖人に中《あた》る」と称するような輩が次々と出てくる。建安の七子の一人である孔融《こうゆう》が、上書してこれに反対したのは当然のことであった。曰く、古来聖賢にして酒を飲まざる者なし、酒こそは人間の生活に有機性を与えるものなり、と。酒を亡国の因というが、亡国の原因はほかにも多々ある、酒だけを禁止する理由なしと説いたのだが、曹操の怒りを買って殺されてしまった。「何を以て憂を解かん、惟杜康有るのみ」と喝破した人物にあるまじき、愚行であった。孔融が殺された理由はほかにもあるにせよ、禁酒令を出したことは、この英傑の短見であった。

さて、魏詩に飲酒詩を求めるとなれば、建安文学中第一の詩人、曹植の作を挙げねばなるまい。魏詩の中でも一際異彩を放っている、この天才詩人には、

置酒高殿上　　置酒《ちしゅ》す　高殿《こうでん》の上《うえ》

親友從我遊　　親友《しんゆう》　我《われ》に従《したが》いて遊《あそ》ぶ

という冒頭部をもつ「箜篌引《くごいん》」なるすぐれた飲酒詩があるが、ここでは「當來日大難（来《きた》る日《ひ》は大《おお》いに難《かた》しに当《こ》う）」という一篇を掲げよう。酒宴の楽しみを詠じた楽府体の詩である。

日苦短　　日《ひ》　短《みじか》きに苦《くる》しみ
樂有餘　　楽《たの》しみ　余《あま》り有《あ》り
乃置玉罇辦東廚　　乃《すな》わち玉罇《ぎょくそん》を置《お》き　東廚《とうちゅう》に辦《そな》えしむ
廣情故　　情故《じょうこ》を広《こう》にし
心相於　　心《こころ》　相《あ》い於《した》しむ
闔門置酒　　門《もん》を闔《と》ざして酒《さけ》を置《お》き
和樂欣欣　　和楽《わらく》して欣欣《きんきん》たり
遊馬後來　　馬《うま》を遊《あそ》ばして後《おく》れて来《きた》らしめ
轅車解輪　　轅車《えんしゃ》　輪《りん》を解《と》かしむ
今日同堂　　今日《こんにち》　堂《どう》を同《おな》じくするも
出門異鄉　　門《もん》を出《い》づれば郷《きょう》を異《こと》にす

別易會難　別《わか》るるは易《やす》く　会《お》うは難《かた》し
各盡杯觴　各《おの》おの杯觴《はいしょう》を尽《つく》せ

（訓読は伊藤正文氏による）

この詩は、曹植の作としては、「七哀詩《しちあいし》」「白馬篇」「美女篇」「名都篇」「吁嗟篇《くさへん》」などといった人口に膾炙している傑作ほどは、広く知られてはいない。酒が登場する詩としては、明らかにこの詩よりもすぐれている「箜篌引」を取り上げないのは、それが酒宴の楽しみを詠うよりも、酒にことよせて、人生の無常迅速と、そこから生ずる憂いや哀感を詠うことを、主眼としているからである。それに対してこの詩は、まごうかたなき飲酒詩であって、いずれ別れてゆく親しい友を宴席に招き、美酒を酌み、楽しく語らい、別離を前にして大いに歓を尽くそうとの詩である。平明だが、親しい仲間で心おきなく酒楽に浸る境地が、のびやかに詠われていて、実にいい。それでいて、最後の、

出門異郷　門《もん》を出《い》づれば郷《きょう》を異《こと》にす
別易會難　別《わか》るるは易《やす》く　会《お》うは難《かた》し
各盡杯觴　各《おの》おの杯《はい》觴《しょう》を尽《つく》せ

という三句に、無限の哀感を漂わせており、それが深く心を惹かずにはおかない。やはり凡手の作ではない。

最後に、晋の詩人陸機《りくき》の「短歌行」を挙げておきたい。「渇《かっ》すれども盗泉《とうせん》の水《みず》を飲《の》まず、熱《あつ》くとも悪木《あくぼく》の陰《かげ》に息《いこ》わず」の名句（「猛虎行《もうこ こう》」）で知られ、華麗な修辞を以て鳴る、かの詩人の作である。

置酒高堂　　高堂《こうどう》に置酒《ちしゅ》し
悲歌臨觴　　悲歌《ひか》して觴《さかずき》に臨《のぞ》む
人壽幾何　　人寿幾何《じんじゅいくばく》ぞ
逝如朝霜　　逝《ゆ》くこと朝霜《ちょうそう》の如《ごと》し
時無重至　　時《とき》は重《かさ》ねては至《いた》る無《な》く
華不再揚　　華《はな》は再《ふたた》びは揚《ひら》かず
蘋以春暉　　蘋《ひん》は春《はる》を以《もっ》て暉《かがや》き
蘭以秋芳　　蘭《らん》は秋《あき》を以《もっ》て芳《かんば》し
來日苦短　　来日《らいじつ》は苦《はなは》だ短《みじか》く
去日苦長　　去日《きょじつ》苦《はなは》だ長《なが》し

今我不樂　今我《いまわれ》楽《たの》しまずんば
蟋蟀在房　蟋蟀《しっしゅつ》房《ぼう》に在《あ》らん
樂以會興　楽《たの》しみは会《かい》を以《もっ》て興《おこ》り
悲以別章　悲《かな》しみは別《べつ》を以《もっ》て章《あら》わる
豈曰無感　豈《あに》感《かん》無《な》しと曰《い》わんや
憂爲子忘　憂《うれい》は子《し》が為《た》めに忘《わす》らる
我酒既旨　我《わ》が酒《さけ》既《すで》に旨《うま》く
我肴既臧　我《わ》が肴《さかな》既《すで》に臧《よ》し
短歌有詠　短歌《たんか》詠《えい》有《あ》らんも
長夜無荒　長夜《ちょうや》荒《すさ》むこと無《な》けん

（訓読は内田泉之助氏による）

晋に滅ぼされた呉の遺臣として辛酸をなめ、讒《ざん》に会って刑死したこの詩人の詩は、全体として観念性が強く、形而上的で、修辞の臭いが強すぎると評されている。華麗だが実が乏しいのである。右に引いた作品「短歌行」にしても、曹操の「短歌行」と曹植の「箜篌引」を下敷きにしており、この詩が、どれ程観念的なものになっているか、一目瞭然である。この飲酒詩を読んでいると、先の曹操や曹植の詩の、力のない模倣のように思われてくる。

高堂《こうどう》に置酒《ちしゅ》し
悲歌《ひか》して觴《さかずき》に臨《のぞ》む
人寿幾何《じんじゅいくばく》ぞ
逝《ゆ》くこと朝霜《ちょうそう》の如《ごと》し
時《とき》は重《かさ》ねては至《いた》る無《な》く
華《はな》は再《ふたた》びは揚《ひら》かず

というような詩句にしても、独創性を感じさせるものではないし、曹操の詩句のように、激しく人の心を打つこともない。最後の四句。

我《わ》が酒既《さけすで》に旨《うま》く
我《わ》が肴既《さかなすで》に臧《よ》し
短歌詠有《たんかえいあ》らんも
長夜荒《ちょうやすさ》むこと無《な》けん

も、豪放磊落《らいらく》なものが多い中国の飲酒詩にしては、何か萎縮しているようなものを感じさせ、面白くない。曹操の「短歌行」が、深い憂愁をたたえながらも、烈々たる気概、気迫がみなぎっているのに対して、陸機の詩にそれが欠けているのは、国破れ、祖国を失った者の作だからであろうか。陸機とて単なる文の人ではなく、武人として呉のために戦った人物であったが、敗者として堕ちゆく立場にあったためか、その詩はどこか迫力に乏しいように思われる。詩人陸機がその本領を発揮したのは、「文の賦」など別のジャンルにおいてであった。

ちなみに、明陽道人青木正児老は、名著『酒中趣』の中で、「魏晋の間、飲酒が大いに行はれ、飲酒故事の妙を極むる者は悉《ことごとく》此《こ》の間に集まるの観を呈してゐるが、文学上見る可きは竹林七賢の中劉伶の『酒徳頌』一篇のみで、之に劣らぬ酒豪で大詩人の阮籍に飲酒詩が一篇も遺《のこ》されてゐないのは淋しい。この寂漠を破って晋宋の際、飄然と現れたのが、陶淵明である」と、評しておられる。青木老は、ここで引いた曹操や曹植の詩を、飲酒詩とはみなしておられないようである。つぎに「飄然と現れた」陶淵明の飲酒詩を窺うこととしよう。

陶淵明（上）

一觴獨進陶元亮
五斗解醒劉伯倫

一觴《いっしょう》独《ひと》り進《すす》む　陶元亮《とうげんりょう》
五斗《ごと》解醒《かいてい》す　劉伯倫《りゅうはくりん》

「閑居」　大田南畝《おおたなんぽ》

晉代遺民甲子年
心中萬事託無絃

晋代《しんだい》の遺民《いみん》　甲子《こうし》の年《とし》
心中万事《しんちゅうばんじ》　無絃《むげん》に託《たく》す

「題淵明醉眠圖」　大田南畝

さて世界に冠たる「詩酒合一」の国たる中国も、「漢代から魏晋の間、飲酒が大いに行はれ、飲酒故事の妙を極むる者は悉《ことごとく》此の間に集まるの観を呈してゐる」にもかかわらず、飲酒詩はあまり振るわなかったが、「この寂漠を破って晋宋の際、飄然と現れた」陶淵明に至って、ついに李白と並ぶ「中華飲酒詩人の宗」を持つこととなった（青木正児『酒中趣』）。『文選《もんぜん》』の編者として知られる梁の昭明太子蕭統《しょうとう》の、「篇々《へんぺん》酒《さけ》有《あ》り」との評が、必ずしも事実ではないにせよ、飲酒詩と言い、詩酒の交わりと聞けば、まずは脳裏に浮かぶのは五柳《ごりゅう》先生陶淵明《とうえんめい》である。
酒人としての陶淵明の姿は、早くも蕭統の「陶淵明伝」に伝えられている。一時彭沢《ほうたく》の県令となったとき、公田には悉く酒の原料となるモチ粟を植えさせ、「わしは常に酒を飲んで酔っていたら、満足だ」と言ったとか、顔延之《がんえんし》から贈られた二万銭を悉く酒家に預けて酒代としたとか、身分の上下貴賤の別なく、訪れる人があると、酒席を設けて酒を酌み交わしたとかいう逸話は、この詩人の人となりを語る場合に常に引き合いに出され、よく知られているところだ。
それに第一、不思議な自己韜晦に満ちた虚構の要素が強い自伝「五柳先生伝」自体が、詩酒、文酒の人としての先生の姿を彷彿とさせるものだと言っていい。

性《せい》、酒《さけ》を嗜《たしな》むも、家貧《いえひん》にして常《つね》には得《う》ること能《あた》わず。親旧《しんきゅう》、其《そ》の此《かく》の如《ごと》くなるを知《し》り、或《ある》いは置酒《ちしゅ》して之《これ》を招《まね》く。造《いた》れば飲《の》みて輒《すなわ》ち尽《つ》くし、期《き》すること必《かなら》ず酔《よ》うに在《あ》り。既《すで》に酔《よ》うて退《しりぞ》き、曾《かつ》て情《じょう》を去留《きょりゅう》に吝《おし》まず。

（訓読は松枝茂夫・和田武司氏による）

というよく知られた一節は、酒を愛した陶淵明という往古の詩人の人柄を、懐かしくまた慕わしいものとするのに十分である。王維は酒中有真、以酒養真を信じて生きた陶淵明を詠じて、「陶潜任天眞、其性頗耽酒（陶潜《とうせん》は天真《てんしん》に任《まか》せ、其《そ》の性頗《せいすこぶ》る酒《さけ》に耽《ふけ》る）」と言い、杜甫はよく知られた「可惜（惜《お》しむ可《べ》し）」と題する詩の後半で、こう詠って、詩酒合一の人五柳先生への思慕を述べ、この高士と時代を同じくして生まれなかったことを嘆いている。

寛心應是酒　　心《こころ》を寛《ゆる》うするは応《まさ》に是《こ》れ酒《さけ》なるべく
遣興莫過詩　　興《きょう》を遣《や》るは詩《し》に過《す》ぐるは莫《な》し
此意陶潜解　　此《こ》の意《い》　陶潜《とうせん》のみ解《かい》す
吾生後汝期　　吾《わ》が生《せい》　汝《なんじ》の期《き》に後《おく》れたり

（訓読は黒川洋一氏による）

さらには淵明の熱烈な賛美者だった酔吟先生白楽天は、五百年ののち五柳先生の故宅を訪れ、鴻儒《こうじゅ》朱子も八百余年ののちに先生の古里に赴き、先生が酔ってその上に眠ったという酔石なるものを見て、共に往古の詩酒徒をしのぶ詩を賦しており、先生亡き後も、陶淵明への思慕の情が、中国の文人の間で連綿と続いていたことが窺われるのである。いや詩酒徒五柳先生の高風を慕うのは、漢土の詩人に限ったことではない。先生に劣らぬ一貧士たる東都の一酒客も、その詩風に憧れ、千五百余年ののちにこの世に生まれたがゆえに、五柳樹の植えられた先生のお宅を訪《おとな》い、共に一盞の酒を酌むことができないのを、憾みとする者だ。「身没《みぼつ》すれば名《な》また尽《つ》く」と五柳先生は仰せられたが、詩酒徒の名はさにあらず。「古来聖賢《こらいせいけん》は皆寂寞《みなせきばく》たり、惟《た》だ飲者《いんじゃ》の其《そ》の名《な》を留《とど》むるあり」と酒仙李白が喝破したように、中華飲酒詩人の宗、深く酒を愛した飲者、一代の酒客としての陶靖節《せいせつ》先生の名は、尽きることなく今日まで轟いているのである。

さて、さほどにも飲酒詩に名を得た詩人であってみれば、陶淵明には数多くのすぐれた飲酒詩があって、そこから何篇かを選ぶのは容易ではない。敢えて心にかなう作数篇を選び出し、一酔人の気ままな感想を記そう。「但恨《ただうら》む謬誤《びゅうご》多《おお》からんことを、君《きみ》よ当《まさ》に酔人《すいじん》を恕《ゆる》すべし」。

陶淵明の飲酒詩としては、「飲酒」二十首が名高く、また人口に膾炙しているが、それについてはのちに触れることとし、まずは先生四十歳頃の作かと推定されている「停雲《ていうん》」と「時《じ》運《うん》」からその一部を抜き出してみる。

靄靄停雲　　靄靄《あいあい》たる停雲《ていうん》
濛濛時雨　　濛濛《もうもう》たる時雨《じう》

八表同昏　八表《はっぴょう》　同《おな》じく昏《くら》く
平路伊阻　平路《へいろ》　伊《こ》れ阻《はば》まる
靜寄東軒　静《しず》かに東軒《とうけん》に寄《よ》り
春醪獨撫　春醪《しゅんろう》　独《ひと》り撫《ぶ》す
良朋悠邈　良《よ》き朋《とも》は悠邈《ゆうばく》たり
搔首延佇　首《こうべ》を搔《か》きて延佇《えんちょ》す

停雲靄靄　停雲《ていうん》　靄靄《あいあい》たり
時雨濛濛　時雨《じう》　濛濛《もうもう》たり
八表同昏　八表《はっぴょう》　同《おな》じく昏《くら》く
平陸成江　平陸《へいりく》　江《こう》と成《な》る
有酒有酒　酒《さけ》有《あ》り　酒《さけ》有《あ》り
閑飲東窗　閑《のど》かに東窓《とうそう》に飲《の》む
願言懷人　願《つね》に言《ここ》に人《ひと》を懐《おも》えども
舟車靡從　舟車《しゅうしゃ》　従《したが》う靡《な》し

東園之樹　東園《とうえん》の樹《き》
枝條再榮　枝条《しじょう》　再《ふたた》び栄《さか》え
競用新好　競《きそ》いて新好《しんこう》を用《もち》いて
以招余情　以《もっ》て余《わ》が情《じょう》を招《まね》く
人亦有言　人《ひと》も亦《ま》た言《い》える有《あ》り
日月于征　「日月《じつげつ》　于《ここ》に征《ゆ》く」と
安得促席　安《いずく》んぞ席《せき》を促《うな》がして
說彼平生　彼《か》の平生《へいぜい》を説《と》くことを得《え》ん

（訓読は松枝茂夫・和田武司氏による。以下同）

この詩は序文が付されており、それには、

停雲、思親友也。罇湛新醪、園列初榮。願言不從、歎息彌襟。

停雲《ていうん》は、親友《しんゆう》を思《おも》うなり。罇《たる》には新醪《しんろう》を湛《たた》え、園《その》には初栄《しょえい》列《つら》なる。願《ねが》えども言《ここ》に従《したが》われず、歎息《たんそく》、襟《むね》に弥《み》つ。

とあって、雲は滞って晴れ間も見えず、暗く降りしきる春雨の中で、水量が増して交通も途絶し、胸襟を開いて語り合うことのできる酒伴の親友と酒を酌み交わすことを冀《こいねが》いながらも、それがかなわぬ寂しさを詠った作である。たまたま、貧なるがゆえに常には得られぬ酒が樽中に満ち、かかる折こそ、閑居隠棲の無聊を慰めんとして、酒友と語らいたいがそれもできぬ。致し方なく、来し方を思い、語らうに足る遠くの親友を思って、溜め息で胸がいっぱいになるという内容の詩だが、「歎息、襟に弥つ」という先生の吐息が聞こえてきそうな作で、しみじみとした味わいがある。飲酒詩と言っても、飲酒の快楽、酒楽を直接に詠うのではなく、それが思いのままにならぬ哀しみを言っているところが、かえってこの詩に深い翳りを与えているように思われる。

芭蕉の名吟のひとつに、

酒のめばいとど寝られぬ夜の雪

なる句がある。草庵の中で、雪のしんしんと降り積もる夜、一人酒杯を把るわびしさ、友恋しさを、読者の胸を痛ませるまでによく吟じ得た名句で、酒徒の共感を誘わずにはおかない。私見だが、陶淵明の右の詩「停雲」にも、これと共通するものがその底に流れているのではないか。無論、その作風は大いに異なるものではあるが。この詩については、豹軒《ひょうけん》鈴木虎雄先生が、こんなもっともなことを言っておられる。「因《ちなみ》にいふ、此の詩をいろいろ理屈めきて説くは総《すべ》て淵明の本旨に非ず、淵明の本領は処処に発揮せり。一切の詩を道徳づくめに説くは詩人の胸中を解せざる学究の事なり」。いや、まったく仰せのとおりで、幸い、学究ならぬ拙老には、この飲酒詩を「理屈めいて説」いたり、「道徳づくめに説く」つもりは毛頭なく、ただ一酔人としての勝手な印象を述べているにすぎないから、豹軒先生のお叱りを蒙るまでもない。

さて、今度は「時運」の中から、その第二節だけを取り出してみよう。これは全四節からなる四言詩だが、紙幅の都合により、一節のみを引く。

洋洋平津　　洋洋《ようよう》たる平津《へいしん》
乃漱乃濯　　乃《すなわ》ち漱《すす》ぎ乃《すなわ》ち濯《あら》う
邈邈遐景　　邈邈《ばくばく》たる遐景《かけい》
載欣載矚　　載《すなわ》ち欣《よろこ》び載《すなわ》ち矚《み》る
人亦有言　　人《ひと》も亦《ま》た言《い》える有《あ》り
称心易足　　「心《こころ》に称《かな》えば足《た》り易《やす》し」と
揮玆一觴　　玆《こ》の一觴《いっしょう》を揮《ふる》い

陶然自樂　陶然《とうぜん》として自《みずか》ら楽《たの》しむ

「停雲」と同じく「時運」もまた狭い意味での飲酒詩ではなく、「序」に言うように、晩春に原野に出て遊ぶ楽しみを詠った詩である。にもかかわらずこの詩の一節を引いたのは、最後の、

揮茲一觴　茲《こ》の一觴《いっしょう》を揮《ふる》い
陶然自樂　陶然《とうぜん》として自《みずか》ら楽《たの》しむ

という二句の中に、田園に生きる自然詩人としての酒態と酒境がよく窺われるからにほかならない。第三節には「清琴《せいきんしょう》牀に横《よこ》たえ、濁酒壺《だくしゅつぼ》に半《なか》ばなり」との句も見える。故山に帰り、田園に窮耕の人として生きる陶淵明の酒楽の境地はいかなるものであったか、このわずかな詩句が物語ってはいまいか。

もっとも、陶淵明の研究家たちが指摘しているように、この詩人を俗世を避けて田園に平穏に生きる隠逸の人、自然詩人とのみ見ることは誤りだろう。わずかな五斗米のために膝を屈することを拒み、官途を捨てて故郷の田園に隠棲し、みずから窮耕の人となった陶淵明だが、乱

世に生きた詩人だけあって、世の動きにはおよそ無関心ではなかった。この詩人のうちに、詩酒徴逐の日々を送り、悠然として南山を見る超俗の高士の姿のみを見るのは、陶淵明を半ばしか理解していないことになるだろう。反俗の人ではあっても、決して超俗の隠逸詩人ではなく、自然のみならず人間や社会に対する深い関心と、有限の存在である人間というものに深く思いを潜めた、沈痛なもの思いを胸中に抱いた人物なのである。のちに触れる「存在の悲愁」と、このようなもの思いが、先生を飲酒へと誘う大きな要因であった。中華飲酒詩人の宗として、酒中に真を求め、「忘憂物」としての酒の徳を称えたが、その酒境は実に奥深いものだ。陶淵明の数多くの飲酒詩は、たとえば酒の詩人として名高いギリシアの詩人アナクレオンの作のように、享楽的に酒楽を称えたものでは決してない。先生の酒は杜甫の酌んだ「悲酒」ではないにせよ、苦悩と懐疑によって翳りを帯びた酒だと言えよう。

さて次に、「性《せい》、酒《さけ》を嗜《たしな》むも、家貧《いえひん》にして常《つね》には得《う》ること能《あた》わず」「在世《ざいせ》の時《とき》、酒《さけ》を飲《の》むこと、足《た》るを得《え》ざりしを」恨むほかなかった五柳先生の、「九日閑居《きゅうじつかんきょ》」の一節を眺めよう。「序」によれば、九月九日、世人がみな菊の花を酒に浮かべて飲むめでたい重九《ちょうきゅう》の日に、先生は肝心の濁酒を手にすることができず、やむなく菊の花のみを食して、その思いを述べた詩である。その詩の第二節に、こうある。

酒能祛百慮　酒《さけ》は能《よ》く百慮《ひゃくりょ》を祛《はら》い

菊爲制頽齢　菊《きく》は為《ため》に頽齢《たいれい》を制《せい》す

如何蓬廬士　如何《いかん》ぞ　蓬廬《ほうろ》の士《し》

空視時運傾　空《むな》しく時運《じうん》の傾《かたむ》くを視《み》るや

塵爵恥虚罍　塵爵《じんしゃく》に虚罍《きょらい》を恥《は》じ

寒華徒自榮　寒華《かんか》は徒《いたず》らに自《おのずか》ら栄《さか》ゆ

この詩はまず第一節の冒頭で、

世短意常多　世《よ》は短《みじか》くして　意《い》は常《つね》に多《おお》し

斯人樂久世　斯《ここ》に　人《ひと》　久世《きゅうせい》を楽《たのし》ぶ

と、人生は短くはかないのに、欲望ばかり多い、そのために人はみな長生を願うと述べ、次いで右に見られるように、忘憂物、銷憂薬として百慮を払う酒に、年を取るのを制する菊を浮かべて飲むこともかなわぬ、貧士としての己の境涯を嘆じた作で、瓶盞病者には、その淋しさがよくわかる。飲まんと欲して家に酒無く、外にあっては嚢中乏しくして酒肆にも入れぬ折の淋しさ、つらさは世の酒客の等しく知るところである。ましてや、世人あげて菊酒を楽しむという日に、詩酒の人として聞こえも高い陶靖節先生に一壺の濁酒も無いとなれば、その嘆きは言わん方ない。その嘆きが伝わったのであろう、蕭統の「陶淵明伝」には、「惣《たちま》ち宏《こう》の酒《さけ》を送《おく》りて至《いた》るに値《あ》い、便《すなわ》ち就《つ》きて酌《く》み、酔《よ》うて帰《かえ》る」とあるそうだから、結局は菊酒が飲めたのだろう。先生のために杯を上げて喜びたい。もっとも、詩酒徒ならぬ東都のただの瓶盞病者には、酒が切れたと聞いても忽ち酒を送ってくる人物もなく、「便《すなわ》ち床《とこ》に就《つ》きて寝《ね》る、酔《よ》わずして眠《ねむ》る」ほかないのだが。

陶淵明（中）

菊かをるまがきの下に酔ひ倒れ南の山の唐歌《からうた》うたふ

橘《たちばなの》曙覧《あけみ》

中華飲酒詩の宗としての五柳先生の相貌の一端を窺わせる詩三篇ほどを眺めたところで、次に世に名高い「飲酒」二十首から、ことにも心に適う四篇を取り出し、一酔人による酒話をさらに続けたい。先生の詩文を傍らにして酒を蒙り、酒瓶を倒しつつかような愚文を綴っていると、いつしか時空を超えて、古人陶靖節先生が眼前にいますがごとき心地がしてくる。酒のありがたさである。しかし既にして酔眼朦朧、「天地《てんち》解《と》けて六合《りくごう》開《ひら》き、星辰《せいしん》隕《お》ちて日月《じつげつ》頽《くず》れ」たかの心地もまたしてきて、書くところのものは、ますます怪しい。青木正児大人編するところの『酒顚《しゅてん》』によれば、下戸、というよりは小戸ながら酒を愛し、飲を好んだ詩人蘇軾は、「自分は酒の後で興に乗じて数十字を書くと、酒気が沸沸《ふつふつ》として十指の上から出て去くのを覚える」と言っていたそうである。酒を把り、「試《こころ》みに詩筆《しひつ》を執《と》れば既《すで》に神《かみ》のごとし」とのたもうた詩人ならではの言で、拙老などは、酒の後で興に乗じて数十字を書くと、脳細胞がブツブツと頭蓋骨の中で潰れてゆくのを覚える始末である。読者諸彦に請う、

但恨《ただうら》む謬誤《びゅうご》多《おお》からんことを
君《きみ》よ　当《まさ》に酔人《すいじん》を恕《ゆる》すべし

さて「飲酒」二十首だが、周知のごとく、これにはよく知られた「序」があり、これがまた酒人陶淵明の人となりや酒境を語っていて、飲酒詩そのものに劣らず味わいが深い。改めて引くのも憚られるほどだが、豹軒鈴木虎雄先生による読み下し文を添えて、敢えてここに掲げてみよう。

余閒居寡歡、兼比夜已長、偶有名酒、無夕不飲、顧影獨盡、忽焉復醉、既醉之後、輒題數句自娯、紙墨遂多、辭無詮次、聊命故人書之、以爲歡笑爾

余《われ》 間居《かんきょ》 歓《よろこび》 寡《すくな》し、兼《か》ねて比《このごろ》 夜《よる》 已《すで》に長《なが》し、偶〻《たまたま》 名酒《めいしゅ》あり、夕《ゆうべ》として飲《の》まざるなし、影《かげ》を顧《かえり》みて独尽《ひとりつ》くし、忽焉《こつえん》 復《また》酔《よ》う、既《すで》に酔《よ》うの後《のち》、輒《すなわ》ち数句《すうく》を題《だい》し自《みずか》ら娯《たの》しむ、紙《し》 墨《ぼく》遂《つい》に多《おお》く、辞《ことば》 詮次《せんじ》なし、聊《いささ》か故人《こじん》に命《めい》じ之《これ》を書《しょ》せしめ、以《もっ》て歓笑《かんしょう》を為《な》すのみ。

「一觴獨進陶元亮（一觴《いっしょう》独《ひと》り進《すす》む陶元亮《とうげんりょう》）」とは、わが大田南畝《おおたなんぽ》が五柳先生の詩句を踏まえて、先生の酒態を詠じたものだ。右に引いた「序」からも、故山の田園に閑居し、わび住まいのうちに名酒を得て、心中深く憂悶を抱きながら、夜ごとに一人、かの忘憂物を把る陶淵明の姿が彷彿と浮かび上がってくる。

影《かげ》を顧《かえり》みて独尽《ひとりつ》くし、　忽焉《こつえん》　復《また》酔《よ》う

という一節の中に、ただ独酌を楽しむ達観、超俗の詩人の姿のみを見るのは、おそらくは短見というものであろう。「雑詩」其二に、

欲言無予和　　言《い》わんと欲《ほっ》して予《われ》に和《わ》するものなし

揮杯勧孤影　　杯《はい》を揮《ふる》いて孤影《こえい》に勧《すす》む

（訓読は鈴木虎雄氏による）

とあるように、陶淵明の酒は、しばしば深い孤独の影を宿しているかに思われる。かくのごとく、二十首にも及ぶ「飲酒」の詩は、その「序」からして複雑な翳りを帯びており、その詩意もまた、詩人の深甚な人生哲学や人間観を盛った作である以上は、単なる讃酒詩を超えたものがあって、容易には解しがたい。本来ならば、後世の東都の一酔客が、軽々にこれを云々し得るようなものではないのだが、敢えて酔人の妄言をお許し願うこととしたい。

まず始めに、其一「衰榮無定在（衰栄《すいえい》は定在《ていざい》なし）」を掲げよう（以下、陶淵明の詩の訓読は鈴木虎雄氏による）。

衰榮無定在　　衰栄《すいえい》は定在《ていざい》なし
彼此更共之　　彼此《ひし》　更《かわ》る〳〵之《これ》を共《とも》にす
邵生瓜田中　　邵生《しょうせい》　瓜田《かでん》の中《うち》
寧似東陵時　　寧《なん》ぞ似《に》ん東陵《とうりょう》の時《とき》に
寒暑有代謝　　寒暑《かんしょ》　代謝《たいしゃ》あり

人道每如玆
達人解其會
逝將不復疑
忽與一樽酒
日夕歡相持

人道《じんどう》 毎《つね》に玆《これ》の如《ごと》し
達人《たつじん》は其《そ》の会《かい》を解《かい》す
逝《ゆく》ゝ将《ゆくまさ》に復《また》疑《うたが》わざらんとす
忽《たちま》ち一樽《いっそん》の酒《さけ》と
日夕《にっせき》 歓《よろこ》びて相持《あいじ》す

まことに先生の仰せられるごとく、栄枯盛衰は水車のごとしで、栄耀栄華を極めた人間も、時運が傾けばたちまちに転落し、時には非業の死を遂げさえもする。東晋末という恐ろしく政情不安定で、軍閥が割拠して熾烈な争いを繰り広げていた時代に生き、みずからも官人としてそれに加わった経験を持つ陶淵明は、それを目のあたりにして、この感慨を深めたはずである。いや、さような悲運のうちに死を迎えずとも、所詮人間は死ねば魂魄《こんぱく》相離れ、鬼《き》となって永く柏下《はくか》に横たわらねばならぬのだから、現世に執着することは愚かしい。されば、先生の言う「達人」すなわち人生に関して物のわかった人物は、所詮は虚しいこの世での栄達を求めず、むしろ毎夕酒樽を前にし、一盞の酒を酌むのをよしとするのである。右の詩は、そういう悟りの心境を詠じたものと、酔人の目には映る。陶淵明がしばしば超俗の詩人と言われるのは、俗世を低く見るこういう詩によってであろう。しかし先にも触れたとおり、この詩人が、一般に言われているほど飄々とした悟り切った人物ではなく、当時の政情にも深い関心を抱き、その心底には人間の生や死をめぐる複雑な思いが黒々とわだかまっていたことは、吉川幸次郎博士や、一海知義先生がつとに説いておられるところである。黄昏迫る頃に一盞の酒を酌みつつ、「忽《たちま》ち一樽《いっそん》の酒《さけ》と、日夕《にっせき》 歓《よろこ》びて相持《あいじ》す」という詩句を誦していると、拙老の脳裏には、忽ちに愛誦してやまない三好達治の「村酒雑詠」の次の二篇が浮かんでくる。

日もくれぬ
日も暮れぬ己《し》が盞《さかづき》を
みたせただ余はそらごとぞ
己《おの》が詩をみづからうたへ
月やがて松にかからん

盞《さかづき》は
盞はちひさけれども
ただたのむ夕べの友ぞ
おほかたはひとをたばかる

世にありてせんすべしらに

次に其三「道喪向千載（道喪《みちうしな》われて千載《せんざい》に向《むか》う）」を眺めてみる。この詩もまた先の詩と同じく、無常迅速、生年百にも満たぬはかない人生なのに、多くの人間は功名心にはやり、人生の快楽である飲酒の楽しみもないがしろにして、あくせくとする愚かさを言ったものである。「身外皆虚名《しんがいみなきょめい》、酒中全徳《しゅちゅうぜんとく》あり」（権徳輿《けんとくよ》）ではないか、ただ飲者のみがその名をとどめているのだ。酒も飲まずに世の聞こえばかり気にして、名声を得ようと腐心するのは虚しい。それは馬鹿のすることだ。そう陶靖節先生は仰せられているのであろう。

道喪向千載
人人惜其情
有酒不肯飲
但顧(願)世間名
所以貴我身
豈不在一生
一生復能幾

道喪《みちうしな》われて千載《せんざい》に向《むか》う
人人《じんじん》　其《そ》の情《じょう》を惜《おし》む
酒《さけ》あれども肯《あえ》て飲《の》まず
但《た》だ顧《かえり》みる（願《ねが》う）世間《せけん》の名《な》
我《わ》が身《み》を貴《たっと》ぶ所以《ゆえん》は
豈《あ》に一生《いっせい》に在《あ》らずや
一生《いっせい》　復《また》　能《よ》く幾《いくばく》ぞ

倏如流電驚　倏《たちま》ち流電《りゅうでん》の驚《おどろ》かすが如《ごと》し
鼎鼎百年内　鼎鼎《ていてい》　百年《ひゃくねん》の内《うち》
持此欲何成　此《これ》を持《じ》して何《なに》を成《な》さんと欲《ほっ》する

ここでもまた、三好達治の次のような詩が思い起こされる。

死後の名はともにあるべし
一盞の酒にもしかず
わが師かくのらしたまひぬ
われは師の言に従ふ。

さてこれに続いては、「飲酒」二十首の中でも其五「結廬在人境（廬《いおり》を結《むす》んで人境《じんきょう》に在《あ》り）」となら んで名高い一首である其七「秋菊有佳色（秋菊《しゅうきく》佳色有《かしょくあ》り）」を引こう。重陽《ちょうよう》の節句に菊酒を飲んでの作である。

秋菊有佳色　秋菊《しゅうきく》　佳色有《かしょくあ》り

裛露掇其英　露《つゆ》に裛《まと》いて其《そ》の英《えい》を掇《ひろ》う
汎此忘憂物　此《こ》の忘憂《ぼうゆう》の物《もの》に汎《うか》ぶ
遠我遺世情　遠《とお》くす我《わ》が世《よ》を遺《わす》るゝ情《じょう》
一觴雖獨進　一觴《いっしょう》　独進《ひとりすす》むと雖《いえど》も
杯盡壺自傾　杯尽《はいっ》きて壺《つぼ》　自《おのずか》ら傾《かたむ》く
日入羣動息　日《ひ》入《い》りて群動《ぐんどう》息《や》む
歸鳥趨林鳴　帰鳥《きちょう》　林《りん》に趨《おもむ》きて鳴《な》く
嘯傲東軒下　嘯傲《しょうごう》す東軒《とうけん》の下《もと》
聊復得此生　聊《いささ》か復《また》　此《こ》の生《せい》を得《え》たり

こういう飲酒詩を前にして何か小賢しいことを言うのは無益である。よく頽齢を制するという菊花を「忘憂物」たる酒に浮かべ、陶々とこれを酌んで濁世俗世を忘れている隠逸詩人の面影を偲べば、それでよいではないか。

一觴雖獨進　一觴《いっしょう》　独進《ひとりすす》むと雖《いえど》も
杯盡壺自傾　杯尽《はいっ》きて壺《つぼ》　自《おのずか》ら傾《かたむ》く

とは、独酌を楽しむ酒客の酒境、心境を描き得て妙である。「おや、もうなくなってしまうのか」という酒を惜しむ気持ちと、「ああ、よく飲んだわい」という感慨とが、こもごも表れていると言ってよい。最後の一句「聊復得此生（聊《いささ》か復《また》 此《こ》の生《せい》を得《え》たり）」には、塵網を脱して自然の中に生き、人間らしい自由な生活を取り戻したよろこびが詠われており、読む者の胸にしみ入ってくる。しみじみと中華飲酒詩のよさが感じられる詩である。

今度は、いささか飄逸な趣のある一首、其十三「有客常同止（客《かく》あり常《つね》に止《し》を同《おな》じくす）」を取り上げてみたい。陶淵明がなぜかようなとぼけた味わいのある詩を作ったのかわからないが、酒をこよなく愛する詩人として、その心底には、大伴旅人の讃酒歌の一首、

あな醜《みにく》賢《さか》しらをすと酒飲まぬ人をよく見れば猿にかも似る

に詠われているのと似た考えがあったのではなかろうか。

有客常同止　　客《かく》あり常《つね》に止《し》を同《おな》じくす
取舍邈異境　　取舍《すうしゃ》　邈《ばく》として境《きょう》を異《こと》にす
一士常獨醉　　一士《いっし》は常《つね》に独《ひと》り酔《よ》う

一夫終年醒　一夫《いっぷ》は終年《しゅうねん》醒《さ》む
醒醉還相笑　醒酔《せいすい》　還《また》　相笑《あいわら》う
發言各不領　発言《はつげん》　各〻《おのおの》領《りょう》せず
規規一何愚　規規《きき》たるは一《いっ》に何《なん》ぞ愚《ぐ》なる
兀傲差若穎　兀傲《こつごう》　差《やや》　穎《えい》なるが若《ごと》し
寄言酣中客　言《げん》を寄《よ》す酣中《かんちゅう》の客《かく》に
日沒燭當秉　日没《ひぼっ》せば燭《しょく》　当《まさ》に秉《と》るべしと

これはなんとも面白く、また酒中趣を解する男には、痛快に思われる詩である。二人の男が一緒に住んでいて、一人は常に酔っ払い、一人は年中醒めている。互いにものを言っても通ぜず、まじめくさって訓戒を垂れている方が馬鹿の骨頂で、酔っ払って威張っている男の方が、なにやら利口らしいというのだから愉快である。陶淵明は酒も飲まず、人に道を説くような道学先生が嫌いだったらしい。飲まぬ阿呆に飲む阿呆、どうせ阿呆なら飲まねば損々、というところか。晩唐の詩人韋荘《いそう》にもこんな詩句がある。

尋思《じんし》するに世《よ》を避《さ》けて逋客《ほかく》と為《な》り

酔《よ》は不《ず》して長《なが》く醒《さ》むるも也是《またこれ》癡《ち》

つくづく思ふに、世を避けて隠者と為り
酔はずして長く醒めてゐるのも愚かなこと。

（青木正児氏訓読および訳）

本朝の歌人吉井勇にも、

博《はく》うたずうま酒酌《く》まず汝《なんじ》らみな日をいただけど愚かなるかな

という一首があることを言い添えておこう。

陶淵明（下）

世をのがれ詩にかくれたる達人も
けふは書院の塵を掃き
籬《ませ》の白菊瓶《かめ》に活《い》け
濁り酒ひとり酌《く》みつつ
悠然《ゆうぜん》として南山を見るらむ

河上　肇

中華飲酒詩の宗としての陶靖節先生の真面目を示す、名高い「飲酒」二十首のうちの何首かを一瞥したところで、酒にまつわる先生の他の詩にも目をやっておきたい。

「酒中有真」を信じて酒を酌み、また万古の愁いを払う「亡憂物」としての酒の効能を知る酒徒であっても、時として酒は「禍泉《かせん》」であるとの思いにとらわれない者はなかろう。大酔して酒鬼と化し、乱に及んだ翌日の朝や、酒に病んで床に伏したりしている折に、悔恨の念をもって、ふと「もう酒は止めよう」との思いが胸中をよぎるのは、なべての酒客が一度は経験したところではなかろうかと思われる。

十五から酒を呑《の》み出てけふの月

酒を妻つまを妾《めかけ》の花見かな

大酒《おおざけ》に起きてものうき袷《あはせ》かな

と詠んで嘯《うそぶ》いた江戸の俳人榎本《えのもと》其角《きかく》は、酒の俳人といった趣があり、本朝における数少ない本物の詩酒徒の一人だが、その其角にしてもなお、

酒ゆゑと病《やまひ》を悟《さと》るしはす哉《かな》

の吟がある。若い頃からの積年の大酒がたたって、晩年は病の床に伏すことが多かったという其角は、その折しみじみと酒を「禍いの泉」と観じ、禁酒あるいは止酒を思ったことであろう。

ところで周知のごとく、「酒中有真」を説き、「酒中深味《しゅちゅうしんみ》あり」と仰せられた五柳先生にも、「止酒《ししゅ》」と題するよく知られた一篇がある。五言句のすべてに「止」という字を織り込んだ一種の戯れの詩で、酒を止めようとの決意を述べたかに見える詩である。この詩ばかりはどうしても、飄逸の味に富んだ青木正児大人の訳をお借りせねばならぬ。

㈠居止次城邑　居《きょ》は城邑《じょうゆう》に次《やど》るを止《や》め
逍遙自閑止　逍遥《しょうよう》として自《みずか》ら閑止《かんし》す
座止高蔭下　坐《ざ》は高蔭《こういん》の下《もと》に止《とど》め
歩止蓽門裏　歩《ほ》は蓽門《ひつもん》の裏《うち》に止《とど》む
好味止園葵　好味《こうみ》は園葵《えんき》に止《とど》め
大歡止稚子　大歓《たいかん》は稚子《ちし》に止《とど》む

居所《ゐどころ》は町に住むのを止《や》めて

ぶら〳〵と　のどかに暮らす。
坐るのは高い木の蔭とかぎり
歩くのは柴の戸の内とかぎり
旨いものは畑の青菜とかぎり
大《おほ》よろこびは子宝とかぎつて。

(二)平生不止酒　平生《へいぜい》　酒《さけ》を止《や》め不《ず》
止酒情無喜　酒《さけ》を止《や》むれば情《じょう》　喜《よろこ》ぶ無《な》し
暮止不安寝　暮《くれ》に止《や》むれば寝《しん》を安《やす》んぜ不《ず》
晨止不能起　晨《あした》に止《や》むれば起《お》くる能《あた》わ不《ず》
日日欲止之　日日《ひび》　之《これ》を止《や》めんと欲《ほっ》するも
營衛止不理　営衛《えいえい》　止《や》むれば理《おさ》まら不《ず》
徒知止不樂　徒《た》だ知《し》る止《や》むるの楽《たの》しから不《ざ》るを
未信止利己　未《いま》だ信《しん》ぜず止《や》むるの己《おのれ》を利《り》するを

今まで酒を止めなかつたのは

酒を止めれば楽しみが無いからで、
暮に止めれば眠られず
朝に止めれば起きられぬ。
今日は止めよう、明日は止めようと思へど
止めると血のめぐりが悪くなる。
止めたら楽しめぬとばかり考へて
止めて得《とく》がいくなんて信じられなかった。

㈢始覺止爲善　　始《はじ》めて覚《さと》る止《や》むるの善《ぜん》と為《な》すを
今朝眞止矣　　今朝《こんちょう》　真《しん》に止《や》めたり（矣）
從此一止去　　此従《これより》　一《ひと》たび止《や》め去《さ》りて
將止扶桑涘　　将《まさ》に扶桑《ふそう》の涘《あい》に止《とど》まらんとす
清顔止宿容　　清顔《せいがん》　宿容《しゅくよう》を止《や》む
奚止千萬祀　　奚《なん》ぞ止《ただ》に千万祀《せんまんし》のみならんや

ところが、止《や》めた方が善いと始めて覚《さと》った

今朝《けさ》こそ本当に止めるぞ。
此れから一ぺんに止めてしまつて
扶桑の島へでも行つてしまはう。
古い容《かほ》を止めて清い顔になり
千万年どころか、いつまでも。

「止酒」という題に惑わされて、この戯詩を、わが飲酒詩の宗が真に酒を止める決意を詠じたものと解するのは、青木老によれば、いささか短見というものらしい。そのような解釈は、詩酒合一の境に到達した陶淵明という詩人の本質をとらえそこなっていることになろう。青木老はこの詩について、「末段は蓋し逆説で、真意は酒を止めるぐらゐなら、もう浮世に用は無い。遠い遠い扶桑の仙島へでも行ってしまはう、と言うわけか。それとも酒を止めようと思へば気が遠くなって、遠く扶桑の孤島にでも行くやうに淋しい、と云ふのであらうか。扶桑に行くことの不可能に近いと同じく、酒を止めることも亦不可能に近いのである。此の気持は吾党のみが能く之を解するであらう。それにしても陶淵明が何故酒を止めようと思ったのであらうか。餘程健康を害したものと見える」と言っておられる。これぞまさにわが意を得た解釈である。いかにも、一見酒を断つ決意を詠じたかに見えるこの詩の真意は、「止酒」というその詩題とは逆のところにあるのだ。酒を止めると言いながら、その実いかに酒が止めがたいかを、その裏から言った詩と解してこそ、その面白みもわかるのではないか。「止」という字を毎句にはめ込み、それをさまざまに駆使している戯れからしても、また全体に漂う諧謔の調子からしても、この詩が酒を絶とうとの固い、あるいは悲壮な決意を披瀝したものではないことが窺われるのである。

酒《さけ》を止《や》むれば情《じょう》　喜《よろこ》ぶ無《な》し
暮《くれ》に止《や》むれば寝《しん》を安《やす》んぜ不《ず》
晨《あした》に止《や》むれば起《お》くる能《あた》わ不《ず》
日日《ひび》　之《これ》を止《や》めんと欲《ほっ》するも
営衛《えいえい》　止《や》むれば理《おさ》まら不《ず》

という五句には、酒の深味を知り尽くし、酒に深くなじんだ詩人の実感が述べられていて、実に興味深い。確かに、酒を「止めると血のめぐりが悪くなる」のは、先生の仰せられるとおりで、アタマも悪くなり、ひいてはいくら呻吟しても一字も物が書けぬというような、悲惨な事態も出来することになる。それが「得酒詩自成（酒《さけ》を得《え》れば詩《し》自《おの》ずから成《な》る）」、酒を把って筆を握るとただちに稿成るのだから、文を生む力としての酒の効能は偉大である。詩才無き後世の一酒徒においてなおかくのごとし。生来の詩酒の人である陶淵明にとっては、酒を廃することは、詩を廃することと同じく、所詮は不可能である。陶淵明が単に酒だけの詩人でないことは、既に多くの先学によって説かれているところだが、中華飲酒詩を偏愛する酒徒にとっては、やはり酒あっての陶淵明である。「李白一斗詩百篇」として知られた酒仙李白を詠じて、わが大田南畝は「若無一斗百篇句、三百年間無用民（若《も》し一《いっ》斗百篇《とひゃっぺん》の句《く》無《な》くんば、三百年間無《さんびゃくねんかんむ》用《よう》の民《たみ》）」と喝破したが、もし陶淵明に酒無くんば、晋の逸民、隠逸詩人も酒徒には無縁の民である。酒酣《たけなわ》にして詩を賦してこそ、詩酒を愛する後世の異国の閑人が愛誦する、五柳先生の飲酒詩が生まれたのである。

かくて陶淵明が結局は酒を止めず、故郷の田園で窮耕の人として貧窮のうちにその後半生を送りながらも、大いに飲んでは詩を賦し、その生涯を終えたことは世に知られているとおりである。しかしその酒が、杜甫の酌んだ「悲酒」そのものではないにせよ、しばしば翳りを帯びた複雑なものだったことはすでに述べたところだが、次に掲げる「雑詩」其一と其二の二篇が、やはりそのことを物語っている。

人生無根蔕　人生《じんせい》　根蔕《こんてい》なし

飄如陌上塵　飄《ひょう》たること陌上《はくじょう》の塵《ちり》のごとし
分散隨風轉　分散《ぶんさん》　風《かぜ》に随《したが》いて転《てん》ず
此已非常身　此《これ》　已《すで》に常身《じょうしん》に非《あら》ず
落地爲兄弟　地《ち》に落《お》ちて兄弟《けいてい》と為《な》る
何必骨肉親　何《なん》ぞ必《かならず》しも骨肉《こつにく》の親《しん》のみならんや
得歡當作樂　歓《かん》を得《え》ては当《まさ》に楽《たのしみ》を作《な》すべし
斗酒聚比鄰　斗酒《としゅ》　比鄰《ひりん》を聚《あつ》む
盛年不重來　盛年《せいねん》は　重《かさ》ねて来《きた》らず
一日難再晨　一日《いちじつ》　再《ふた》び晨《あした》なりがたし
及時當勉勵　時《とき》に及《およ》びて当《まさ》に勉励《べんれい》すべし
歲月不待人　歳月《さいげつ》　人《ひと》を待《ま》たず

（訓読は鈴木虎雄氏による。其二も同じ）

盛年《せいねん》は　重《かさ》ねて来《きた》らず
一日《いちじつ》　再《ふた》び晨《あした》なりがたし
時《とき》に及《およ》びて当《まさ》に勉励《べんれい》すべし

という、人口に膾炙した詩句を含んでいるため、陶淵明の作品の中でもよく知られているこの詩は、その詩想から見れば、はかない人生の愁いを消すべく、飲酒の刹那の快楽を求めることを説く『ギリシア詞華集』の飲酒詩や、ローマの詩人ホラティウスの勧めるcarpe diem（その日の花を摘め）といった主張に相通じるものを持っていることは事実である。青木正児大人は、この詩について「漢代以来伝統ある無常観的快楽詩たることは明らかである」と述べておられるが、確かにここには漢代の楽府「西門行」に詠われているような刹那主義的な快楽追求の思想が流れ込んでいることは、否定し得まい。しかし、まずは有限の人生のはかなさ、常住不変ならざる人間存在のあやふやなることを説くことから始まるこの一篇は、飲酒による快楽は勧めてはいても、無論単なる勧酒詩ではない。そこには人間という存在に関する、深く沈鬱な思いがわだかまっているのが見られるのである。五柳先生を飲酒に駆り立てたものが、断絶すべからざる深い幽思、うつろうものとしての人間という意識から来る憂愁であったことを、この詩は物語っていると言ってよいであろう。ちなみに、斯波六郎博士は名著『中国文学における孤独感』の中で、この詩についてこんなことを言っておられる。

そもそも無常といい、はかないということは、何も生命の消滅だけを意味するのではなく、一刻一刻が、忽ちに過ぎ去って、未来永劫《みらいえいごう》、決して帰って来るものではないことをも意味する。このことをしっかり意識せる人は、その時その時の行楽さえも、あだおろそかに逸し去らしめることはできないであろう。こういう気持が「時の及《うち》にぞ勉励《はげ》むべき」の句になったものと思う。「勉励」の語が、とかく学問とか、道徳とか、仕事とかをすぐ連想させるけれども、この用法は行楽に励めの意味である。勿論それは耽溺《たんでき》生活をせよというのではなく、時の無常を知ってそれを取り逃がすなという、深刻なひびきをもっておるのである。

さて「雑詩」其二については、後半の六句のみを掲げて、一言添えるにとどめるとしよう。

欲言無予和　言《い》わんと欲《ほっ》して予《われ》に和《わ》するものなし
揮杯勸孤影　杯《はい》を揮《ふる》いて孤影《こえい》に勧《すす》む
日月擲人去　日月《じつげつ》　人《ひと》を擲《なげう》ち去《さ》る
有志不獲騁　志《こころざし》ありて騁《は》するを獲《え》ず
念此懷悲悽　此《これ》を念《おも》いて悲悽《ひせい》を懐《いだ》き
終曉不能靜　終　暁《しゅうぎょう》まで静《しずか》なること能《あた》わず

「言《い》わんと欲《ほっ》して予《われ》に和《わ》するものなし、杯《はい》を揮《ふる》いて孤影《こえい》に勧《すす》む」という二句のうちには、孤絶というような言葉では到底言い尽くせない、隠遁者を襲う深い孤独感が漂っており、この詩人の酒境が、時として絶望的なまでに暗い翳りを帯びたものであったことを思わせずにはおかない。これに続く四句にしても、陶淵明という詩人を、閑《のど》かな田園に諦念と達観を抱いて生き、陶々として酒楽を詠じるような隠逸の詩人としてのみとらえるわけにはいかぬことを、物語ってはいまいか。いずれにせよ、飲酒詩に見る中華飲酒詩人の宗たる五柳先生の酒境は、実に奥深くきわめがたい。

六朝詩

醉來百篇思如湧
奚奴不暇括錦嚢

醉《よ》い来《きた》って百篇《ひゃっぺん》思《おも》いは湧《わ》くが如《ごと》し
奚奴《けいど》錦嚢《きんのう》を括《くく》る暇《いとま》なし

梁田《やなだ》蛻巖《ぜいがん》

詩の出来るたびに徳利が軽くなり

古川柳

中華飲酒詩の宗たる五柳先生陶淵明の飲酒詩とその酒風の一斑を窺ったところで、今度は眼を六朝詩に転じてみよう。陶淵明自身もまた六朝の晋の詩人であるから、「眼を転じる」と言うのは正確を欠くが、要するに他の六朝詩人の飲酒詩をも、少々眺めてみようということである。陶淵明以外の晋詩については、傅玄《ふげん》の「前有一樽酒行《ぜんゆういっそんしゅこう》」などをはじめ酒の詩は幾篇かあるようだが、これは先に「魏晋の詩」で陸機を取り上げたので、この詩人の作をもって代表せしめることとしたい。

さてその六朝詩だが、元来ただの横文字屋で漢詩の一門外漢にすぎない拙老は、ここに至ってはたと当惑せざるを得ない。下手の横好きで漢詩になにほどかは親しんでいるとは申せ、所詮は素人、不学の拙老の中国古典詩の知識は乏しく、またいささか偏っていて、六朝詩に関しては知るところが甚だ少ない。わずかに『古詩源』や横文字の徒には難解に過ぎる『文選《もんぜん》』をつまみ食いして、その詩風の九牛の一毛を知った程度であるから、到底六朝詩に見られる飲酒詩について云々する資格はないというのが正直なところである。さはさりながら、中に日月さえも備わっていると聞く広大無辺な中国の壺中天を酔歩すると大見得を切った以上は、六朝詩を避けて通るわけにもいくまい。

さてその六朝詩にどんな飲酒詩があるのかというと、この時代の詩に暗い拙老の脳裏にただちに浮かんでくるような作は乏しい。枕頭の書である青木正児大人編するところの『中華飲酒詩選』にも、六朝詩からは飲酒詩はわずか三首しか採られてはいない。華麗な修辞に支えられ、自然観照を旨とする六朝詩の本領はやはり山水詩にあって、飲酒詩にはないと思われるのだがどうであろうか。斉《せい》の謝朓《しゃちょう》の詩「遊東田（東田《とうでん》に遊《あそ》ぶ）」に、

不對芳春酒　　芳春《ほうしゅん》の酒《さけ》に対《たい》せずして
還望青山郭　　還《かえ》って青山《せいざん》の郭《かく》を望《のぞ》む

なる詩句があるが、これはいかにも酒に対する六朝詩のあり方を集約しているかに思われる。一斗の酒を酌んで詩百篇を賦したと詠われた李白とは異なり、詩人謝朓の徳利は、詩の出来るたびに軽くなることはなかったであろう。しかしなんといっても禹域《ういき》は詩酒の国である。古来めでたく詩酒合一の境成って、世界に冠たる飲酒詩を生んだ国だけあって、無論六朝詩にも酒の詩はある。拙老の勤務する大学で上代日本漢詩を研究しておられ、中国古典詩にも詳しい黄《こう》旭《きょく》先生に借覧した千七百頁に及ぶ大冊『漢魏六朝詩鑑賞辞典』（上海辞書出版社）に拠ってみるに、六朝の代表的詩人謝霊運《しゃれいうん》、顔延之《がんえんし》、鮑照《ほうしょう》、謝朓、庾信《ゆしん》、沈約《しんやく》などの詩にはしばしば酒の字が現れ、飲酒、酒宴のことを言う。しかしそれらの詩は確かに酒の字を見、飲酒に触れてはいても酒楽の粋を詠わず、酒を以て物事の実相、宇宙の真理に迫ろうという「以酒養真」の気概に満ちた作でもなく、また唐の李白のごとく酒を以て詩を養うという趣のものではないようだ。つまりは真の意味での飲酒詩、いかにも飲酒詩らしい詩は少なく、またわが心にかなうものはそう多くはない。後世の東都の一酒徒が、酒の肴に愛誦するような酒詩は乏しいのである。その中からいささか拙老の関心を惹いた何篇かを掲げてみる。まずは「元嘉《げんか》の三大家」の一人鮑照《ほうしょう》の一首「擬行路難（行路難《こうろなん》に擬《ぎ》す）」の其四から。

瀉水置平地
各自東西南北流
人生亦有命
安能行歎復坐愁
酌酒以自寛
擧杯斷絶歌路難
心非木石豈無感
呑聲躑躅不敢言

水《みず》を瀉《そそ》いで平地《へいち》に置《お》けば
各自《おのがじし》　東西南北《とうざいなんぼく》に流《なが》る
人生《じんせい》にも亦《ま》た命《めい》あり
安《いずく》んぞ能《よ》く行《ゆ》きては歎《たん》じ　復《ま》た坐《ざ》しては愁《うれ》えんや
酒《さけ》を酌《く》んで以《もっ》て自《みずか》ら寛《なぐさ》め
杯《さかずき》を挙《あ》げ断絶《だんぜつ》して「路難《ろなん》」を歌《うた》えば
心《こころ》　木石《ぼくせき》に非《あら》ず　豈《あ》に感《かん》無《な》からんや
声《こえ》を呑《の》んで躑躅《てきちょく》し　敢《あえ》て言《い》わず

（訓読は松枝茂夫氏による）

『古詩源』に見えるこの詩は、岩波文庫版の『中国名詩選』にも収められており、六朝詩の珠玉のひとつではないかと思う。世の人に平等ならざる運命の酷薄さと、人間存在の悲哀とを詠ったこの詩は、これを読む者の肺腑を衝く。鮑照は、李白の詩才を称えて杜甫が「俊逸《しゅんいつ》なること鮑参軍《ほうさんぐん》のごとし」と言ったほどの偉才の人でありながら、微賤の出であるために、貴族支配下の南朝社会ではついに官人としては不遇に終わった。その詩人の魂の叫びが聞こえてきそうな詩で、酒にまつわる六朝の詩の中ではきわめて印象深い作である。中唐の詩人李賀の詩「秋来（秋来る《あききたる》）」には、「秋墳鬼《しゅうふんき》は唱《うた》う鮑家《ほうけ》の詩《し》、恨血千年《こんけつせんねん》土中《どちゅう》に碧《みどり》なり」という不気味で忘れがたい詩句があるが、不遇のうちに鬼となった死者が恨みを込めて歌う鮑照の詩とは、挽歌ばかりではなく、ここに引いたような詩でもあったのではないかと、ふと思われるのである。

鮑照にはまた、「七哀《しちあい》の詩」によって名高い建安七子の一人である王粲《おうさん》や徐幹《じょかん》の詩に擬した作があるが、その中には、それぞれ、

既作長夜飲　既《すで》に長夜《ちょうや》の飲《いん》を作《な》す
豈顧乗日養　豈《あ》に乗日《じょうじつ》の養《たのしみ》を顧《かえり》みんや

置酒飲膠東　置酒《ちしゅ》して膠東《こうとう》に飲《の》む
淹留憩高密　淹留《えんりゅう》して高密《こうみつ》に憩《いこ》う

と飲酒が詠じられているが、これはあくまで他の詩人の境地に立っての作であって、鮑照自身における酒楽境から生まれたものではない。さらに鮑照には『文選』『古詩源』に収められて

いる作で、

看乾酒未闋　看乾《こうかわ》くも酒《さけ》未《いま》だ闋《おわ》らず
金壺起夕淪　金壺《きんこ》は夕淪《せきりん》を起《おこ》す
迴軒駐輕蓋　軒《くるま》を迴《めぐ》らして軽蓋《けいがい》を駐《とど》め
留酌待情人　酌《しゃく》を留《とど》めて情人《じょうじん》を待《ま》つ

（訓読は星川清孝氏による）

というきわめて艶麗な美をたたえた詩句を含む「翫月城西門廨中（月《つき》を城西門《じょうせいもん》の廨中《かいちゅう》に翫《もてあそ》ぶ）」のような豊麗な名詩もある。この詩の前半は、

始見西南流　始《はじめ》て見《み》しとき西南《せいなん》に流《なが》れ
纖纖如玉鉤　纖纖《せんせん》として玉鉤《ぎょくこう》の如《ごと》し
末映東北墀　末《つい》に東北《とうほく》の墀《ち》に映《えい》じ
娟娟似娥眉　娟娟《けんけん》として娥眉《がび》に似《に》たり
娥眉蔽珠櫳　娥眉珠櫳《がびしゅろう》に蔽《おお》われ

玉鉤隔鎖窗　玉鉤《ぎょくこう》鎖窗《さそう》に隔《へだ》てらる
三五二八時　三五《さんご》二八《にはち》の時《とき》
千里與君同　千里《せんり》君《きみ》と同《とも》にす

という、月を描いた繊細華麗な実にみごとな詩句で織り成されていて、それが魅力となっている。飲酒そのものがテーマとなっている作ではないが、その美しさが強く印象に残る詩である。

次に『四声譜《しせいふ》』を著し、「四声八病説《しせいはっぺい》」によって知られる梁《りょう》の沈約の作「別范安成（范安成《はんあんせい》に別《わか》る）」を掲げよう。

生平少年日　生平《せいへい》　少年《しょうねん》の日《ひ》
分手易前期　手《て》を分《わか》つも前期《ぜんき》し易《やす》かりき
及爾同衰暮　爾《なんじ》と同《おな》じく衰暮《すいぼ》す
非復別離時　復《ま》た別離《べつり》の時《とき》に非《あら》ず
勿言一樽酒　言《い》う勿《なか》れ　一樽《いっそん》の酒《さけ》と
明日難重持　明日《みょうにち》　重《かさ》ねて持《も》ち難《がた》し

夢中不識路　夢中《むちゅう》　路《みち》を識《し》らず

何以慰相思　何《なに》を以《もっ》てか相思《そうし》を慰《なぐさ》めん

（訓読は松枝茂夫氏による）

この詩も同じく『文選』『古詩源』に見え、『中国名詩選』にも採られている名詩である。周知のとおり別離は古来中国詩の大きなテーマのひとつであって、親しい友や肉親、愛する人との別離を詩題とする送別、留別の詩は無数にと言ってよいほどたくさん書かれており、あまたの名詩をその中に数えている。右に引いた沈約の詩もまた、そのような大きな流れの中に位置づけられるものである。有限の存在である人間は時間の軸に沿って生きるものであり、時の流れはしばしば親しい人間同士を引き裂いて、悲哀をもたらす。また遠くへの旅、遠征、僻遠の地への赴任、配流などは、生ある者同士を遠く隔て、同じく別離の悲しみを誘わずにはおかない。そして別離に酒はつきものである。盛唐の詩人王昌齢《おうしょうれい》の詩「送魏二（魏二《げんじ》を送《おく》る）」に、

醉別江樓橘柚香　酔《よ》いて江楼《こうろう》に別《わか》れれば橘柚《きつゆかん》香《ば》し

とあり、また晩唐の女流詩人魚玄機《ぎょげんき》の作「寄子安（子安《しあん》に寄《よ》す）」にも、

酔別千卮不浣愁　　酔別《すいべつ》千卮《せんし》なるも愁《うれ》いを浣《そそ》がず

という詩句があるように、別れの辛さに杯を重ねれば、おのずと「酔別」の悲しみが生じる。別れゆく友、親しい人の無事健勝を祈る酒杯は涙を交えて悲哀の色に染まり、酌み交わす酒もまたいつしか悲酒となるのである。わが国では、生きて再び相まみえることのない別れに際しては、水杯を交わしたものだが、漢土では別離に臨んで酒を酌み交わし、詩を賦すのが習いであった。詩のテーマとして、男女の相聞《そうもん》よりも男同士の友情を好んで詠った中国では、親しい友との別離を主題とした詩は枚挙に暇がないほどだが、その多くに酒が登場している。広く知られ人口に膾炙したものとしては、王維《おうい》の「送元二使安西（元二《げんじ》の安西《あんせい》に使《つか》いするを送《おく》る）」がまず挙げられよう。

渭城朝雨浥輕塵　　渭城《いじょう》の朝雨《ちょうう》　軽塵《けいじん》を浥《うるお》し
客舍青青柳色新　　客舎青青《かくしゃせいせい》　柳《りゅう》色《しょく》新《あら》たなり
勸君更盡一杯酒　　君《きみ》に勧《すす》む　更《さら》に一杯《いっぱい》の酒《さけ》を尽《つく》せ
西出陽關無故人　　西《にし》のかた陽関《ようかん》を出《い》づれば故人《こじん》無《な》からん

さてここで沈約の詩に戻ると、彼の盟友の一人で文才を以て鳴った范岫《はんしゅう》との別れを詠じたこの詩は、二人が共に老齢に達した折の別れに臨んでの作であることがわかる。時のうつろいはすみやかで、朝露のごとくはかない命の人間は、老いの来ること速く、死もまた突然にやってくる。永訣でもなく長い別れでもないかもしれぬが、はや頽齢に至れば、今日の何気ない別れが明日の永訣となるかもしれない。されば共に酌むこの一杯の酒が最後になるかもしれぬ、あだやおろそかに飲みたもうなという意の「言《い》う勿《なか》れ一樽《いっそん》の酒《さけ》と、明日重《みょうにちかさ》ねて持《も》ち難《がた》し」という二句には万斛の思いが込められていて、それが胸を打つ。いい詩である。飲酒詩そのものではないにせよ、離別がもたらす悲酒をよく詠み得た詩として、脳裏にとどめておきたい。

最後に、北周の詩人庾信の「對酒歌（酒《さけ》に対《たい》する歌《うた》）」を掲げよう。

日曝山頭晡　日《ひ》は曝《さら》す山頭《さんとう》の晡《くれ》
牽馬向渭橋　馬《うま》を牽《ひ》いて渭橋《いきょう》に向《むか》えば
酒就文君取　酒《さけ》は文君《ぶんくん》に就《つ》きて取《と》る
琴從綠珠借　琴《こと》は緑珠《りょくしゅ》に従《したが》って借《か》り
春洲藉芳杜　春洲芳杜《しゅんしゅうほうと》を藉《し》く
春水望桃花　春水桃花《しゅんすいとうか》を望《のぞ》み

山簡接䍦倒
王戎如意舞
箏鳴金谷園
笛韻平陽塢
人生一百年
歡笑惟三五
何處覓錢刀
求爲洛陽賈

山簡《さんかん》は接䍦《せつり》を倒《さかしま》にし
王戎《おうじゅう》は如意《にょい》もて舞《ま》う
箏《そう》は鳴《な》る金谷《きんこく》の園《えん》
笛《ふえ》は韻《ひび》く平陽《へいよう》の塢《う》
人生一百年《じんせいいっぴゃくねん》
歓笑惟三五《かんしょうただきんご》のみ
何《いずれ》の処《ところ》にか銭刀《せんとう》を覓《もと》めて
求《もと》めて洛陽《らくよう》の賈《こ》と為《な》らんや

（訓読は星川清孝氏による）

庾信のこの詩は、友人たちと相連れ立って春の野に遊宴し、心ゆくまで酒楽を尽くそうという詩である。これまで引いた六朝の詩の中では、最も飲酒詩らしい詩だと言える。人生は長くて百年、しかもそのうち心から楽しめるのは三年か五年程度しかない。飲酒の楽しみを知らず、金勘定ばかりに明け暮れている商人どもの真似をせず、今の今を楽しみ酒を飲もうではないかという、carpe diem（その日の花を摘め）的享楽主義の観念が滲み出ている、よく見られる飲酒詩の一タイプである。これはその趣からして漢代の「西門行」に近く、ここにはまだ李白の言う、有限のものとしての人間存在の意識から来る「万古の愁い」はない。
以上が、乏しい知識で六朝詩における飲酒詩を窺ってみた結果である。

李白（上）

吾愛李太白　　吾《われ》は愛《あい》す李太白《りたいはく》
身是酒星魄　　身《み》は是《これ》酒星《しゅせい》の魄《たましい》

皮日休《ひじつきゅう》

さて六朝詩における酒詩を一瞥したところで、「中華飲酒詩の宗」陶淵明と並ぶ飲酒詩人の双璧たる李白に視線を移したい。漢土は、唐代に至って日月にも比される李杜の二詩宗を生んだのをはじめ、枚挙に暇ないほどの傑出した詩人たちが輩出したことは、いまさら言うまでもない。世界に冠たる詩酒の国であってみれば、唐詩は飲酒詩においてもかつてないほどの豊饒さを見せ、李白杜甫をはじめ綺羅星《きらぼし》のごとく連なる詩人たちの傑作、珠玉、佳什が目白押しに並んでいて、酒を酌みつつこれを誦して倦むことがない。

唐代における飲酒詩を語るとなれば、「斗酒学士」王績《おうせき》あたりの初唐の詩人たちから始めるのがよろしかろうが、それを飛ばし、まず最初に「酒中の仙」李白の飲酒詩を賞することとしよう。まずは李杜二詩宗における酒境を探り、次いで「酔吟先生」白楽天に移り、杜牧《とぼく》、李賀《りが》、李商隠《りしょういん》の飲酒詩を酔眼をもってひとわたり眺めたところで、「唐詩諸家」の作をあつかうことにする。元来がこれ酔人の空談贅言であるから、時代の流れを厳密に追うことには拘泥しないのである。

そこでいよいよ古今無双の詩酒徒、詩仙にして酒仙たる李白の登場となる。実際、古来洋の東西を問わず詩酒の交わりは深いが、酒と詩を語るとなれば、まず指を屈すべきは李白とオマル・ハイヤームの二詩人であろう。これに陶淵明を加えて、飲酒詩の三星となす（むろん後世の一閑人が勝手になすのである）。こと飲酒詩に関するかぎり東風が西風を圧していることは間違いなく、ことにも漢土はその豊饒さ、質の高さにおいて断然群を抜いている。オマル・ハイヤーム、ハーフェズを擁するペルシア文学も、飲酒詩においては中国の後塵を拝するほかはない。

李白と言えば酒、酒と言えば李白の名がたちどころに想い起こされるほど李白と酒の縁は深く、この詩人にあっては、両者は渾然一体をなし、まさに詩酒合一の境地を生んでいる。

李白一斗詩百篇　李白《りはく》は一斗《いっと》　詩百篇《しひゃっぺん》
長安市上酒家眠　長安《ちょうあん》市上《しじょう》　酒家《しゅか》に眠《ねむ》る
天子呼來不上船　天子《てんし》呼《よ》び来《き》たれども船《ふね》に上《のぼ》らず
自稱臣是酒中仙　自《みずか》ら称《しょう》す臣《しん》は是《こ》れ酒中《しゅちゅう》の仙《せん》と

という杜甫のあまりにも名高い「飲中八仙歌《いんちゅうはっせんか》」の一節によって、酒仙李白の名はいやが上にも高まったが、いかにも生涯縦飲酣歌し、詩酒の興を縦《ほしいまま》にしたのがこの詩人であった。先に陶淵明のところでも引いたが、わが大田南畝が、李白に「若《も》し一斗百篇《いっとひゃっぺん》の句無《な》くんば、三百《さんびゃく》年間無用《ねんかんむよう》の民《たみ》」と詠じたように、酒の詩あっての李白であり、またみずからそれを自覚、自負していたのが李白であった。

三百六十日　三百六十日《さんびゃくろくじゅうにち》
日日醉如泥　日日《ひび》　酔《よ》うて泥《どろ》の如《ごと》し

と詠じているとおり、鯨飲沈酔のうちに送ったその生涯は、酒に彩られていると言ってよい。偉才の人として生まれ、経世の大志を抱きながらも、僻遠の地に商賈《しょうこ》の子として生まれた出自ゆえに驥足《きそく》を展《の》ばすことができず、官人として過ごしたわずか三年を除いて、その生涯のほとんどを中国各地を飄遊して歩かねばならなかったことは、李白のどの伝にも見えるところである。官人として皇帝を補弼《ほひつ》し、功業を立てて名を天下に轟かせるという夢は実現せず、その生涯は結局挫折に終わった。詩名一世に高かろうとも、杜甫と同じく不遇に終わり、それを無念に思っては終生愁いを抱いていた男である。生来のたぐい稀な詩心、詩才と、この無窮の愁いとが、飲酒という行為と結びついた時、あの千古不朽の飲酒詩が生まれたのであった。げにも、この愁いを滌蕩《できとう》してくれるものは酒を措いてほかに無く、ままならぬ現世の羈絆《きはん》を脱して心を自由の天地に飛翔せしめるものは酒である。かくて「酒星の魄《しゅせいのたましい》」たる李白は一生耽酒の客となり、それによって詩魂を奮い立たせて、これから見るような飲酒詩の傑作を生んだ。詩仙にして酒仙の李白が酔狂の裏《うち》に何を求め、また酒徳を讃美し酒興を叙した詩において何を詠じたのか、閑人の偏愛する何篇かの飲酒詩を眺め賞しつつ、そのあたりについて贅言を弄したい。以下は一酔人による酒話「藪睨《やぶにら》み李太白飲酒詩垣覗《りたいはくいんしゅしかきのぞ》き」と心得ていただきたい。

まずはあまりにも名高い一篇「山中與幽人對酌（山中《さんちゅう》に幽人《ゆうじん》と対酌《たいしゃく》す）」を覗くことから始めよう。

兩人對酌山花開　　両人対酌《りょうにんたいしゃく》　山花開《さんかひら》く

一盃一盃復一盃
我醉欲眠卿且去
明朝有意抱琴來

一盃一盃《いっぱいいっぱい》　復《ま》た一盃《いっぱい》
我《われ》酔《よ》うて眠《ねむ》らんと欲《ほっ》す卿《けい》且《しばら》く去《さ》れ
明朝《みょうちょう》　意《い》有《あ》らば琴《こと》を抱《いだ》いて来《きた》れ

（訓読は青木正児氏による）

この一首にある「幽人」とは普通「隠者」と解されているが、吉川幸次郎博士はこれを「山水の美を解する人物」と注しておられる。勝手だが、単に「山水の美を解する人物」ではなく、やはりここはもはや世俗利害を離れた人物、世捨て人、隠者と解さなくては面白くない。官人としての途をあきらめ、既に仙風道骨成った李白が、「幽人」と同じ心境に達して酒を酌み交わしているものと、受け取りたい。「我《われ》酔《よ》うて眠《ねむ》らんと欲《ほっ》す卿《けい》且《しばら》く去《さ》れ」の一句が、陶淵明の故事を踏まえたものであることは、広く知られるところだ。この一首の酒境だが、小杉放庵がこれを「最上の酒境、最良の酒友」と評しているように、ここにはもはや官人としての道を断念し、隠士として生きようとする李白の姿が映じているように思われる。穏やかな酒境だと言ってよい。飲酒の興を増す、心に適った友との対酌という行為を、かほどにみごとに詠じた飲酒詩は少ない。参考までにアーサー・クーパーによるこの名詩篇の英訳を掲げておく。

DRINKING WITH A GENTLEMAN OF LEISURE IN THE MOUNTAINS

We both have drunk their birth,
    the mountain flowers,
A toast, a toast, a toast,
    again another:
I am drunk, long to sleep;
    Sir, go a little-
Bring your lute (if you like)
    early tomorrow!

余韻を含ませたなかなかに心憎い訳である。中国の詩を幾つかの異なったヨーロッパ語訳で読むと、それぞれ微妙なニュアンスの相違が出ていて面白い。本来ならば漢詩はラテン語に訳すのが最もふさわしいのだが、まだそういう訳詩集を見る機会を得ない。なおこれは余計なことだが、蜀山人大田南畝先生をひそかに先師と仰ぐ拙老は、過般酔中にこの詩に想を得て、

「閨中與美人對面（閨中《けいちゅう》に美人《びじん》と対面《たいめん》す）」という狂詩を作ったが、ここはさような愚作を披露する場ではない。これもついでだが、この名高い飲酒詩に想を得た作として、気の合う友人との対酌の楽しさを詠じた亀田鵬斎《かめだほうさい》の「與友人飲（友人と飲む）」と題する次のような詩がある。官に仕えることを嫌い、一生を処士として過ごした儒者鵬斎は一代の酒仙として聞こえ、酒に耽りつつ多くの詩を作ったが、豪放磊落なその飲酒詩は、なかなかに酒徒の心に適うものである。

與君情莫逆
目擊兩相存
舞我青袍袖
酌君綠酒樽
醉來翻自笑
歌罷竟何言
一榻交頭睡
傍人去勿喧

君《きみ》と　情莫逆《じょうばくぎゃく》
目撃《もくげき》　両《ふた》つながら相存《あいそん》す
我《われ》を舞《ま》わす　青袍《せいほう》の袖《そで》
君《きみ》に酌《く》む　緑酒《りょくしゅ》の樽《たる》
酔《よ》い来《きた》りて　翻自《かえっ》て笑《わら》い
歌《うた》い罷《おわ》りて　竟《つい》に何《なに》をか言《い》わん
一榻《いっとう》　頭《こうべ》を交《まじ》えて睡《ねむ》る
傍人《ぼうじん》　去《さ》りて喧《かまびす》しくする勿《な》かれ

（訓読は徳田武氏による）

次いで、同じく李白の仙風を思わせる飲酒詩「春日酔起言志（春日酔《しゅんじつよい》より起《お》きて志《こころざし》を言《い》う）」を眺めたい。これもよく知られた詩である。

處世若大夢　世《よ》に処《お》ること　大夢《たいむ》の若《ごと》し
胡爲勞其生　胡為《なんす》れぞ　其《そ》の生《せい》を労《ろう》するや
所以終日醉　所以《ゆえ》に終日《しゅうじつ》酔《よ》い
頽然臥前楹　頽然《たいぜん》として前楹《ぜんえい》に臥《ふ》す
覺來眄庭前　覚《さ》め来《きた》って庭前《ていぜん》を眄《なが》むれば
一鳥花閒鳴　一鳥《いっちょう》　花間《かかん》に鳴《な》く
借問此何時　借問《しゃもん》す　此《こ》れ何《いず》れの時《とき》ぞ
春風語流鶯　春風《しゅんぷう》　流鶯《りゅうおう》に語《かた》る
感之欲歎息　之《これ》に感《かん》じて歎息《たんそく》せんと欲《ほっ》す
對酒還自傾　酒《さけ》に対《たい》して還《ま》た自《みずか》ら傾《かたむ》く
浩歌待明月　浩歌《こうか》して明月《めいげつ》を待《ま》ち
曲盡已忘情　曲尽《きょくつ》きて已《すで》に情《じょう》を忘《わす》る

（訓読は松浦友久氏による）

この詩も、冒頭部の英訳（アイスカウ＝ロウェル共訳）と仏訳（チャン・フウ・ジュウ訳）を併せ掲げておこう。

This time of ours
Is like a great, confused dream.
Why should one spend one's life in toil?
Thinking this, I have been drunk all day.

Si la vie en ce monde est un grand songe,
　A quoi bon la gâcher en se donnant du mal?
Aussi pour moi tout le jour je suis ivre,
　Et me couche effondré au pilier de la porte.

酒人李白の到達したひとつの酒境が詠われ、その内心が吐露されているこの詩は、吉川幸次郎・三好達治著『新唐詩選』で、吉川博士によって懇切丁寧な鑑賞がなされているから、拙老如きがそれに言い足すべきことはない。この詩の背後には老荘思想のあることは、青木老が

「世《よ》に処《お》ること大夢《たいむ》の若《ごと》し」という詩句を注して、「『荘子』斉物論篇に『且《か》つ大覚《だいかく》有《あ》りて而《しか》る後《のち》此《こ》れ其《そ》の大夢《たいむ》なるを知《し》るなり。』と曰ひ、人の死を以て『大なる覚《めざめ》』と為し、死の恐るるに足らず、生の楽しむに足らざるを諭した。此の句はこの思想に本づく」と述べ、同じく「胡為《なんす》れぞ其《そ》の生《せい》を労《ろう》するや」という詩句も、荘子に基くものであると指摘しておられるところである。スペイン黄金世紀の劇作家カルデロンの作の言うように、La vida es sueño.（人生は夢）であって、人間《じんかん》を取って夢間《むかん》に比することは洋の東西を問わず見られるところで、そのかぎりでは李白のこの詩の冒頭の四句は、飲酒詩として格別新奇なものでも独創的なものでもない。「人生は大いなる夢、さればこそあくせくせず、その大いなる夢に身をひたって終日酔っ払い、縁側の柱のあたりでごろりと横になっているのだ」というところまでは、ことさらに人を驚かすものはない。しかしその後に続く詩句は、李白独自の世界である。春愁を覚えずにはいられない美しい風景の中で、世俗の情を忘れ無為の酒境に入ったことを詠ったこの詩は、李白がついに仙風を体得したことを物語ってはいまいか。ここにいるのは、もはや官人としての道を求めることに汲々としている人物ではない。人生は大夢であることを悟り、俗塵を離れて大夢の世界に優遊する酒仙、酔聖の姿が、確かに窺われると言っていいだろう。吉川博士はこの詩について、「李白はなぜそんなに酒を好んだか。それには、この詩が答える」と言い、「要するに、李白が酒をのむのは、混沌として生気をはらむ自然、生気をはらむが故に混沌とし、混沌としているが故に生気をはらむ自然の、その混沌たる生気の中に、みずからをとけ込ませるためであった」と説いておられる。とすると李白はなかなかにむずかしい酒を酌んだ男だということになるのだが、三百六十日泥の如く酔っていたというこの詩人が、常にそんな面倒な理由によって酒を飲んでいたとは思われない。やはり李白はまごうかたなき瓶盞病者であって、生来心底から酒を好み、酒の力を借りて、その詩的想像力を遥か九天の彼方へと自在に飛翔させることが、彼の生き方そのものであったと考えたいところだ。混沌云々を言うならば、亀田鵬斎の詠う、

混混沌沌麴世界
風風顚顚糟生涯

混混《こんこん》　沌沌《とんとん》　麴世界《きくせかい》
風風《ふうふう》　顚顚《てんてん》　糟生涯《そうしょうがい》

というのが、中国第一の詩酒徒たる酒仙李白の面目ではないかと思われる。

これまでに見た李白の飲酒詩二篇は、どちらも穏やかな酒境を詠じたものであった。確かにそれも飲酒詩人李白の詩風の一斑をあらわしてはいるが、必ずしもその真骨頂を伝える作ではない。李白の飲酒詩の多くは、より豪放磊落であり闊達であって、同時に深い憂愁を秘めている。次にそのたぐいの詩に目を転じることとしよう。

李白（中）

酒に酔ひ忘れ得るほどあはれにも小さくはかなきわれの愁《うれひ》か

吉井　勇

酔《よひ》つぶれひとりぬるよのあくるまはばかに久しきものとかはしる

大田南畝

さて酒仙李白の酒境を語り、その飲酒詩の詩風を垣間見るとなれば、名高い「月下独酌《げっかどくしゃく》」四首を逸することはできない。李白の酒の詩を見るに、対酌、群飲の楽しみを詠ったものも多くあり、人に酒を勧める「将進酒《しょうしんしゅ》」もあるが、なんといっても印象深いのは独酌の酒興を詠じた作である。心ゆくまで一人酒を酌み、胸中の磊塊《らいかい》を澆《そそ》ぐ酒境を、蜀山先生大田南畝の言葉を借りれば「清樽《せいそん》に独酌《どくしゃく》して一《ひと》たび酔歌《すいか》」する酒境を、李白独自の高揚した調子で歌い上げた次のような詩は、後世の東都の一酒徒の愛誦してやまぬところである。まずは「月下独酌」其一から眺めよう。

花間一壺酒
獨酌無相親
擧盃邀明月
對影成三人
月既不解飮
影徒隨我身
暫伴月將影
行樂須及春
我歌月徘徊
我舞影凌亂
醒時同交歡
醉後各分散

花間《かかん》一壺《いっこ》の酒《さけ》
独酌《どくしゃく》　相親《あいした》しむ無《な》し
盃《はい》を挙《あ》げて明月《めいげつ》を邀《むか》え
影《かげ》に対《たい》して三人《さんにん》と成《な》る
月《つき》は既《すで》に飲《いん》を解《かい》せず
影《かげ》　徒《いたず》らに我身《わがみ》に随《したが》う
暫《しばら》く月《つき》と影《かげ》とを伴《ともな》い
行楽《こうらく》　須《すべか》らく春《はる》に及《およ》ぶべし
我歌《われうた》えば月《つき》は徘徊《はいかい》
我舞《われま》えば影《かげ》は凌乱《りょうらん》
醒時《せいじ》　同《おな》じく交歓《こうかん》し
酔後《すいご》　各〻《おのおの》分散《ぶんさん》す

永結無情遊　永《なが》く無情《むじょう》の遊《ゆう》を結《むす》び
相期邈雲漢　相期《あいき》す　雲漢《うんかん》邈《はる》かなり

（訓読は青木正児氏による。以下同じ）

酒はいかに飲むべきか、酒境の醍醐味はどこにあるか、それぞれ酒徒によって考えも好みも異なるであろう。

酒の歌人として隠れもなき若山牧水の一首、

ふくみたる酒の匂《にほひ》のおのずから独り匂へるわが心かも

は、独酌の酒興を詠じてあますところがない。拙老の畏敬する青木正児大人は、独酌は対酌にまさると仰せられ、雪月花を相手に酌めば、独酌もまた一種の対酌にほかならないと説いておられる。

独酌の興は対酌よりも自由奔放で、一層酒を味はうのに宜《よろ》しいのであります。独酌と云っても、多くの場合、月とか花とか、自然を相手にして酌むのですから、是もまた一種の対酌であつて、決して寂しいものではありません。

（『中華飲酒詩選』）

してみると、拙老のごとく対酌群飲を好み、放歌高吟を愉しみとしている男は、未だ酒中の趣を解せず、酒趣体得にはほど遠いと言わねばなるまい。

さて李白の右の一首だが、春の夜に花の咲き乱れる中にあって、月光に照らされて一人酒を酌む心境を詠じたこの詩は、その超俗の趣と、心を天空に飛翔させているその空間の広がりの大きさにおいて、ペルシアの詩人オマル・ハイヤームの飲酒詩にも通じるものがあるように思われる。

擧盃邀明月　盃《はい》を挙《あ》げて明月《めいげつ》を邀《むか》え
對影成三人　影《かげ》に対《たい》して三人《さんにん》と成《な》る

つまりは盃を挙げてさし昇ってくる月を迎え、名月と我とわが影で飲酒の仲間が三人となった、という印象深い詩句は、この折李白の酌んだ酒が、単なる花見酒というようなものではないことを物語っていよう。そこには酒伴無く一人酒を酌む寂しさと、無情の存在であり、無情であるがゆえに人を裏切ることもなく、永く友とするに足る月というものを相手に酒を飲むという、ある意味では孤絶の境地が詠われているものと見られる。青木大人の注記によれば、この詩は李白四十四歳の折の作である。すなわち、玄宗の寵を得て翰林院にあり、謫仙人《たくせんにん》としてもてはやされていた詩人が、妬《ねた》みによる中傷を浴びて長安の都を追われるに至った年の春の作であることを思えば、李白が対酌の相手を人間に求めず、敢えて無情の名月を相手に酒を酌んだ境地も理解できる。

永結無情遊　　永《なが》く無情《むじょう》の遊《ゆう》を結《むす》び
相期邈雲漢　　相期《あいき》す　雲漢邈《うんかんはる》かなり

という結びの詩句は、対酌の相手として選んだ無情の月と遥か彼方の天空において再会を約するという、仙界へ向かって心を飛翔させている浪漫主義の詩人李白の、真面目をあらわしていると言えよう。宇宙的なコレスポンデンス（交感）を感じさせるスケールの大きさがこの詩の魅力だと言ってよかろう。

月既不解飲　　月《つき》は既《すで》に飲《いん》を解《かい》せず
影徒随我身　　影《かげ》　徒《いたず》らに我身《わがみ》に随《したが》う

暫伴月將影　暫《しばら》く月《つき》と影《かげ》とを伴《ともな》い
行樂須及春　行楽《こうらく》須《すべか》らく春《はる》に及《およ》ぶべし

という四句には、五柳先生陶淵明の「雑詩」其二にある、

欲言無予和　言《い》わんと欲《ほっ》して予《われ》に和《わ》するものなし
揮杯勸孤影　杯《はい》を揮《ふる》いて孤影《こえい》に勧《すす》む

という詩句に見られる、酒伴無き寂しさを慰めるために、己の影を酒伴としようという発想と相似たものを持つ。ちなみに、芭蕉の酒の句、

盃に三《みつ》の名をのむこよひ哉《かな》

は、李白のこの「月下独酌」其一を踏まえた作である。

次に、酒人としての李白の信条《クレド》を告白した酒詩であり、詩人が酒を飲む所以を詠じた其二に目をやってみよう。

天若不愛酒　天《てん》若《も》し酒《さけ》を愛《あい》せざれば
酒星不在天　酒星《しゅせい》天《てん》に在《あ》らず
地若不愛酒　地《ち》若《も》し酒《さけ》を愛《あい》せざれば
地應無酒泉　地《ち》応《まさ》に酒泉《しゅせん》無《な》かるべし
天地既愛酒　天地《てんち》既《すで》に酒《さけ》を愛《あい》す
愛酒不愧天　酒《さけ》を愛《あい》するは天《てん》に愧《は》じず
已聞清比聖　已《すで》に聞《き》く清《せい》を聖《せい》に比《ひ》し
復道濁如賢　復《ま》た道《い》う濁《だく》は賢《けん》の如《ごと》しと
賢聖既已飲　賢聖《けんせい》既《すで》に已《すで》に飲《の》む
何必求神仙　何《なん》ぞ必《かなら》ずしも神仙《しんせん》を求《もと》めん
三盃通大道　三盃《さんばい》　大道《たいどう》に通《つう》じ
一斗合自然　一斗《いっと》　自然《しぜん》に合《がっ》す
但得酒中趣　但《た》だ酒中《しゅちゅう》の趣《おもむき》を得《え》んのみ
勿爲醒者傳　醒者《せいしゃ》の為《ため》に伝《つた》うる勿《なか》れ

そもそも人は、いや詩人はなぜ酒を飲むのか。一代の酒仙として、世の酒徒たちを代表した形で、飲酒の正当性とその功徳を詠じたのがこの詩である。無論、単純に考えれば、人が、そしてまた詩人・歌人が酒を飲むのは、それがうまいからにほかならない。牧水はそれを正直に、

それほどに旨《うま》きかと人の問ひたらばなんと答へむこの酒の味

うまきもの心にならべそれこれとくらべまわせど酒にしかめや

と詠っているが、詩酒合一の国たる漢土に生を享けた詩人李白はそう単純ではない。古来「以酒養真」の観念が存在し、酒によって宇宙の真理を体得しようとする詩人が輩出した国だけあって、飲酒の功徳を説くその詩は、堂々たる主張をなしている。常に酒を酣み、時に乱に及んで周囲の人々の顰蹙を買うこともある世の酒徒の心境を代弁し、その強力な援護射撃をしてくれるありがたい詩なのである。漢土は「酒泉」の地を擁し（わが国にも「酒田」というような地はあるが）、夜ともなればかの地の酒徒たちの頭上には「酒星」（酒旗星）さえも輝くのである。

天に酒星あり地に酒泉ありということで、飲酒の正当性を強調するこの詩は、これを理屈と言わば言え。それを酒を愛し、酒を飲むことの弁護と正当性の主張に巧みに詠み込む飄逸な詩

風は、いかにも仙骨を体得した酒仙ならではのものと思われる。

天地既愛酒　天地《てんち》既《すで》に酒《さけ》を愛《あい》す

愛酒不愧天　酒《さけ》を愛《あい》するは天《てん》に愧《は》じず

いかにも仰せのとおり、と酒徒ならずとも頷かずにはいられない勢いと気迫がこもった詩句ではないか。しめくくって曰く、

三盃通大道　三盃《さんばい》　大道《たいどう》に通《つう》じ

一斗合自然　一斗《いっと》　自然《しぜん》に合《がっ》す

但得酒中趣　但《た》だ酒中《しゅちゅう》の趣《おもむき》を得《え》んのみ

勿爲醒者傳　醒者《せいしゃ》の為《ため》に伝《つた》うる勿《なか》れ

と。酒は単なる食物、飲み物のひとつではなく、それを越えた何物かであって、古来酒宴はしばしば神人交歓の場とされてきた。李白にとって飲酒は仙道に通じる行為であり、杯を重ねて到達する酔境は、すなわち天地自然との融合、合体が遂げられる理想の境地にほかならない。

酒仙はそれを、

三盃通大道　三盃　大道に通じ
一斗合自然　一斗　自然に合す

と言うのである。この境地は「月下独酌」其三においては、

酔後失天地　酔後《すいご》　天地《てんち》を失《うしな》い
兀然就孤枕　兀然《こつぜん》として孤枕《こちん》に就《つ》く
不知有吾身　吾身《わがみ》有《あ》るを知《し》らず
此樂最爲甚　此《こ》の楽《たのし》み最《もっと》も甚《はなはだ》しと為《な》す

と詠われている。この境地に達し得るのは、飲を解し、酔境に遊ぶ飲者のみである。詩人にあってはこれぞ詩酒合一の境地であり、「得酒詩自成（酒《さけ》を得《え》れば詩《し》自《おの》ずから成《な》る）」、詩もまたおのずと生まれるのである。飲酒の楽しみを解さず、酒楽を拒む下戸に説いてきかせても、所詮は無駄なことである。されば言う、

但得酒中趣　但だ酒中の趣を得んのみ
勿爲醒者傳　醒者の為に伝うる勿れ

と。諸注にあるように、「酒中趣」とは、酒好きとして知られた晋の孟嘉《もうか》の故事を踏まえている。桓温《かんおん》が孟嘉に向かって、なぜ酒が好きかと問うたところ、「公《こう》は未《いま》だ酒中《しゅちゅう》の趣《おもむき》を得《え》ざるのみ」とのみ答えたという話である。簡にして要を得た答である。実際、下戸に酒楽を説いて聞かせることほど虚しいことはない。

次に其三を飛ばして、其四を一瞥しておきたい。

窮愁千萬端　窮愁《きゅうしゅう》　千万端《せんまんたん》
美酒三百杯　美酒《びしゅ》　三百杯《さんびゃくはい》
愁多酒雖少　愁《うれ》い多《おお》くして酒《さけ》　少《すくな》しと雖《いえど》も
酒傾愁不來　酒《さけ》傾《かたむ》くれば愁《うれ》い来《きた》らず
所以知酒聖　酒《さけ》の聖《せい》なるを知《し》る所以《ゆえん》なり
酒酣心自開　酒《さけ》酣《たけなわ》にして心《こころ》　自《おのず》から開《ひら》く
辭粟臥首陽　粟《ぞく》を辞《じ》して首陽《しゅよう》に臥《が》し

屢空飢顔回　屢《しばしば》空《むな》しうして顔回《がんかい》を飢《う》えしむ
當代不樂飲　当代《とうだい》　飲《いん》を楽《たの》しまず
虚名安用哉　虚名《きょめい》安《いずく》んぞ用《もち》いんや
蟹螯卽金液　蟹螯《かいごう》は既《すなわ》ち金液《きんえき》
糟邱是蓬萊　糟邱《そうきゅう》は是《こ》れ蓬萊《ほうらい》
且須飲美酒　且《しばら》く須《すべか》らく美酒《びしゅ》を飲《の》み
乘月醉高臺　月《つき》に乗《じょう》じて高台《こうだい》に酔《よ》うべし

　ここに至って李白を飲酒に赴かしめたものがなんであったか、それが明らかにされている。五柳先生も仰せられたとおり、酒とは「忘憂物」であり「掃愁箒《そうしゅうそう》」つまりは愁いを払う玉箒《たまははき》にほかならない。権門貴族が支配する当時の中国世界にあって、商賈の出であるがゆえに驥足《きそく》を展《の》ばすことができず、常に心に憂愁を抱いていたのが、李白という詩人であった。李白は酒を酌み、心を心満たされぬ現実世界から遠く飛翔させてその「万古の愁い」を消そうというのである。ただし、詩人の言う「万古の愁い」とは、推移の悲哀のうちに生きる人間存在そのものからくる愁いをも同時に含んでいたことを忘れるべきではなかろう。されば曰く、

愁多酒雖少
酒傾愁不來

愁《うれい》多《おお》くして酒《さけ》　少《すくな》しと雖《いえど》も
酒《さけ》傾《かたむ》くれば愁《うれい》来《きた》らず

李白（下）

世情皆粉飾　　世情《せじょう》　皆《みな》　粉飾《ふんしょく》
哀樂無一眞　　哀楽《あいらく》　一《いつ》の真《しん》なる無《な》し
只此醉鄕內　　只此《ただこ》の酔郷《すいきょう》の内《うち》に
遠求古之人　　遠《とお》く古《いにし》えの人《ひと》を求《もと》めん

大沼枕山《おおぬまちんざん》

「酒仙」にして「酔聖」たる李白であってみれば、その作品において飲酒詩が大きな位置を占めていることは、言うまでもないが、酒の詩人としての李白の真骨頂を示す作のひとつとして、かの名高い「将進酒《しょうしんしゅ》」一篇を逸することはできない。古楽府《こがふ》の体による「将進酒」すなわち「酒を捧げ進める歌」は、他の詩人たちによっても作られており、中唐の詩人李賀による同じ題の詩は彼の傑作のひとつだが、奔流のごとく詩句のほとばしり流れる李白の「将進酒」は、数ある中華飲酒詩の中でも、独自の強い光を放っているかに思われる。まずはそれを引こう。

君不見黄河之水天上來
君見《きみみ》ずや黄河《こうが》の水《みず》　天上《てんじょう》より来《きた》る

奔流到海不復回
奔流《ほんりゅう》して海《うみ》に到《いた》り復《ま》た回《かえ》らず

君不見高堂明鏡悲白髪
君見《きみみ》ずや高堂《こうどう》の明鏡《めいきょう》　白髪《はくはつ》を悲《かな》しむ

朝如青絲暮成雪
朝《あした》には青糸《せいし》の如《ごと》く暮《くれ》には雪《ゆき》と成《な》る

人生得意須盡歡
人生《じんせい》　意《い》を得《え》て須《すべか》らく歓《かん》を尽《つ》くすべし

莫使金樽空對月
金樽《きんそん》をして空《むな》しく月《つき》に対《たい》せしむる莫《なか》れ

天生我材必有用
天《てん》　我《わ》が材《ざい》を生《しょう》ずる必《かなら》ず用《もち》いる有《あ》り

千金散盡還復來
千金散《せんきんさん》じ尽《つく》して還《な》お復《ま》た来《きた》る

烹羊宰牛且爲樂
羊《ひつじ》を烹《に》　牛《うし》を宰《き》りて且《しばら》く楽《たのし》みを為《な》さん

會須一飲三百杯
会《まさ》に須《すべか》らく一飲三百杯《いちいんさんびゃくはい》なるべし

岑夫子　丹丘生
岑夫子《しんふうし》　丹丘生《たんきゅうせい》

進酒君莫停
酒《さけ》を進《すす》む　君停《きみとど》むる莫《なか》れ

與君歌一曲
請君爲我傾耳聽
鐘鼓饌玉不足貴
但願長醉不用醒
古來聖賢皆寂寞
惟有飲者留其名
陳王昔時宴平樂
斗酒十千恣歡謔
主人何爲言少錢
徑須沽取對君酌
五花馬　千金裘
呼兒將出換美酒
與爾同銷萬古愁

君《きみ》が与《ため》に一曲《いっきょく》を歌《うた》わん
請《こ》う君《きみ》　我《わ》が為《ため》に耳《みみ》を傾《かたむ》けて聴《き》け
鐘鼓《しょうこ》饌玉《せんぎょく》　貴《とうと》ぶに足《た》らず
但《た》だ願《ねが》わくは長酔《ちょうすい》して醒《さ》むるを用《もち》いざるを
古来《こらい》聖賢《せいけん》は皆《みな》寂寞《せきばく》たり
惟《た》だ飲者《いんじゃ》の其《そ》の名《な》を留《とど》むる有《あ》り
陳王《ちんおう》昔時《せきじ》　平楽《へいらく》に宴《えん》し
斗酒《としゅ》十千《じゅうせん》　歓謔《かんぎゃく》を恣《ほしいま》まにす
主人《しゅじん》何為《なんすれ》ぞ銭《ぜに》少《すく》なしと言《い》わんや
径《ただち》に須《すべか》らく沽取《こしゅ》して君《きみ》に対《たい》して酌《く》むべし
五花《ごか》の馬《うま》　千金《せんきん》の裘《きゅう》
児《じ》を呼《よ》び将出《もちいだ》して美酒《びしゅ》に換《か》え
爾《なんじ》と同《おな》じく銷《け》さん万古《ばんこ》の愁《うれい》

（訓読は青木正児氏による）

「君《きみ》見《み》ずや黄河《こうが》の水《みず》天上《てんじょう》より来《きた》る、奔流《ほんりゅう》して海《うみ》に到《いた》り復《ま》た回《かえ》らず」という、酒仙の口から怒濤、奔流のごとく勢いよく流れ出る詩句に始まるこの一篇は、仙道にあこがれていた李白が、道士の元丹丘とその正体がよくはわからぬ岑《しん》という姓の人物を相手にして、飲酒の功徳を説き、酒を賛美し勧めた詩である。七言を基調としているが、三言の詩句も五言の詩句もあり、長短自在、あたかも規矩を脱して天馬空を行くごとく飛翔する李白の詩想と気概をそのまま映じているかのごとき詩である。

李白の伝記のたぐいに言われているように、現実的な杜甫に対して、浪漫主義的な傾向の強い詩人李白は、神仙の道にあこがれ、凡俗な現実世界から超現実の世界へと心を遊ばせることを冀《こいねが》う詩人であった。現実の世界、より具体的に言えば、彼が栄達を夢見た官界において志を得なかった李白は、飲酒という行為によって、酔境のうちに心を遠く高い世界へと遊ばせようとしたのである。ひとたび酒を蒙れば、身はうつせみの世にありながら、現実の矮小な世界の羈絆《きはん》を脱して、広大な宇宙へと飛翔することもでき、神仙にもひとしい存在となる。そうなればもうこの現実世界には貴いもの、執着すべきものはなく、聖人、賢人の名さえも取るに足らないものでしかない。人をその境地へといざなうもの、それは酒を措いてほかにない。そこにこそ酒の力、酒の功徳があるのである。さればこそわが酔聖は、

人生《じんせい》　意《い》を得《え》て須《すべか》らく歓《かん》を尽《つく》すべし

金樽《きんそん》をして空《むな》しく月《つき》に対《たい》せしむる莫《なか》れ

と喝破し、酒を勧めるのである。実にいいことを言ってくださったものだ。酒徒にとっては百万の味方を得た思いである。

古来聖賢《こらいせいけん》は皆寂寞《みなせきばく》たり
惟《た》だ飲者《いんじゃ》の其《そ》の名《な》を留《とど》むる有《あ》り

いかにも。蜀山大田南畝先生がいみじくも詠じられたように、もしも酒なかりせば、李白なんぞは「三百年間無用の民」になるところであった。それにしても、

鐘鼓《しょうこ》饌玉《せんぎょくとうと》 貴ぶに足《た》らず
但《た》だ願《ねが》わくは長酔《ちょうすい》して醒《さ》むるを用《もち》いざるを

とは、よくぞ仰せられたもので、

あな醜《みにく》賢《さか》しらをすと酒飲まぬ人をよく見れば猿にかも似る

との大伴旅人の讃酒歌とともに、世の飲者つまりは呑ん兵衛を力づけること、これにまさるものはない。

李白のこの「将進酒」なる一首は、その自在闊達な詩想、豪放な詠いぶり、一瀉千里の勢いにおいて、他に類を見ない。いかなる酔眼をもってしても、ここに天才詩人の面影が躍動していることだけは見逃せるものではない。と同時に、酒仙李白によるこの讃酒の根底にあるもの、それが人間という有限の存在そのものにまつわる「万古の愁い」であることを、見逃してはなるまい。詩人はそれを、

爾《なんじ》と同《おな》じく銷《け》さん万古《ばんこ》の愁《うれい》

と詠うのである。

ちなみに、この詩は詩人日夏耿之介による次のような訳がある。その孤高狷介な人柄によって畏怖され、わが国における稀代の学匠詩人として詩名の高かったこの大碩学の訳詩集『唐山感情集』に収められている訳である。『唐山感情集』に親しんでいる読者は少なかろうから、

ここで紹介しておきたい。

酒ほがひ

黄河の水は天上から出て
流れ流れて海に入つて廻《かへ》らない。わかるかね。
高どので明鏡にうつる白髪を悲しむ心は、
朝《あした》に青糸、暮《ゆふべ》には雪とならうからだ。わかるかね。
人生意を得たら歓びを尽す方がいゝ、
むなしく黄金の樽を月に対《むか》はせとく法はないさ、
天がこのわしの材《きりやう》を生んだのは、是非用があるからだとよ。
千万金まきちらしても、またかへつて来ようものさ、
羊を烹《に》て牛を宰《れう》つてちよつとまァ楽み給へ、
が必ず一飲み三百杯たるべしだよ、
岑参《しんしん》先生よ、丹丘君よ、
わしが酒をすゝめても、とめちやいけないよ、
君のためには、まづ一曲うたはうか、

いゝかい、わしの為には、耳をさまして聴いてくれ、
鐘鼓も饌玉も貴ぶにはあたらんね、
が大に酔ふとうれしく、醒めては貰ひたくないやつさ。
むかしから聖人、賢者、唯しんかんとしたものだよ、
飲み手だけがその名を残すのだ、
むかし曾子連が平楽観で宴《さかも》りして
斗酒一万銭、喜び戯れの限りをつくした、
大将、銭がないなんていふ手はないさ、
すぐにも沽《か》つて君と一杯やりませうかね、
五色の名馬、千万金の裘《けごろも》、
児《こども》にもちださせ美酒に換へて
わがともがら万古の愁ひを同《とも》に銷《ふつとば》さうや。

正直に言って、右の黄眠道人の訳詩は、『唐山感情集』の中ではもっとも上々の出来ではないが、高名な詩人による漢詩の翻訳ということで、引いてみた。

さて酒の詩人としてその名も高い李白だけあって、これまでに見てきた飲酒詩のほかにも、

数多くの秀れた飲酒詩があることは周知のとおりだが、その中から拙老の好むところの一首を引いて、李白と酒についての酔人の妄言を、ひとまず終えることとしたい。これも人口に膾炙した作品である。

客中作
蘭陵美酒鬱金香
玉椀盛來琥珀光
但使主人能醉客
不知何處是他鄉

客中《かくちゅう》に作《つく》る
蘭陵《らんりょう》の美酒《びしゅ》　鬱金香《うつこんこう》
玉椀《ぎょくわん》　盛《も》り来《きた》る琥珀《こはく》の光《ひかり》
但《た》だ主人《しゅじん》をして能《よ》く客《きゃく》を酔《よ》わしめば
知《し》らず　何《いず》れの処《ところ》か是《こ》れ他郷《たきょう》

（訓読は青木正児氏による）

詩題に「客中作」とあるとおり、旅先での作である。酒を形容して「蘭陵の美酒」「鬱金香」「琥珀の光」と耀きに満ちた言葉を連ね、旅先で美酒にめぐりあってこれを酌む酒人李白の感激が、読む者の胸に切々と伝わってくるではないか。いかにも、遠い異国にあって一人で、あるいは酒趣を解する相手とよき酒を酌むとき、もはや天の下に異国も他郷もない。酒徒の天地は壺中天を措いてほかにないからである。

この詩の解釈では、服部南郭《はっとりなんかく》の『唐詩選国字解』が面白い。参考までにそれを紹介しておこう。南郭はこの詩の詩意を説いて、こんなことを言っている。

手前は旅の客でをるに、この亭主に於いてはさまで懇意と云ふほどにもなけれども、かくの如くよき酒を結構な器に盛ってもてなさるるは、さりとはかたじけない。蘭陵もよい酒の出る処じゃ。香しい酒を玉椀に盛って飲めば、琥珀の光の如く透き通って見ゆるなり。「主人」は今かかってをる主人。この客中に酒を振舞うて下さるゆへ、面白くて、いづくのどこが故郷やら知らずに、楽しんでをる。下心は、悲しみがある。「能く」と云ひ、「使む」と云ふは、他郷なれども、酒を飲むうちは、しばらく故郷のことを忘るれども、酒を飲まねば故郷を思ひ出すによって、随分強いて飲ませて下されと云ふなり。

南郭の説いているように、この詩の底には、漂泊の旅を続けてその生涯の大半を送った李白の悲しみがあると見ていいのかもしれない。しかし後世の東都の一酒徒には、この詩は、たとえ旅先、異郷にあろうとも、よき酒を酌みさえすれば、ただちに闊然と壺中天が開けてくるよろこびを詠ったものと映じるのだが、いかがなものであろうか。

ちなみに、京都の銅脈先生こと畠中頼母《はたなかたのも》と並び称された江戸時代の狂詩の大家である蜀山人大田南畝の狂詩集『通詩選諺解《つうしせんげんかい》』に、この詩のこんなパロディーがある。残念ながら南畝の狂詩は飲酒詩ではないが、これまた面白いので、次に掲げておこう。

客僧行《きやくさうこう》

棚経《たなぎやうの》 坊主《ばうず》清明香《せいめいかう》

持仏《ぢぶつ》拝《はいしきたる》来金箔《きんぱく》光《のひかり》

但使《たゞしゆじんをして》下二主人一能与《よくひやくをあたへしめば》百

不レ知《しらず》何処《いづれのところか》是西方《これさいはう》

以上、文字通り瞥見の域を出ないが、酒仙李白の飲酒詩の一端を垣間見てきた。「藪睨み李太白飲酒詩垣覗き」はここまでとし、次に杜甫の飲酒詩に移りたい。

杜甫

詩賦工無益
經綸豈足論
不如來飲酒
混俗酔昏昏

詩賦《しふ》　工《たく》みなるも益無《えきな》く
経綸《けいりん》　豈《あ》に論《ろん》ずるに足《た》らん
来《きた》りて酒《さけ》を飲《の》むに如《し》かず
俗《ぞく》に混《まじ》りて酔《よ》いて昏昏《こんこん》たらん

大窪詩仏《おおくぼしぶつ》

「詩酒合一」の境地がめでたく成った点で、世界に冠たる中国の詩をあつかうからには、酒仙、酔聖李白の酒境、酒態をひと通り眺めた後では、当然のことながら、詩聖杜甫の作に触れねばならない。李杜と併称されてはいるが、古今を通じて中国最高の詩人と目されている杜甫は、酒仙李白とは異なり、酒に名を得た詩人ではなく、詩人としてのその盛名は飲酒詩にもとづくものではない。それどころか、吉川幸次郎博士の指摘されるところによれば、「杜甫の最も代表作であり、最も傑作であると称せられる諸篇には、却って一つの酒の字もあらわれない」という。しかし「心《こころ》を寛《ゆる》ぶるは応《まさ》に是《こ》れ酒《さけ》なるべく、興《きょう》を遣《や》るは詩《し》に過《す》ぐるは莫《な》し」との名言を吐き、晩年に至って過去を追想した「壮遊《そうゆう》」と題する詩で、

往昔十四五
出遊翰墨場
性豪業嗜酒
嫉悪懐剛腸
飲酣視八極
俗物都茫茫

往昔《おうせきじゅうしご》十四五
出《い》でて遊《あそ》ぶ翰墨《かんぼく》の場《にわ》
性《せい》は豪《ごう》にして業《すで》に酒《さけ》を嗜《たしな》み
悪《あく》を嫉《にく》みて剛腸《ごうちょう》を懐《いだ》きぬ
飲《の》むこと酣《たけなわ》にして八極《はっきょく》を視《にら》めば
俗物《ぞくぶつ》の都《な》べて茫茫《ぼうぼう》たる

（訓読は吉川幸次郎氏による）

と回顧しているように、詩酒の国の詩宗たる杜甫は、若い時から酒を嗜み、「生平《せいへい》老《お》いて酒《さけ》に耽《ふけ》る」と詠っているように、老年に至る日まで終生酒杯を手にし、苦難に満ちたその生涯を終えた詩人でもあった。それればかりか、「厭《いと》う莫《な》かれ多《おお》きを傷《いた》む酒《さけ》の脣《くちびる》に入《い》るを」と言い、また

「痛飲真に吾が師なり」とか、「痛飲と狂歌をもって空しく日を度る」「一挙に十觴を蒙る、十《じっ》觴《しょう》も亦《また》酔《よ》わず」という詩句が物語っているように、かなりの酒豪でもあったと思われる。李白や陶淵明と異なり、杜甫を酒の詩人と呼ぶことはためらわれるにせよ、この詩宗が酒に縁が深く、その作中でしばしば酒に触れ、かなりの数の酒にまつわる詩を残していることは事実である。酒というもの、また飲酒という行為が、この詩人の生涯に色濃く影を落としていることは、杜甫の詩になにがしか親しんでいる者の等しく知るところだ。

それにしても、その卓絶した詩才ゆえに李杜と併称されるこの二大詩人の飲酒詩に見る酒境、酒風のなんと異なることか。共に経綸の志を抱き、官人として栄達を夢見たがそれが果たされず、挫折して広大な禹域を流浪、放浪した身であって、酒がその愁いを鎮める「忘憂の物」であり、「掃愁箒《そうしゅうそう》」であった点では同じだが、この二人の詩人において、飲酒という行為がもつ意味は大いに趣を異にしている。人間が有限の存在であることからくる「万古の愁い」を払うべく、酒を酌んで詩的想像力を高く飛翔させ、時に仙界に心を遊ばせた李白とは異なり、常に現実を直視している詩人である杜甫の酒の詩は、常に苦い味がする。杜甫の飲酒詩は李白のそれのような磊落、闊達な感じを与えるものではなく、酒徒にとっては必ずしも愉快なものではない。酔中、酔後に誦するには、あまりにも暗く重いひびきを宿していると言ってよい。志を得ぬままに苦難に満ちた流浪の生活を送ることを強いられ、残杯と冷炙《れいしゃ》とに甘んじることを余儀なくされた杜甫が酌んだ酒は「悲酒」にほかならなかった。青木正児博士がこの偉大な詩人について、「杜甫はめそめそしていて嫌いであった」と書いておられるのは、いささか酷だと思われるが、その気持ちはよくわかる。青木老は杜甫の飲酒詩について「彼も酒を嗜んだやうであるが、詩に現るる所は、どうも貧乏くさい飲みぶりであり、でなければ貴顕の宴に陪従し、『残杯冷炙』を嘗めて作ったものが多く、酒の真味は出ていない。私は取らない」とかなり手厳しい批評を下しておられる。

酒の真味が出ているか否かは別として、「貧乏くさく」、重苦しく、暗い翳りを帯びた杜甫の酒の詩にしても、詩酒合一の境を生んできた、かの漢土の詩人たちの酒境、酒風を物語るものであることに変わりはない。その一端を垣間見ておこう。

さてその杜甫の飲酒詩だが、酒にまつわる杜甫の詩で最も知られているのは、当代の名高い酒客八人の酒態を詠った「飲中八仙歌《いんちゅうはっせんか》」であろう。だが、これは作者である杜甫自身の酒境を映した作ではないから、ここでは取り上げない。たとえ貧乏くさい飲みぶりであろうとも、貧窮、偏屈、狷介、不平、多病とともに、この不遇の詩人の一生を彩った彼自身の飲酒という行為から生まれた、何篇かの酒の詩を、そぞろに眺め、贅言を弄してみたい。

杜甫の飲酒詩となればまず挙げられるのは、「曲江《きょくこう》」二首であろう。まずそれを掲げよう。

其一

一片花飛減却春　一片《いっぺん》の花《はな》飛《と》ぶも春《はる》を減却《げんきゃく》するに
風飄萬點正愁人　風《かぜ》は万点《ばんてん》を飄《ひるが》えして正《まさ》に人《ひと》を愁《うれ》えしむ
且看欲盡花經眼　且《か》つ看《み》む尽《つ》きんと欲《ほっ》する　花《はな》の眼《め》を経《ふ》るを
莫厭傷多酒入脣　厭《いと》う莫《な》かれ多《おお》きを傷《いた》む酒《さけ》の脣《くちびる》に入《い》るを
江上小堂巢翡翠　江上《こうじょう》の小堂《しょうどう》に翡翠《ひすい》巣《す》くい
苑邊高塚臥麒麟　苑辺《えんぺん》の高塚《こうちょう》に麒麟《きりん》臥《ふ》す
細推物理須行樂　細《こま》かに物理《ぶつり》を推《お》すに須《すべか》らく行楽《こうらく》すべし
何用浮名絆此身　何《なん》ぞ用《もち》いん浮名《ふめい》の此《こ》の身《み》を絆《ほだ》すを

其二

朝回日日典春衣　朝《ちょう》より回《かえ》りて日日《ひび》春衣《しゅんい》を典《てん》し
毎日江頭盡醉歸　毎日《まいにち》　江頭《こうとう》に酔《よい》を尽《つく》して帰《かえ》る
酒債尋常行處有　酒債《しゅさい》は尋常《じんじょう》　行《ゆ》く処《ところ》に有《あ》り
人生七十古來稀　人生《じんせい》　七十《しちじゅう》　古来稀《こらいまれ》なり
穿花蛺蝶深深見　花《はな》を穿《うが》つ蛺蝶《きょうちょう》は深深《しんしん》として見《み》え

點水蜻蜓款款飛
傳語風光共流轉
暫時相賞莫相違

水《みず》に点《てん》する蜻蜓《せいてい》は款款《かんかん》として飛《と》ぶ
伝語《でんご》す風光《ふうこう》　共《とも》に流転《るてん》して
暫時《ざんじ》相賞《あいしょう》して相違《あいたが》うこと莫《な》けむと

（訓読は目加田誠氏による）

念願かなってようやく左拾遺の官を授けられ、朝廷に出仕がかなったものの、そこで志を伸ばすことを得なかった杜甫が、退庁の後に曲江の酒家に足を運び、水亭に酔ってその憂悶を晴らすべく苦い酒を酌んで生まれたのが、右の二首にほかならない。前者について、吉川幸次郎博士は「けだし杜甫の詩のうち、もっともデカダンスなものである」と評しておられる。吉川博士が『杜甫詩注』で注しておられるように、この詩を作った年の六月に朝廷からの追放という形であらわれるものが、杜甫の心底に払いがたい憂悶としてわだかまっていた折の作である。曲江のほとりの酒家に一人さびしく座って、愁い顔で春の景色を眺め、酒に憂さ晴らしをもとめている杜甫の寂寥感が詩句の間から立ちのぼってくるようだ。暗い暗い酒の詩である。
「古稀」つまりは「人生七十古来稀なり《じんせいしちじゅうこらいまれなり》」という人口に膾炙した詩句を含む第二首も、ほぼ趣を同じくする作である。この詩についての青木正児博士の解釈は吉川博士のそれとは異なっている。青木老はこれを、「是は杜甫が左拾遺に任じて長安にあり、宮廷に出仕した最も得意な時代の作である」と説かれ、「前章は飲酒の快楽を叙す。後章は春景の欣賞を叙す」と言っておられる。

朝《ちょう》より回《かえ》りて日日《ひび》春衣《しゅんい》を典《てん》し
毎日《まいにち》江頭《こうとう》に酔《よい》を尽《つく》して帰《かえ》る
酒債《しゅさい》は尋常《じんじょう》　行《ゆ》く処《ところ》に有《あ》り
人生《じんせい》七十《しちじゅう》　古来稀《こらいまれ》なり

という四句には、「飲酒の快楽」と言うよりは、日々春着を質に置いてまで、苦い酒を飲まずにいられなかった杜甫の憂愁が漂っているように、酔人の目には映るのだが、いかがなものであろうか。

同じ頃の作に「曲江對酒（曲江《きょくこう》にて酒《さけ》に対《たい》す）」という、次のようなよく知られた詩がある。

苑外江頭坐不歸　　苑外江頭《えんがいこうとう》に坐《ざ》して帰《かえ》らず
水精宮殿轉霏微　　水精《すいしょう》の宮殿《きゅうでん》　転《うた》た霏微《ひび》たり
桃花細逐楊花落　　桃花《とうか》は細《こま》かに楊花《ようか》を逐《お》うて落《お》ち

黄鳥時兼白鳥飛
縦飲久判人共棄
懶朝眞與世相違
吏情更覺滄洲遠
老大徒傷未拂衣

黄鳥時《こうちょうとき》に白鳥《はくちょう》と兼《とも》に飛《と》ぶ
飲《いん》を縦《ほしいまま》にし久《ひさ》しく判《はん》して人共《ひととも》に棄《す》て
朝《ちょう》するに懶《ものう》く真《しん》に世《よ》と相違《あいたが》う
吏情《りじょう》更《さら》に覚《おぼ》ゆ滄洲《そうしゅう》の遠《とお》きを
老大《ろうだい》徒《いたず》らに傷《いた》む　未《いま》だ衣《い》を払《はら》わざるを

（訓読は目加田誠氏による）

目加田博士は、これを「ともすれば自棄的な気分に陥りながら、なおも官にとどまる心の矛盾をなげくうた」と注しておられる。服部南郭の『唐詩選国字解』は、後半の四句を、

縦飲《しょういん》　久《ひさ》しく拚《はん》す　人共《ひととも》に棄《す》つることを
懶朝《らんてう》　真《しん》に世《よ》と相違《あひたが》ふ
吏情《りじやう》　更《さら》に覚《おぼ》ゆ　滄洲《さうじう》の遠《とほ》きことを
老大《ろうだい》　徒《ただ》に傷《いた》んで　未《いま》だ衣《い》を払《はら》はず

と読んで、これを「吾が大酒を飲むを、世間の者が馬鹿じゃというて笑うが、それも覚悟の前

と打すてをくが『拚《はん》す』じゃ。この頃は参内も心に染まず、仕えともない。精出して勤める者とはつきあはぬ」「仕官ゆえ、滄洲の趣が遠くなるやうに思はるる。『滄洲』は仙人のいるところである。老い腐るまで思ひきって引込みもせずにいると云ふは汚いことじゃ」と講釈している。その講釈の口調が面白い。

経綸の志ならず、衣食につながれて心ならずも官にとどまっている杜甫の嘆きが切々と伝わってくる作だが、「悲酒」を酌む酒境を詠じたかような飲酒詩は、後世の東都の一酒徒の心にかなうものではない。この詩に救いがあるのは、

水精《すいしょう》の宮殿《きゅうでん》　転《うた》た霏微《ひび》たり
桃花《とうか》は細《こま》かに楊花《ようか》を逐《お》うて落《お》ち
黄鳥《こうちょう》時《とき》に白鳥《はくちょう》と兼《とも》に飛《と》ぶ

という詩句に見られる曲江の春景色の美しさであろう。

最後に杜甫の傑作として知られる名高い詩「登高《とうこう》」を挙げよう。九月九日重陽《ちょうよう》の節句に、いつもなら親しい人達と丘に登って酒を飲むならわしだったが、他郷に流浪している今はそれもかなわぬ身となって、一人小高い丘に上り、思いに耽ったことを詠じた作である。これは老

いさらばえ、病を得て、もはや慰めであり解憂の具であった酒さえも手にできなくなった悲哀を詠っている。その調子は悲痛をきわめる。

風急天高猿嘯哀
渚清沙白鳥飛廻
無邊落木蕭蕭下
不盡長江滾滾來
萬里悲秋常作客
百年多病獨登臺
艱難苦恨繁霜鬢
潦倒新停濁酒杯

風急《かぜきゅう》に天高《てんたか》くして猿嘯哀《えんしょうかな》し
渚清《なぎさきよ》く沙白《すなしろ》くして鳥飛《とりひ》廻《かい》す
無辺《むへん》の落木《らくぼく》　蕭蕭《しょうしょう》として下《くだ》り
不尽《ふじん》の長江《ちょうこう》　滾滾《こんこん》として来《きた》る
万里《ばんり》悲秋《ひしゅう》　常《つね》に客《かく》と作《な》り
百年《ひゃくねん》多病《たびょう》　独《ひと》り台《だい》に登《のぼ》る
艱難《かんなん》苦《はなは》だ恨《うら》む　繁霜《はんそう》の鬢《びん》
潦倒《りょうとう》新《あら》たに停《とど》む　濁酒《だくしゅ》の杯《はい》

（訓読は目加田誠氏による）

最後の二句を服部南郭は、「かやうに艱難にばかり出会ふゆえ、酒を止めたれば、いよいよ気の晴るることもない」と講釈している。この詩にはアーサー・クーパーによる英訳があるが、なかなかにみごとな出来栄えなので、ここに引いておこう。

FROM A HEIGHT

The winds cut, clouds are high,
  apes wail their sorrows,
The ait is fresh, sand white,
  birds fly in circles;
On all sides fallen leaves
  go rustling, rustling,
While ceaseless river waves
  come rippling, rippling:
Autumn's each faded mile
  seems like my journey
To mount, alone and ill,
  to this balcony;
Life's failures and regrets
  frosting my temples,

And wretched that I've had
to give up drinking.

これまで見てきたように、酒の力を借りて酔郷に遊び、詩的想像力を存分に飛翔させる酔聖李白の飲酒詩と異なり、つねに現実に密着している杜甫の酒の詩は、暗く、重い。共に酒を好み、酒杯を手にして生涯を送ったこの中華の二人の詩宗は、飲酒詩においてもまた対照的な存在であったと言えるだろう。

白楽天

想應樂天酒量淺　想《おも》ふ応《まさ》に楽天酒量《らくてんしゅりょう》浅《あさ》かれども
當年爲守若鯨呑　当年守《とうねんかみ》と為《な》りて鯨《くじら》の若《ごと》く呑《の》めり

柏木如亭《かしわぎじょてい》

李白、杜甫の酒境を垣間見たからには、その後を承けて今度は「酔吟先生」白楽天の飲酒詩を一瞥し、その酒風、酒境を窺ってみなくてはなるまい。白楽天は奈良、平安の昔から本朝では最も人気の高い詩人だが、正直に言えば、楽天白居易の飲酒詩は、東都の一酒徒の好むところではない。不遇にして夭折した詩人である鬼才李賀の詩や、これまた志を馳せることのかなわぬまま、終生卑職に甘んじなければならなかった李商隠の無題詩、さてはまた頽唐の気風をたたえた杜牧の飲酒詩などを偏愛する男にとっては、「閑適」の詩人白楽天の飲酒詩は余りにも楽天的で、共感を覚えることが少ない。「酔吟低唱」とは、『中華飲酒詩選』で、青木老が「白楽天詩鈔」に付したタイトルだが、その俗気と自足した酔吟低唱ぶりが、気に入らないのである。酒を酌みつつ、詩人晩年の悠々自適の境涯から生まれた飲酒詩を読んでも、「いい気なジジイだ」との反感がつのって、これを愛誦する気にはならない。

白居易は幼時より詩才、学才をあらわし、若くして科挙に応じて進士に及第、順調に官人として昇進を重ね、三十六歳にして翰林学士を授けられて詩名高く、一時讒言にあって江州司馬に貶謫《へんたく》せられたものの、やがて中央に返り咲き、最後は刑部尚書つまりは法務大臣という顕官にまで上りつめ、みずから『白氏文集』を編んで七十五歳の長寿を保って卒している。まずは順調そのものの人生だと言ってよい。

さて、酒徒としての白楽天はいかなる存在であったか、その酒境を窺うこととしよう。この詩人の飲酒詩を眺めるに先立って、まずは詩人の描いた、酒徒としての自画像である「酔吟先生伝」の一部をちょっと覗いておきたい。白楽天が六十七歳の折に作った伝である。例によって、わが座右の書である『中華飲酒詩選』から、青木正児大人の「要旨節訳」を拝借させていただく。

その冒頭には、こうある。

酔吟先生は官吏生活三十年、将に老いんとして洛陽に退居してゐる。天性酒を嗜み琴に耽り詩に淫《ひた》り、凡そ酒徒琴侶詩客は多く之と交遊し、また仏教に帰依して、崇山の僧如満と空文の友と為り、平泉の客《ひと》韋楚と山水の友と為り、彭城の劉夢得と詩友と為り、安定の皇甫朗之と酒友と為った。いつも逢うたびに、欣然として帰るを忘れる。

洛陽城の内外、凡そ道観仏寺や山荘の泉石花竹が有る処に遊ばざるなく、人家の美酒鳴琴有る処をば訪問せざるなく、図書歌舞有るものを見ざるはない。往々輿に乗じて、杖を近郊に曳いたり、馬で都邑《まち》に遊んだり、輿《こし》で野外に行く。輿の中には琴一つ枕一つ、陶淵明と謝霊運の詩集数巻を置き、輿の左右に一対の酒壺を懸け、水を尋ね山を望んで、気が向けば往き、琴を弾き酒を酌んで、興が尽きれば返る。

かくの如く、晩年は中国の詩人の理想とする「詩琴酒」の日々を送り、悠々自適の生活を楽しみ、意を文酒に縦《ほしいまま》にしたのが白楽天という詩人であった。「性《せい》、酒《さけ》を嗜《たしな》むも、家貧《いえひん》にして常《つね》には得《う》ること能《あた》わず」と仰せられた五柳先生陶淵明とは異なり、「年々醸《かも》した酒が約数百斛《こく》」であったと称しているから、「此翁何處富、酒倉不曾空（此《こ》の翁《おうなん》何の処《ところ》か富《と》む、酒倉《しゅそうかつ》曾て空《むな》しからず）」という状態で、好む時にいつなりとも酒友をかたらい、酌み交わすことができたのである。まことに羨むべき境遇だが、そこから生まれた飲酒詩は、酒を勧め、酒楽を詠ってはいても、陶淵明や李白のそれと比べると、その根底に人間の存在自体から来る憂愁が反映しているものとは見えず、酒が真に「忘憂物」としてあらわれてはいないかに思われる。酒を愛する点では陶淵明、李白に劣らなかった酔吟先生の飲酒詩が、もうひとつ魅力に欠けるのは、そのためではなかろうか。

いささか前置きが長すぎたが、この辺りで酔吟先生の飲酒詩を一篇窺ってみよう。まずは「對酒（酒《さけ》に対《たい》す）」と題された詩を掲げる。

蝸牛角上爭何事
石火光中寄此身
隨富隨貧且歡樂
不開口笑是癡人
百歲無多時壯健
一春能幾日晴明
相逢且莫推辭醉
聽唱陽關第四聲

蝸牛角上《かぎゅうかくじょう》　何事《なにごと》をか争《あらそ》う
石火光中《せきかこうちゅう》にこの身《み》を寄《よ》す
富《とみ》に随《したが》い貧《ひん》に随《したが》ってかつ歓楽《かんらく》せん
口《くち》を開《ひら》きて笑《わら》わざるはこれ痴人《ちじん》
百歳《ひゃくさい》　多時《たじ》の壮健《そうけん》なるなし
一春《いっしゅん》よく幾日《いくじつ》の晴明《せいめい》ぞ
あい逢《あ》いてかつ酔《よい》を推辞《すいじ》するなかれ
唱《とな》うるを聴《き》け陽関《ようかん》の第四声《だいよんせい》

（訓読は田中克己氏による）

「一生復能く幾ぞ《いっせいまたよくいくばく》、倏ち《たちま》流電《りゅうでん》の驚《おどろ》かすが如《ごと》し」と五柳先生が仰せられたように、人の一生は短く、はかない。それを白楽天は「石火光中《せきかこうちゅう》にこの身《み》を寄《よ》す」、つまりは人がこの世に身を置いているのは電光石火のごとく瞬時に過ぎないと言い、それすらも晴れた日々は少なく、心から哄笑できる機会はそうあるものではない。それゆえ折あらば酒を酌んで歓を尽くせと詠う。

これはヨーロッパでは、古代ギリシア詩人が好んで詠い、就中『ギリシア詞華集』の飲酒詩に多く見られる詩想で、特に目新しいものではない。中国では、既に漢代の「西門行」に詠われているところだ。「推移の悲哀」を言いながら、それが読む者の心に深く浸透してこないのは、所詮安逸のうちに日を送っている詩人の、悟ったような物言いに思われるからであろうか。

次に「勸酒（酒《さけ》を勧《すす》む）」と題された飲酒詩を眺めてみたい。

勸君一盃君莫辭
勸君兩盃君莫疑
勸君三盃君始知
面上今日老昨日
心中醉時勝醒時
天地迢迢自長久

君《きみ》に一盃《いっぱい》を勧《すす》む君辞《きみじ》するなかれ
君《きみ》に両盃《りょうはい》を勧《すす》む君疑《きみうたが》うなかれ
君《きみ》に三盃《さんばい》を勧《すす》む君始《きみはじ》めて知《し》らん
面上《めんじょう》　今日《こんにち》は昨日《さくじつ》よりも老《お》い
心中《しんちゅう》　酔時《すいじ》は醒時《せいじ》に勝《まさ》ることを
天地《てんち》　迢迢《ちょうちょう》として自《おのずか》ら長久《ちょうきゅう》

白兎赤烏相趁走
身後堆金挂北斗
不如生前一樽酒
君不見春明門外天欲明
喧喧歌哭半死生
遊人駐馬出不得
白輿素車争路行
歸去來
頭已白
典錢將用買酒喫

白兎《はくと》　赤烏《せきう》　あい趁《お》いて走《はし》る
身後《しんご》　金《こがね》を堆《うずたか》くして北斗《ほくと》を挂《ささ》うるも
しかず生前《せいぜん》の一樽《いっそん》の酒《さけ》
君《きみ》見《み》ずや春明門外天《しゅんめいもんがいてん》明《あ》けんとし
喧喧《けんけん》たる歌哭《かこく》　死生《しせい》　半《なかば》するを
遊人《ゆうじん》　馬《うま》を駐《とど》めて出《い》づるを得《え》ず
白輿《はくよ》　素車《そしゃ》　路《みち》を争《あらそ》うて行《ゆ》く
帰去来《かえりなんいざ》
頭《こうべ》すでに白《しろ》し
典銭《てんせん》し将《と》り用《もち》いて酒《さけ》を買《か》いて喫《きっ》せん

（訓読は田中克己氏による）

この詩もまた先の詩と同じく、人間存在のはかなさを説き、その憂いを消すものは酒であるから、酒を飲むがよいと詠っている、典型的な勧酒詩にほかならない。後半部は老境に入ったわが身を顧み、柩《ひつぎ》を連ねて人々が黄泉へと降ってゆく様を述べて、その憂いを消すために酒でも飲もうというのである。

本篇中に見られる第八、九句

身後《しんご》　金《こがね》を堆《うずたか》くして北斗《ほくと》を拄《ささ》うるも
しかず生前《せいぜん》の一樽《いっそん》の酒《さけ》

死後に黄金を積んで北斗星を突張るは
生前に一樽の酒を酌むに及ばぬ。

（青木正児氏訳）

とはなかなか面白い表現である。酒はよく頽齢を制し得ぬまでも、よく憂いを制するものであることは確かだ。

酒仙、酔士、斗酒学士など、中国には酒と縁深く、詩酒徒たることを自負する詩人が多いが、みずからを「一生酒《いっしょうさけ》に耽《ふけ》る客《かく》」と言い、「異世《いせい》は陶元亮《とうげんりょう》、前世《ぜんせい》は劉伯倫《りゅうはくりん》」と称した酔吟先生は、蘇軾《そしょく》と同じく、酒を愛することでは人後に落ちなかったとはいえ、豪飲の士ではなかったようで、その酒量はごく小さかったらしい。わずかな酒で陶然となれる幸せな人物で、詩人はそれを詠って次のように言っている。

效陶潛體詩（其五）　陶潜《とうせん》の体《たい》に効《なら》う詩《し》（其五）

朝亦獨醉歌　朝《あした》にもまたひとり酔歌《すいか》し
暮亦獨醉睡　暮《くれ》にもまたひとり酔《よ》いて睡《ねむ》る
未盡一壺酒　いまだ一壺《いっこ》の酒《さけ》を尽《つく》さず
已成三獨醉　すでに三独酔《さんどくすい》をなす
勿嫌飲太少　嫌《きら》うなかれ飲《の》むこと太《はなは》だ少《すくな》きを
且喜歡易致　かつ喜《よろこ》ぶ歓《かん》の致《いた》し易《やす》きを
一盃復兩盃　一盃《いっぱい》また両盃《りょうはい》
多不過三四　多《おお》きも三四《さんし》に過《す》ぎず
便得心中適　すなわち心中《しんちゅう》の適《てき》を得《え》て
盡忘身外事　尽《ことごと》く身外《しんがい》の事《こと》を忘《わす》る
更復强一盃　さらにまた一盃《いっぱい》を強《し》い
陶然遺萬累　陶然《とうぜん》として万累《ばんるい》を遺《わす》る
一飲一石者　一飲一石《いちいんいっせき》の者《もの》は
徒以多爲貴　いたずらに多《おお》きをもって貴《とうと》しとなす
及其酩酊時　その酩酊《めいてい》の時《とき》に及《およ》びては

與我亦無異　われとまた異《こと》なるなし
笑謝多飲者　笑《わら》いて謝《しゃ》す多飲《たいん》の者《もの》に
酒錢徒自費　酒銭《しゅせん》いたずらに自《みずか》ら費《ついや》すを

（訓読は田中克己氏による）

一壺の酒も傾け尽くさぬうちに、わずか三、四杯を飲んだだけで気持ちよくなり、世間のことなぞみな忘れてしまい、さらに一杯を重ねれば陶然としてよろずの煩いを忘れてしまうというのだから、いかにも安上がりで結構である。しかし古来中国は「多飲者」を称え、酒豪を尊ぶ気風があったようで、明の夏樹芳の編纂した『酒顚』には、稗史《はいし》にその名をとどめた名高い豪飲の士が、一種賛嘆の念をもって名をつらねている。「詩酒合一」の国にあっては、白楽天のような酒徒はむしろ稀であろう。

また、「倒れてのちやむ」ところまで行かねば、執拗につきまとう憂思、つまりは「万古の愁い」を払い得ぬ酒徒にしてみても、酒がかように安易な「銷憂薬」となってしまう人物には、共感を覚えがたい。こういう飲酒詩に接すると、拙老の脳裏には、

酒に酔ひ忘れ得るほどあはれにも小さくはかなきわれの愁《うれひ》か

という歌人吉井勇の一首が、浮かんでくる。酒楽あって酒の苦悩なき自足の詩人白楽天には、酒を飲む苦しみは無縁である。「杯《さかづき》の中に地獄はありきとよ」と歌った歌人の酒境は、この詩人の理解を超えたものであったろう。

そんな白楽天にも、卯酒《ぼうしゅ》（朝酒）をやり、ぐでんぐでんに酔っ払った己が酒態を詠じた詩（「橋亭卯飲《きょうていぼういん》」）があるが、これはおそらく詩的誇張だろう。

卯《ぼう》時偶《じたまたま》飲んで斎時《さいじ》に臥《が》す
林下《りんか》の高橋《こうきょう》　橋上《きょうじょう》の亭《てい》

……………………

石渠中《せききょちゅう》に当《あた》って酒餅《しゅへい》を浸《ひた》す
生計《せいけい》は悠悠《ゆうゆう》　身《み》は兀兀《ごつごつ》

……………………

卯《う》の時に　ふと飲んで朝飯時に
森蔭の高橋の橋の上の亭《ちん》で臥《ふせ》る

……………………

堀の水の中に酒瓶《さかがめ》を冷やし

暮しは　のんびり　身はぐでんぐでんで

（青木正児氏訓読および訳）

さて最後に、「與夢得沽酒閒飲且約後期（夢得《むとく》と酒《さけ》を沽《か》いて間飲《かんいん》し、且《か》つ後期《こうき》を約《やく》す）」と題された、いかにも白楽天らしい飲酒詩を掲げておこう。

少時猶不憂生計　少時《しょうじ》猶《な》お生計《せいけい》を憂《うれ》えず
老後誰能惜酒錢　老後誰《ろうごだれ》か能《よ》く酒銭《しゅせん》を惜《お》しまん
共把十千酤一斗　共《とも》に十千《じっせん》を把《と》って一斗《いっと》を酤《か》い
相看七十缺三年　相看《あいみ》て七十《しちじゅう》に三年《さんねん》を欠《か》く
閒徵雅令窮經史　間《かん》に雅令《がれい》を徴《ちょう》して経史《けいし》を窮《きわ》め
醉聽清吟勝管絃　酔《よ》うて清吟《せいぎん》を聴《き》けば管絃《かんげん》に勝《まさ》る
更待菊黃家醞熟　更《さら》に菊黄《きくき》に家醞《かうん》の熟《じゅく》するを待《ま》ちて
共君一醉一陶然　君《きみ》と共《とも》に一酔《いっすい》して一《ひと》たび陶然《とうぜん》たらん

（訓読は目加田誠氏による）

酔吟先生と称するだけあって、確かに白楽天には酒の詩が多い。この詩人が思慕していた陶淵明の「飲酒」二十首に倣った「效陶潛體詩（陶潜《とうせん》の体《たい》に效《なら》う詩《し》）」なども、そのモデルとなった陶淵明自身の詩と読み比べてみると、なかなかに興味深い。それらの詩は何よりもまず、悠々自適、退隠の裡に酒楽をきわめた詩人の、知的な「あそび」として、現代の東都の一酒徒の関心を惹く。しかし酒に戯れたそれらの酒詩が、深く魂をゆすぶることはない。

後世の一酒徒の独断と偏見によれば、総じて「以酒養真」の気概を欠いた白楽天の飲酒詩は、浅酌低唱向きであって、「詩酒合一」を旨とする中華飲酒詩の本流を行くものではない。

李賀と李商隠

把杯詩興催　杯《さかずき》を把《と》りて詩興《しきょう》を催《もよお》す
弄筆杜康臺　筆《ふで》を弄《ろう》す杜康台《とこうだい》
宿業狂詩句　宿業《しゅくぎょう》の狂詩《きょうし》の句《く》は
都従酒後來　都《すべ》て酒後《しゅご》従《よ》り来《きた》る

枯骨閑人

続いて、中唐の詩人李賀《りが》と晩唐の詩人李商隠《りしょういん》の飲酒詩を取り上げてみたい。周知のことだが、李賀にしても李商隠にしても、飲酒詩によって名高い詩人ではない。それを承知で、敢えてここでこの二詩人の作を眺めようとするのは、この二人の李姓の詩人が、東都の一酒徒の酷愛する詩人だからにほかならない。

まず李賀だが、三千年に及ぶ中国詩史の上で、ただ一人「鬼才」と称せられ、杜牧によってその幻想的な詩風を「虚荒誕幻」と評されたこの特異な詩人は、暗い翳りを帯び、悲哀を湛えたその神秘的な詩風によって、どこかネルヴァルの詩を連想させるところがある。また「奇」と評せられ、読者の耳を驚かさずにはおかないその難解な修辞、「瑰麗《かいれい》奇峭《きしょう》」な詩的言語は、古代ギリシアの詩人ピンダロスにも相通じるところがあるように思われる。「二十《にじゅう》にして心朽《こころく》ち」、不遇のうちにわずか二十七歳で夭折したこの天才詩人の妖気漂う暗黒の詩的世界を前にすれば、ボードレールのサタニスム（悪魔主義）さえもが、ちゃちなものに見えてくる。

「李憑箜篌引（李憑《りひょう》の箜篌《くご》の引《いん》）」や「神絃《しんげん》の曲《きょく》」「秦王飲酒《しんおういんしゅ》」に詠われているような玄妙不可思議な、神秘的幻想の世界、また「蘇小《そしょうしょう》小の墓《はか》」や、

　南山何其悲　　南山《なんざん》　何《なん》ぞ其《そ》れ悲《かな》しき
　鬼雨灑空草　　鬼雨《きう》　空草《くうそう》に灑《そそ》ぐ

という鬼気迫る詩句に始まる「感諷《かんぷう》」其三に漂う幽暗な詩的世界は、この非凡な詩人が、まさに鬼才と謳われるにふさわしい存在だったことを語ってあまりあるものだ。

さすがに詩酒合一の国だけあって、唐代の詩人としては、というよりもむしろ中国の詩人と

して異色の存在であるこの李賀にも、かの国の多くの詩人の例にもれず、やはり飲酒詩がある。その中からよく知られた「将進酒《しょうしんしゅ》」と「致酒行《ちしゅこう》」の二篇を取り上げ、贅言を加えよう。

まずは「将進酒」から。

琉璃鍾
琥珀濃
小槽酒滴眞珠紅
烹龍炮鳳玉脂泣
羅幃繡幕圍香風
吹龍笛
擊鼉鼓
皓齒歌
細腰舞
況是青春日將暮
桃花亂落如紅雨
勸君終日酩酊醉

琉璃《るり》の鍾《さかずき》
琥珀《こはく》 濃《こまや》かなり
小槽《しょうそう》 酒滴《さけしたた》りて 真珠《しんじゅ》 紅《くれない》なり
龍《りょう》を烹《に》 鳳《ほう》を炮《あぶ》りて 玉脂《ぎょくし》泣《な》く
羅幃《らい》 繡幕《しゅうばく》 香風《こうふう》を囲《かこ》む
龍笛《りょうてき》を吹《ふ》き
鼉鼓《だこ》を撃《う》つ
皓歯《こうし》 歌《うた》い
細腰《さいよう》 舞《ま》う
況《いわ》んや是《こ》れ青春《せいしゅん》 日将《ひまさ》に暮《く》れんとす
桃花《とうか》 乱《みだ》れ落《お》ちて紅雨《こうう》の如《ごと》し
君《きみ》に勧《すす》む 終日《しゅうじつ》 酩酊《めいてい》して酔《よ》え

酒不到劉伶墳上土　　酒《さけ》は劉伶《りゅうれい》　墳上《ふんじょう》の土《つち》に到《いた》らず

（訓読は斎藤晌氏による）

これは酒宴を開いて酒を飲む楽しみを詠った作だが、最初の三句で、とろりとし琥珀にも似た輝きを帯びた濃厚な美酒を描く。飲者をして口に涎《よだれ》を生ぜしめるに足る描写で、わずかこの三句のうちにも、天才の片鱗が耀いているのが見られる。一体に李賀の詩は絵画性が豊かで、視覚に訴えるところが大きく、時に毒々しいまでに鮮烈な色彩の美を造り出しているのが、ひとつの特色だと言えよう。ここでも、美しい色ガラスの酒杯に盛られてきらめく琥珀色の酒、小さな槽《おけ》に真珠のような形でしたたり落ちる紅の酒、といったイメージが色あざやかに浮かび上がってくる。酒宴に供せられる酒の肴を詠った、

烹龍炮鳳玉脂泣　　龍《りょう》を烹《に》　鳳《ほう》を炮《あぶ》りて　玉脂《ぎょくし》泣《な》く

羅幃繡幕圍香風　　羅幃《らい》　繡幕《しゅうばく》　香風《こうふう》を囲《かこ》む

という詩句は、華麗であると同時に、まさに「奇」と評するにふさわしい。

「歓楽極《かんらくきわ》まって哀情多《あいじょうおお》し」とは漢の武帝の名高い一句だが、美酒を描き、酒宴の楽しみを言

うこの詩は、単に酒楽境を詠ったものではない。春の日の尽きるを惜しみ、また青春の尽きるを惜しんで、命あるうちに存分に酒を飲めと勧めるこの飲酒詩の眼目は、

況是青春日將暮
桃花亂落如紅雨
勸君終日酩酊醉
酒不到劉伶墳上土

況《いわ》んや是《こ》れ青春《せいしゅん》　日将《ひまさ》に暮《く》れんとす
桃花《とうか》　乱《みだ》れ落《お》ちて紅雨《こうう》の如《ごと》し
君《きみ》に勧《すす》む　終日《しゅうじつ》　酩酊《めいてい》して酔《よ》え
酒《さけ》は劉伶《りゅうれい》　墳上《ふんじょう》の土《つち》に到《いた》らず

という最後の四句にあり、ことにも、

君に勧む　終日　酩酊して酔え
酒は劉伶　墳上の土に到らず

という最後の詩句が、全体をみごとに締めくくっていると言えるだろう。そのかみ詩酒の国に酒人として名を轟かせ、「酒徳頌《しゅとくしょう》」によって名高い劉伶さえも、泉下の人となってはもはや飲み得ない。されば友よ、命あるうち、飲めるうちに存分に飲んで、大いに酔っぱらえ、という

ありがたい飲酒の勧めである。これは、近年老いて酒量がとみに衰えたが、かつては倒れてのち止むを常としていた東都の一酒徒が、酔中、酔後にしばしば誦する詩句でもある。

人生の短さを言い、生あるうちに酒を飲めと詠うのは、漢土の詩人たちにも、古代ギリシアの詩人たちにも共通した詩想で、それ自体陳腐だとさえ言えるが、さる詩人が、詩という芸術においては、All the fun is how you say it.（畢竟、詩の妙味は表現にあり）と喝破したとおり、李賀のこの飲酒詩を珍重すべきものとしているのは、奇に出た表現と、華麗な修辞に支えられた密度の高い言語芸術たり得ているところにあろう。

続いて、「致酒行」にも目をやっておこう。

零落棲遅一杯酒
主人奉觴客長壽
主父西遊困不歸
家人折斷門前柳
吾聞馬周昔作新豐客
天荒地老無人識
空將牋上兩行書

零落《れいらく》棲遅《せいち》　一杯《いっぱい》の酒《さけ》
主人《しゅじん》　觴《さかずき》を奉《ほう》じ　客《かく》　長寿《ちょうじゅ》なれという
主父《しゅほ》　西《にし》に遊《あそ》び　困《こん》して帰《かえ》らず
家人《かじん》　折断《せつだん》す　門前《もんぜん》の柳《やなぎ》
吾《われ》聞《き》く　馬周《ばしゅう》　昔《むかし》　新豊《しんぽう》の客《かく》と作《な》って
天荒地老《てんこうちろう》　人《ひと》の識《し》る無《な》し
空《むな》しく牋上《せんじょう》両行《りょうこう》の書《しょ》を将《も》って

直犯龍顔請恩澤
我有迷魂招不得
雄雞一聲天下白
少年心事當拏雲
誰念幽寒坐嗚呃

直《ただ》ちに龍顔《りょうがん》を犯《おか》して恩沢《おんたく》を請《こ》う
我《われ》に迷魂《めいこん》有《あ》り　招《まね》き得《え》ず
雄鶏一声《ゆうけいいっせい》　天下《てんか》白《しら》む
少年《しょうねん》の心事《しんじ》　当《まさ》に雲《くも》を拏《つか》むべし
誰《たれ》か念《おも》わん　幽寒《ゆうかん》にして坐《ざ》して嗚呃《おあく》せんとは

（訓読は斎藤晌氏による）

「長安有男兒、二十心已朽（長安《ちょうあん》に男児《だんじ》あり、二十《にじゅう》にして心已《こころすで》に朽《く》ちたり）」と詠い、年わずか二十七歳で夭折した李賀は、一口に言って不遇の詩人であった。早熟な偉才として時の文宗韓愈《かんゆ》の推挙を受け、進士に挙げられ、礼部の試験に応じたものの、彼の詩才を妬む輩たちが理不尽な横車を押したためこれに及第せず、官人としての出世の道を断たれ、志を得ぬままに卑職に甘んじなければならなかった。その絶望感は、「開愁歌（愁《うれ》いを開《ひら》く歌《うた》）」の、次のような一節となって、ほとばしっている。

我當二十不得意
一心愁謝如枯蘭

我《われ》　二十《にじゅう》に当《あた》って　意《い》を得《え》ず
一心《いっしん》　愁謝《しゅうしゃ》　枯蘭《こらん》の如《ごと》し

唐の皇族の末裔であることを誇りとし、当時の中国知識人、文人の常として、志を官途に求めながらも挫折し、失意のうちに過ごした李賀の短い生涯を慰めるものは、やはり酒であった。

人生有窮拙　人生《じんせい》　窮拙《きゅうせつ》有《あ》り
日暮聊飲酒　日暮《にちぼ》　聊《いささ》か酒《さけ》を飲《の》む
祇今道已塞　祇今《ただいま》　道《みち》已《すで》に塞《ふさ》がる
何必須白首　何《なん》ぞ必《かなら》ずしも白首《はくしゅ》を須《ま》たん

という、「贈陳商（陳商《ちんしょう》に贈《おく》る）」と題された詩の一節は、それを如実に物語っている。

右に掲げた詩「致酒行」も、そのような失意のうちに苦い酒、つまりは杜甫の言う「悲酒」を酌む男としての李賀の、暗然たる心境をよく映し出した作だと言っていい。原田憲雄氏は『李賀歌詩編』で、この詩を酒をふるまってくれた人物と、李賀との対話体の詩と解釈しておられる。原田氏の解釈によれば、起承転結の結の部にあたる四句は、それぞれ二句ずつ酒をふるまってくれた下宿か旅館の「主人」（これを友人あるいは韓愈と見る説もあるというが）との対話であり、最後の二句を、「お若いの、あんたの心意気空の雲でも摑まえなされ、／誰が思おうめそめそすすり泣いたりなさろうとは」と訳しておられる。しかし東都の一酒客としては、や

は り結部の四句を、前途の望みを断たれた李賀の絶望の呻きと見て、「おれはさまよえる魂をもっている、いかにしても呼び返せない。おんどりの一声に世界はまた新しい夜明けを迎えたが。／若者の心境は雲をつかみ取るほどの勢であるべきはず。誰がひっそりとわびしげに、じっとため息ついていたいと望むものか」と訳しておられる荒井健氏の解釈に従いたい。挫折した若き詩人の、わびしい、陰々滅々たる酒の詩である。

隴西長吉摧頽客　隴西《ろうせい》の長吉《ちょうきつ》　摧頽《さいたい》の客《かく》
酒闌感覺中區窄　酒《さけ》闌《たけなわ》にして感覚《かんかく》す中区《ちゅうく》の窄《せま》きを

と詠った失意の詩人李賀にとっては、さしも広大な漢土、大唐帝国も、この天才詩人を容れるには狭すぎたのである。詩人がみずからしつらえた、詩的想像力を無限に馳せることのできる、広大な詩的世界だけが、この詩人の真の住家であった。詩人の「恨血《こんけつ》」は、千年の後も漢土に「土中《どちゅう》の碧《へき》」となって凝っていようが、その詩的世界は、千余年ののちも、彼の詩を愛する人々を容れるほどに広いのだから。

さて、摧頽の客李賀について言を費やしすぎて、わが愛するもう一人の詩人李商隠の飲酒詩について、詳しく述べる暇がない。ごく簡単に触れて、その飲酒詩二首のみを挙げておく。詩人李商隠の本領は飲酒詩にはなく、代表作「琴瑟《きんしつ》」や多くの「無題《むだい》」詩のような、そこはかとなく恋愛の情緒を漂わせている作にあり、ペトラルカの言う voluptas dolendi（甘美なる悲哀）をたたえたその作品は、朦朧としてはいるが、夢幻的で妖しい魅力に満ちている。さすが詩酒合一の国だけあって、その李商隠にもこんな飲酒詩がある。枕頭の書、青木正児大人の『中華飲酒詩選』から、「花下酔《かかすい》」と「小園独酌《しょうえんどくしゃく》」と題された二首を引いておく。

尋芳不覺醉流霞
倚樹沈眠日已斜
客散酒醒深夜後
更持紅燭賞殘花

芳《ほう》を尋《たず》ねて覚《おぼ》え不流霞《ずりゅうか》に酔《よ》う
樹《き》に倚《よ》り沈眠《ちんみん》して日已《ひすで》に斜《なな》めなり
客散《きゃくさん》じ酒醒《さけさ》む深夜《しんや》の後《のち》
更《さら》に紅燭《こうしょく》を持《じ》して残花《ざんか》を賞《しょう》す

柳帶誰能結
花房未肯開
空餘雙蝶舞
竟絶一人來
半展龍鬚席

柳帯《りゅうたい》　誰《だれ》か能《よ》く結《むす》ばん
花房《かぼう》　未《いま》だ肯《あえ》て開《ひら》かず
空《むな》しく余《あま》す　双蝶《そうちょう》の舞《まい》
竟《つい》に絶《た》つ　一人《いちにん》の来《きた》るを
半《なか》ば展《の》ぶ　龍鬚《りゅうしゅ》の席《せき》

軽斟瑪瑙杯　　軽《かる》く斟《く》む　瑪瑙《めのう》の杯《はい》
年年春不定　　年年《ねんねん》　春《はる》　定《さだ》まら不《ず》
虚信歳前梅　　虚信《きょしん》す　歳前《さいぜん》の梅《うめ》

耽美的でかつ幻想的であり、頽廃の気を漂わせた李商隠の詩は、華麗な措辞に支えられており、しかも朦朧としていて、その詩意が明らかではないものが多い。しかし右に引いた二首の飲酒詩は、晩唐デカダンスの時代を生きたこの詩人の作としては、珍しく平明である。「獺祭《だっさい》魚《ぎょ》」（カワウソが捕えた魚を並べたてる）と渾名されたほど、おびただしい典故にあふれた詩を作るのを常としたこの詩人の作にしては、どちらの詩も典故に拠らず、明晰、平明である。「花下酔」の「更《さら》に紅燭《こうしょく》を持《じ》して残花《ざんか》を賞《しょう》す」というところに、ラテン文学の白銀の時代の詩人たちにも似た、晩唐の詩人らしいデカダンスを感じるのは、一酔人の妄想であろうか。

いずれにせよ、その実生活において李賀と同じく不遇の人であり、文学的信条《クレド》もまた「以酒養真」の理念とは遠く、文学至上主義の愛の詩人として生きることを強いられたのが李商隠という詩人であった。そのような詩人のうちにも、脈々と中国詩の伝統である「詩酒合一」の観念が息づいているのは興味深い。

杜牧

一酔一眠吾事足　　一酔一眠《いっすいいちみん》吾《わ》が事《こと》足《た》れり
世上窮通何處邊　　世上《せじょう》の窮通《きゅうつう》何処《いずこ》の辺《あたり》ぞ

藤田東湖

李賀と李商隠に続いて、晩唐の詩人杜牧《とぼく》の飲酒詩を垣間見よう。杜牧を酒の詩人と見るのは当を失しているかもしれないが、詩酒合一の国に生まれ、若き日に詩酒放蕩の日々を送ったこの詩人もまた、幾篇もの忘れがたい酒の詩を残した。さしもの栄華を誇った唐朝も、もはや衰運に向かいつつあった晩唐の時代を生きた杜牧は、ノスタルジアの詩人である。唐の気をたたえたその詩は、甘美なうちにもどこか悲哀に似たものを宿しており、そこがまた魅力だと言ってよい。

杜牧は詩人であると同時に一代の文章家でもあり、愛国主義者、軍略家でもあったが、後世の東都の一酒徒の関心を惹くのはさような存在としての杜牧ではない。飲酒詩のほかには、名篇として広く知られ、人口に膾炙した、

千里鶯啼緑映紅　　千《せん》里《り》鶯《うぐいす》啼《な》きて緑《みどり》　紅《くれない》に映《えい》ず
水村山郭酒旗風　　水《すい》村《そん》山《さん》郭《かく》酒《しゅ》旗《き》の風《かぜ》
南朝四百八十寺　　南《なん》朝《ちょう》四《し》百《ひゃく》八《はち》十《じゅう》寺《じ》
多少樓臺煙雨中　　多《た》少《しょう》の楼《ろう》台《だい》煙《えん》雨《う》の中《うち》

という、かの「江南春《こうなんしゅん》」絶句や、これも名高い七絶、

烟籠寒水月籠沙　　烟《けむり》は寒水《かんすい》を籠《こ》め　月《つき》は沙《すな》を籠《こ》む
夜泊秦淮近酒家　　夜《よる》　秦淮《しんわい》に泊《はく》して　酒家《しゅか》に近《ちか》し
商女不知亡國恨　　商女《しょうじょ》は知《し》らず　亡国《ぼうこく》の恨《うら》みを
隔江猶唱後庭花　　江《こう》を隔《へだ》てて猶《な》お唱《うた》う　「後庭花《こうていか》」

（訓読は市野澤寅雄氏による）

（訓読は松枝茂夫氏による）

「泊秦淮（秦淮《しんわい》に泊《はく》す）」のような失われた世界、失われた時代への哀感を込めた追憶の詩こそが、わが心にかなない、愛誦するところとなっているのである。詩酒放蕩の日々になじんだ妓女に与えた「贈別《ぞうべつ》」のような詩も、やはり李商隠の「無題《むだい》」詩に似た「甘美なる悲哀」voluptas dolendi に満ちていて、実に捨てがたい魅力にあふれており、拙老の深く愛するところだ。残念ながら、ここでは飲酒詩を扱うので、割愛せざるをえない。

さて杜牧の飲酒詩だが、詩酒の国の詩人として酒に背かず、若き折に放蕩の日々を送り、妓楼に流連しては夜な夜な酒びたりだった青春時代を振り返ったところから、こんな詩が生まれている。

觥舡一棹百分空
十歳青春不負公
今日鬢絲禪榻畔
茶煙輕颺落花風

觥舡一棹《こうこういっとう》　百分空《ひゃくぶんむな》し
十歳青春《じっさいせいしゅん》　公《こう》に負《そむ》かず
今日鬢糸《こんにちびんし》　禅榻《ぜんとう》の畔《ほとり》
茶煙軽《ちゃえんかる》く颺《あが》る　落花《らっか》の風《かぜ》

（訓読は目加田誠氏による）

もはや髪に霜を帯びた晩年の作と思われる「題禪院（禅院《ぜんいん》に題《だい》す）」というこの七絶は、若き日に豪飲の士であった杜牧の面影を映しており、その酒態を伝える一種の自画像のような作だと言えるだろう。ここにもまた、失われた日々への追憶を詠う詩人としての杜牧の特質が見える。第二句「十歳青春　公に負かず」の意味するところいささか難解で、その意必ずしも明らかではない。「公」を酒杯ないしは酒そのものととる解釈と、これを自分のことを指すとする解釈があるようだが、一酒徒としては、前者の解に従い、十年来酒杯に忠実で酒に背いたことはなかった、とする杜牧の感慨を述べたものと受け取りたい。

江南揚州の地にあって、放蕩三昧で詩酒徴逐の日々を重ねていた若かりし日を回想しての作「遣懷（懐《かい》を遣《や》る）」も、同じくもはや帰り来ぬ青春の日々を、ほろ苦い悔恨の情を込めて詠った名篇で、いわく言い難い魅力を秘めている。杜牧には及ばぬまでも、詩酒放蕩の日々を経験したことのある者ならば、酒を酌み、胸の疼きを覚えながら、この詩を誦して倦むことがないに相違ない。よく知られたその一篇を引く。

落魄江湖載酒行　　江湖《こうこ》に落魄《らくはく》して酒《さけ》を載《の》せて行《ゆ》く
楚腰纖細掌中輕　　楚腰纖細《そようせんさい》　掌中《しょうちゅう》に軽《かろ》し
十年一覺揚州夢　　十年一《じゅうねんひと》たび覚《さ》む　揚州《ようしゅう》の夢《ゆめ》

贏得青樓薄倖名　　贏《か》ち得《え》たり　青楼薄倖《せいろうはくこう》の名《な》

（訓読は松枝茂夫氏による）

華やかな揚州の町で、「酒と薔薇の日々」を送りつつ、奔放に生きた若き杜牧の姿が彷彿と浮かび上がってくるばかりか、同時にそれを一時の夢と観じ、限りないノスタルジアと悔恨をもって、その日々を追憶する詩人の気持が切々と迫ってくる。実にいい詩である。この詩を誦していると、拙老の脳裏には、はしなくも江戸の漢詩人柏木如亭《かしわぎじょてい》のこんな詩が浮かんできた。老いて後に、若き日に酒場で泥酔した思い出を追懐した詩である。

酒場久絶玉山頽　　酒場《しゅじょう》久《ひさ》しく絶《ぜっ》す玉山頽《ぎょくざんくず》るるを
癡夢無端吹冷灰　　痴夢端無《ちむはしな》く冷灰《れいかい》を吹《ふ》く
二十年前行樂事　　二十年前《にじゅうねんまえ》　行楽《こうらく》の事《こと》
一宵復上枕頭來　　一宵復《いっしょうま》た枕頭《ちんとう》に上《のぼ》り来《きた》る

無論両者の詩の詩境は異なるが、にもかかわらず酒肆、妓楼に沈酔した昔をしのぶ作として、どこか共通したものがあることも否めない。

酔裏、酔後に杜牧の右のような詩を舌頭に乗せていると、杜牧その人が乗り移ってくる感があり、到底千年も昔の異国の詩人の作とは思われぬ。このような趣の酒の詩は、ヨーロッパにはないようだ。やはり飲酒詩は「詩酒合一」の国、中国のそれにとどめを刺す。

さて今度は、深く酒を愛する酒徒として杜牧の面目を伝える飲酒詩を何篇か眺めてみたい。まずは「独酌《どくしゃく》」と「酔眠《すいみん》」と題する五絶を二首掲げよう。以下の二首は、例によって拙老の枕頭の書、青木正児大人の『中華飲酒詩選』から引く。

獨酌
窓外正風雪
擁爐開酒缸
何如釣船雨
篷底睡秋江

ひとり酌《く》む
窓外《そうがい》　正《まさ》に風雪《ふうせつ》
炉《ろ》を擁《よう》して酒缸《しゅこう》を開《ひら》く
何如《いかん》ぞ釣船《ちょうせん》の雨《あめ》
篷底《ほうてい》　秋江《しゅうこう》に睡《ねむ》ると

酔眠
秋醪雨中熟
寒齋落葉中

酔《よ》うて眠《ねむ》る
秋醪《しゅうろう》　雨中《うちゅう》に熟《じゅく》す
寒斎《かんさい》　落葉《らくよう》の中《なか》

幽人本多睡　幽人《ゆうじん》　本睡《もとねむ》り多《おお》し
更酌一樽空　更《さら》に一樽《いっそん》を酌《く》んで空《むな》しうす

先の二篇に比べるとだいぶ趣は異なるが、酒人杜牧の面目をよく伝えている作ではあろう。独酌の詩は李白をはじめ漢土の詩人にも多くあるが、わが大田南畝にも杜牧の作と同じく雪中での独酌を詠じた「雪中独酌《せっちゅうどくしゃく》」と題するこんな飲酒詩がある。参考までに引いておこう。

雪裏余生雙白髪　雪裏《せつり》の余生《よせい》　双白髪《そうはくはつ》
樽前獨酌一青釭　樽前《そんぜん》の独酌《どくしゃく》　一青釭《いっせいこう》
讀書萬巻終無益　読書万巻《どくしょばんかん》　終《つい》に益無《えきな》し
傳語孫康早掩窗　語《ご》を伝《つた》う　孫康早《そんこうはや》く窓《まど》を掩《おお》えと

雪中に一人酌む酒を詠った作としては、本朝では芭蕉にも、

酒飲めばいとど寝られぬ夜の雪

なる、よく知られた吟がある。

ちなみに後者「酔眠」は、青木大人の訳がまたなんとも言えぬ飄逸な味わいをたたえているので、それをも掲げておきたい。一見無技巧のように見えて、味わい深い訳である。

秋の濁酒《にごりざけ》が雨中に熟《な》れて来て
吾が宿は落葉《おちば》が散り布く。
幽人《わびびと》は本来よく睡るのに
更に一樽を酌んで空《から》にしたのだもの。

杜牧の飲酒詩をさらに何篇か眺めてゆきたい。いずれも平生酒に親しみ、自ずと詩酒合一の境地に達している詩人杜牧の酒態や酒境を映し出していて、興味深い。青木老の『中華飲酒詩選』からまず二首を引く。

歙州盧中丞見恵名醞　　歙州《きゅうしゅう》の盧中《ろちゅうじょう》丞より名醞《めいうん》を恵《めぐ》まる

誰憐賤子啓窮途　　誰《だれ》か賤子《せんし》を憐《あわれ》み窮途《きゅうと》を啓《ひら》く
太守封來酒一壺　　太守《たいしゅ》　封《ほう》じ来《きた》る酒《さけ》　一壺《いっこ》

攻破是非渾似夢
削平身世有如無
醺醺若借嵇康懶
兀兀仍添寧武愚
猶念悲秋更分賜
夾溪紅蓼映風蒲

是非《ぜひ》を攻破《こうは》し渾《すべ》て夢《ゆめ》に似《に》たり
身世《しんせい》を削平《さくへい》し有《あ》るも無《な》きが如《ごと》し
醺醺《くんくん》として嵇康《けいこう》の懶《らん》を借《か》る若《ごと》く
兀兀《こつこつ》として仍《な》お寧武《ねいぶ》の愚《ぐ》を添《そ》う
猶《な》お念《おも》う悲秋《ひしゅう》　更《さら》に分賜《ぶんし》せば
渓《けい》を夾《はさ》んで紅蓼《こうりょう》　風蒲《ふうほ》に映《えい》ぜん

宣州開元寺南樓
小樓纔受一牀横
終日看山酒滿傾
可惜和風夜來雨
醉中虚度打窗聲

宣州開元寺《せんしゅうかいげんじ》の南楼《なんろう》にて
小楼《しょうろう》　纔《わずか》に受《う》く　一牀《いっしょう》の横《よこ》たわるを
終日《しゅうじつ》　山《やま》を看《み》て酒《さけ》　満傾《まんけい》す
惜《おし》む可《べ》し風《かぜ》に和《わ》して夜来雨《やらいあめ》ふる
酔中《すいちゅう》虚《むな》しく度《わた》る窓《まど》を打《う》つ声《こえ》

前者は御史中丞の職にあった盧《ろ》氏より名酒を贈られ、それを酌んで陶然となった酔境を詠っていて、面白い。杜牧が酒を好み、真に酒中趣を解する男であったことがよくわかる。実際、杜牧ならずとも、美酒を酌み無我の境地に到れば、中区は狭く、身を拘束している濁世の羈絆《きはん》などは眼中に無くなるものである。杜牧は大きな才能を有していながら不遇の人であり、卑官をもって終わった。冒頭で「誰《だれ》か賤子《せんし》を憐《あわれ》み窮途《きゅうと》を啓《ひら》く」と言っているところから、この作が不遇をかこっていた折の作であることが知られるが、それを慰めるものは、やはり酒であった。

次に、酒にからめてみずからの官人としての経歴に言及した「和州《わしゅう》」絶句と「初冬夜飲《しょとうやいん》」を挙げよう。いずれも純粋の飲酒詩とは言いがたい作だが、詩酒徴逐の日々を送った詩酒徒でありながら、同時に官人として生きる道を選ぶほかなかった漢土の詩人ならではの詩である。

江湖醉度十年春
牛渚山邊六問津
歴陽前事知何實
高位紛紛見陷人

江湖《こうこ》醉《よ》いて度《わた》る十年《じゅうねん》の春《はる》
牛渚山辺六《ぎゅうしょさんべんろく》たび津《しん》を問《と》う
歴陽《れきよう》の前事《ぜんじ》知《し》る何《なん》の実《じつ》ぞ
高位紛紛《こういふんぷん》　陥《おとしい》れらるる人《ひと》

淮陽多病偶求權
客袖侵霜與燭盤

淮陽《わいよう》多病《たびょう》　偶《たまたま》　權《かん》を求《もと》む
客袖《かくしゅう》侵霜《しんそう》燭《しょく》盤《ばん》と与《とも》にす

（訓読は市野澤寅雄氏による）

砌下梨花一堆雪　砌下《せいか》の梨花《りか》一堆《いったい》の雪《ゆき》
明年誰此凭闌干　明年《みょうねん》誰《たれ》か此《ここ》に闌干《らんかん》に凭《よ》らん

（同前）

最後にその絵画的感覚と淡い味わいにおいて、まさに一幅の南画のような一篇を掲げておきたい。「清明《せいめい》」と題された七絶の作である。

清明時節雨紛紛　清明《せいめい》の時節《じせつ》　雨《あめ》　紛紛《ふんぷん》
路上行人欲斷魂　路上《ろじょう》の行人《こうじん》　魂《たましい》を断《た》たんと欲《ほっ》す
借問酒家何處有　借問《しゃもん》す　酒家《しゅか》は何《いず》れの処《ところ》にか有《あ》る
牧童遙指杏花村　牧童《ぼくどう》　遥《はる》かに指《ゆび》さす　杏花村《きょうかそん》

（訓読は松枝茂夫氏による）

清明すなわち春分から半月ほど経ったころ、旅の途上雨に遭って、しとしとと降りしきる雨の中で春愁をひとしお深める作者と、通りすがりの牧童との会話が、あたかも寸劇のように生き生きとこの短い詩の中に展開していて、みごとである。

借問《しゃもん》す　酒家《しゅか》は何《いず》れの処《ところ》にか有《あ》る
牧童《ぼくどう》　遥《はる》かに指《ゆび》さす　杏花村《きょうかそん》

という後半の二句には、なんとも言いがたい古淡な趣があるが、それを締めくくっているのが「杏花村」という表現だ。牧童が無言で指さすかなたに、春雨の中で薄紅の杏子《あんず》の花が煙るがごとくぼんやりと霞んでいる、というのはまさに南画の世界そのものではあるまいか。名高い「江南春」絶句で、

南朝四百八十寺　　南朝四百八十寺《なんちょうしひゃくはちじゅうじ》
多少樓臺煙雨中　　多少《たしょう》の楼台煙雨《ろうだいえんう》の中《うち》

と詠った杜牧らしい作だと思われる。杜牧にはまだほかにも「九日斉山登高《きゅうじつせいざんとうこう》」「群斉独酌《ぐんせいどくしゃく》」などすぐれた飲酒詩がある。

唐詩諸家（上）

禁酒二三日
見盃只流涎
頻悔爲願掛
難忍咽甚乾
酒塩謂勝手
焼酎奈同然

禁酒《きんしゅ》　二三日《にさんにち》
盃《さかずき》を見《み》て只涎《ただよだれ》を流《なが》す
頻《しき》りに悔《く》やむ　願掛《がんか》けを為《せ》しことを
忍《こら》え難《がた》し　咽《のど》甚《はなは》だ乾《かわ》くを
酒塩《さかしお》　勝手《かって》を謂《い》い
焼酎《しょうちゅう》　同然《どうぜん》を奈《いか》ん

鈍狗斎愚仏《どんくさいぐぶつ》

これまでのところ、唐代の詩人では李白杜甫の二詩宗をはじめ、白楽天、李賀、李商隠、杜牧の飲酒詩をいくつか取り上げ、その詩風を垣間見て、詩人たちの酒風、酒境を窺ってきた。

世界に冠たる詩酒の国の華であり、三千年の歴史を誇る中国詩の中でも、唐詩は実に飲酒詩の宝庫である。「酒仙」「斗酒学士」「酔吟先生」「酔士」をはじめ、詩酒合一の境成って、飲酒詩に名を得た詩人たちが目白押しに並んでいて、枚挙に暇がない。されば以下三章にわたって、東都の一酒徒が日頃愛誦している酒を詠った唐詩を何篇か眺めて、酔余の勝手な熱を吹くこととしよう。既にその飲酒詩の一端を垣間見た上記の詩人たちの作は、割愛することをお断りしておく。酔人の妄語ゆえ脈絡を欠き、アト・ランダムに心にかなう詩人の作を取り上げてもかまわないのだが、一応時代を追って初唐・盛唐の詩人の作を覗いてみる。

まずは『酒経《しゅきょう》』を編纂し、『酒譜《しゅふ》』『酔郷記《すいきょうき》』を作ったことで知られ、初唐における豪飲の士として名高かった王績《おうせき》の詩「酔後《すいご》」と「独酌《どくしゃく》」の二首を、枕頭の書である青木正児『中華飲酒詩選』から引く。

阮籍醒時少　　阮籍《げんせき》は醒時《せいじ》少《すく》な く
陶潜酔日多　　陶潜《とうせん》は酔日《すいじつ》多《おお》し
百年何足度　　百年《ひゃくねん》　何《なん》ぞ度《わた》るに足《た》らん
乗興且長歌　　興《きょう》に乗《じょう》じて且《しばら》く長歌《ちょうか》せん

在生知幾日
無狀逐空名
不如多釀酒
時向竹林傾

在生《ざいせい》　知《し》んぬ幾日《いくにち》ぞ
無状《むじょう》にして空名《くうめい》を逐《お》うは
如不《しかず》　多《おお》く酒《さけ》を醸《かも》して
時《とき》に竹林《ちくりん》に向《むか》って傾《かたむ》くるに

酒人としての王績に関する逸話は多い。学問を好み、博覧強記で学殖深かったために朝廷より官職を授けられたが、「酒徳に篤《あつ》いため」（つまり大酒飲みだったため）、職務遂行の妨げとなったとか、朝廷に召し出され、その酒好きを知られて日々一斗の酒を給され、「斗酒学士」の名を得たとか、ある役人よい酒を醸《かも》すと聞いてその下役になり、その男が死ぬと職を辞したとか、さまざまな逸話が伝えられている。往古の伝説的な酒人劉伶《りゅうれい》を慕い、「劉伶《りゅうれい》に逢《あ》い与《とも》に戸《と》を閉《と》じて轟飲《ごういん》せざるを恨《うら》む」と言っていたそうであるから、天下に隠れもなき酒飲みをもって任じていたのであろう。右に引いた二首は、世俗的出世など眼中に無く、ひたすら酒を愛して、意を琴酒に縦《ほしいまま》にしたこの詩人の本性をよく映し出していると言ってよい。陶淵明にも相通じるところがあるように思われる。

続いては、これも初唐の詩人張説《ちょうえつ》の五絶一首を、上記青木大人の書から引く。これは、最後の一句「出語總成詩（出語《しゅつご》総《すべ》て詩《し》と成《な》る）」という酔境の詠じ方が面白いので、挙げてみるのである。併せて青木老の訳も掲げておく。

醉後樂無極　酔後《すいご》　楽《たのし》み極《きわ》まり無《な》く
彌勝未醉時　弥《いよいよ》勝《まさ》る　未《いま》だ酔《よ》わざる時《とき》に
動容皆是舞　動容《どうよう》　皆《みな》是《こ》れ舞《まい》
出語總成詩　出語《しゅつご》　総《すべ》て詩《し》と成《な》る

酔うてから後は楽しみ極まり無く
未《ま》だ酔はぬ時より　はるかに勝る。
動く姿は皆舞ひであり
出す言葉は総て詩と成る。

蘇軾の言う「得酒詩自成（酒《さけ》を得《え》れば詩《し》自《おの》ずから成《な》る）」ではないが、酒神の一撃を心に喰らうと、心中にただちに詩が生まれるとは、ギリシアの詩人アルキロコスも詠っているところだ。もっとも、張説の言うところは、さほどの具体的な意味はないかもしれない。存分に酣んでひとたび酔郷に入るや、一挙手一投足すべてふわふわと心地よく、酔後の妄言であれなんであれ、口をつく言葉はすべて詩的な響きを持つかのごとくだと言うのであろう。酒趣体得した人物の詠う、酒楽境の詩にほかならない。

次いで、井伏鱒二の自由闊達な訳詩によっても知られ、わが国でも人口に膾炙している「四《し》明狂客《めいきょうかく》」こと賀知章《がちしょう》の名高い五絶「題袁氏別業（袁氏《えんし》の別業《べつぎょう》に題《だい》す）」を覗いてみよう。井伏訳も併せて掲げる。

主人不相識
偶坐爲林泉
莫謾愁沽酒
囊中自有錢

主人《しゅじん》　相識《あいし》らず
偶坐《ぐうざ》するは林泉《りんせん》が為《ため》なり
謾《まん》に酒《さけ》を沽《か》うを愁《うれ》うること莫《な》かれ
囊中《のうちゅう》自《おの》ずから銭《ぜに》有《あ》り

（訓読は前野直彬氏による）

主人ハタレト名ハ知ラネドモ
庭ガミタサニチョトコシカケタ
サケヲ買フトテオ世話ハムヨウ
ワシガサイフニゼニガアル

前野氏などの注記によれば、前半の二句は晋の王献之《おうけんし》の故事を踏まえたものだとあるが、この際それはまあどうでもよい。井伏氏の闊達な訳がその妙味をうまく伝えているように、この詩の飄逸な面白みは、やはり後半の二句にある。中国の飲酒詩は実に多様な趣を持つが、こんな洒落た作があるのも、詩酒の国ならではと思われる。ちなみに、服部南郭の『唐詩選国字解』は、この詩をこんなふうに解釈している。敢えて煩を厭わず、全文を引いておく。

賀知章がこの処へ来たり、酒店から酒をとりよせ、近付きでもないに、なんの弁《わきま》へもなく思ひもよらずこの処へ来ているは、なにのためぞ。林泉のすぐれたゆへじゃ。主人は誰と云ふ人かは知らず、あの方から呼ぶでもなく、外から行きやれと云うたでもない。主人を知らぬ者がこうしているが、風流じゃ。「偶坐」は、なにとなう坐したと云ふことである。滅多に飲むゆへ、あのやうに飲まばよほど酒を沽《か》はずばなるまいと、気の毒に思はるまいものでもないが、此の方の嚢中にもそれほどの銭はござると、主人をなぶるやうに云ふが、甚だ挨拶にもなり、林泉を慕ふ意が深い。なぜなれば、この風景を見棄ててはどうも帰られぬ。手前で沽うてなりとも飲まいでは、と云ふが、主人も喜ぶことじゃ。かく云へば下劣に聞ゆれども、却って風流である。

南郭は、この詩について「袁氏の下屋敷へ、つれを誘ひ合うて来たものと見ゆる」と言っているが、それだとかなり趣が異なった詩になってしまう。後半部の「酒店から酒をとりよせ……なんの弁へもなく滅多に飲む云々」という解釈はいただけない。くど過ぎるばかりか、こんな解釈では、「囊中自ずから銭有り」という詩句に宿る飄逸な妙味が消え失せてしまうからだ。詩意を説こうとして、無理に理に落ちた解釈をすると、こういうことになってしまいがちである。甚解求むべからず。なお大田南畝の『通詩選笑知《つうしせんしょうち》』に、この詩の愉快なパロディーがある。ついでに紹介しておきたい。

題ニ変士別遊一《へんしがべつゆふにだいす》　　無馳走《ぶちそう》

美人不ニ相答一《びじんあいしらはず》　一坐為ニ金銭一《いちざきんせんのためなり》
莫ニ謾愁レ呑レ酒《まんにさけをのむことをうれふることなかれ》　閨中自有レ伝《けいちうおのづからでんあり》

さて今度はこれも広く知られた王翰《おうかん》の「涼州詞《りょうしゅうし》」に移ろう。これは高校の漢文の教科書にも載っているほど、わが国では広く親しまれ、馴染み深い作である。あまりにも人口に膾炙し過ぎたため、かえって感動を呼びにくいほどだが、これが唐代飲酒詩の名篇であることに変わりはない。

葡萄美酒夜光杯
欲飲琵琶馬上催
醉臥沙場君莫笑
古來征戰幾人回

葡萄《ぶどう》の美酒《びしゅ》　夜光《やこう》の杯《さかずき》
飲《の》まんと欲《す》れば　琵琶《びわ》　馬上《ばじょう》に催《うなが》す
酔《よ》うて沙場《さじょう》に臥《ふ》す　君笑《きみわら》うこと莫《な》かれ
古来征戦《こらいせいせん》　幾人《いくにん》か回《かえ》る

（訓読は前野直彬氏による）

作者王翰は性豪放にして若い時から詩酒放蕩に耽って博打などにも手を染め、己の才を誇って奢るところがあったという。『唐詩選』には王翰の作としては、この楽府《がふ》題の詩一首を収めるのみだが、そのただ一首が王翰の名を不滅のものとしたのである。もって瞑すべきであろう。当時は都から遥か彼方の辺塞の地であった涼州での、出征兵士の心情を詠ったこの詩は、「葡萄の美酒」に「夜光の杯」というエキゾティックな言葉を重ね、これも異国伝来の楽器である琵琶の音を響かせて、異国情緒たっぷりである。荒涼とした辺境にあって、明日は屍と化すかも知れぬ兵士の心情を、哀感を込めて詠った美しい詩である。これも歴史的な経緯により、数多くの辺塞詩を生んだ中国ならではの飲酒詩だと言っていいだろう。蛇足ながら、拙老はかつて中国に遊んだ麗人から、夜光杯一対を贈られたことがある。それに葡萄酒をなみなみと満たして酌む味は、また格別なものである。

この辺で「邯鄲少年行《かんたんしょうねんこう》」などによって知られる高適《こうせき》の飲酒詩に目を移すこととしよう。不遇時代に李白、杜甫と交わり、詩酒の興を縦《ほしいまま》にしたこの詩人は、『旧唐書《くとうじょ》』に「而有唐以來、詩人之達者、唯適而已（唐有《とうあ》りてより以来《いらい》、詩人《しじん》の達《たっ》する者《もの》は、唯《た》だ適《せき》のみ）」、唐朝が始まって以来、詩人にして栄達を遂げた者は、ただ高適あるのみ、と言われているように、晩年に重用されて大官にまで上った。五十歳を過ぎてから詩作に身を入れ、俄かに詩名が高まったと伝えられるが、その性剛強にして経綸の志を抱きながら、驥足《きそく》を伸ばせなかった不遇時代に、「田家春望《でんかしゅんぼう》」と題するこんな詩を作っている。飲酒そのものを詠った作ではないが、漢代の人、酈食其《れいいき》になぞらえて、みずからを「酒徒」と名乗っており、天下に認められぬまま、酒を食らって過ごす不遇の身を嘆じた詩である。服部南郭は、この詩題を説いて、「立身もせぬゆへ、引きこんでいて、憤りを含んで云ふ」と言っているが、そのとおりであろう。

出門何所見　門《もん》を出《い》でて何《なん》の見《み》る所《ところ》ぞ
春色滿平蕪　春色《しゅんしょく》　平蕪《へいぶ》に満《み》つ
可歎無知己　歎《たん》ず可《べ》し　知己《ちき》無《な》きを
高陽一酒徒　高陽《こうよう》の一酒徒《いちしゅと》

（訓読は前野直彬氏による）

この詩にも、同じく蜀山人大田南畝によるパロディーがある。面白いのでついでに引いておこう。

田畝春望《たんぼのしゅんぼう》

出《をほもんをいでゝ》ニ大門一 何見《なにをかみる》　春色満《しゅんしょくへいどぶにみつ》ニ屏溝一

可《たんずべしきんけなきことを》レ歎無ニ金気一　高利一座頭《かうりのいちざとう》

次いでもう一首「醉後贈張九旭（醉後張《すいごちょう》九旭《きゅうきょく》に贈《おく》る）」という作を引いておきたい。

世上漫相識

此翁殊不然

興來書自聖

醉後語尤顛

白髪老閑事

青雲在目前

牀頭一壺酒

世上《せじょう》　漫《まん》に相識《あいし》る

此《こ》の翁《おう》　殊《こと》に然《しか》らず

興来《きょうき》たって書《しょ》　自《おのず》から聖《せい》

酔後《すいご》　語《ご》　尤《もっと》も顛《てん》

白髪《はくはつ》　閑事《かんじ》に老《お》い

青雲《せいうん》　目前《もくぜん》に在《あ》り

牀頭一壺《しょうとういっこ》の酒《さけ》

能更幾回眠　　能《よ》く更《さら》に幾回《いくかい》か眠《ねむ》る

（訓読は斎藤晌氏による）

これは草書に秀で、杜甫の「飲中八仙歌」の中で「張旭《ちょうきょく》は三杯にして草聖伝《そうせいつた》う、帽《ぼう》を脱《ぬ》ぎ頂《いただき》を露《あら》わす王公《おうこう》の前《まえ》、毫《ごう》を揮《ふる》って紙《かみ》に落《お》とせば雲煙《うんえん》の如《ごと》し」と詠われている、大酒飲み張九旭なる人物の酒態を詠じた作である。この愛酒家は奇人で、大酔すると大声をあげて狂い走り、髪を墨で濡らしては筆を揮うなど、奇行が多かったので、世人は彼を「張顚《ちょうてん》」（張の気ちがい）と呼んだという。高木正一氏はこの詩の最初の二句を説いて、「世間の連中は、ただ漫然と知り合いの仲となるものだが、この御老人ばかりは決してそんな人物ではない、という二句は、張旭の人となりをのべる中で、張旭との情誼のあついことをほのめかしたものである」と言っている（『唐詩選（下）』新訂中国古典選15）。まことに酒人よく酒人を知るたぐいで、同じ酒人として共に酒を酌み、世人が「顚」と呼ぶ人物の真価を認めていることを述べた作であろう。

以上、初唐・盛唐の飲酒詩を窺ってきたが、最後に劉廷芝《りゅうていし》の「故園置酒《こえんちしゅ》」を掲げることで、ひとまず締めくくることとしたい。

酒熟人須飲　酒熟《さけじゅく》せり人《ひと》すべからく飲《の》むべし
春還鬢已秋　春《はる》かえって鬢《びん》すでに秋《あき》なり
願逢千日酔　願《ねが》わくは千日《せんにち》の酔《よい》に逢《お》うて
得緩百年憂　百年《ひゃくねん》の憂《うれ》いを緩《ゆる》うするを得《え》ん
風前燈易滅　風前《ふうぜん》の灯《ともしび》滅《めっ》し易《やす》く
川上月難留　川上月留《せんじょうつきとど》めがたし
卒卒周姫旦　卒卒《そつそつ》たり周《しゅう》の姫旦《きたん》
栖栖魯孔丘　栖栖《せいせい》たり魯《ろ》の孔丘《こうきゅう》
平生能幾日　平生能《へいぜいよ》く幾日《いくにち》ぞ
不及且遨遊　しかず且《しばら》く遨遊《ごうゆう》せん

これは小杉放庵の『唐詩および唐詩人』に拠った。「平生能《へいぜいよ》く幾日《いくにち》ぞ、しかず且《しばら》く遨遊《ごうゆう》せん」という最後の二句が、酒を把ることを最大の楽しみとして余生を送っている、東都の一酒徒を励ますものであることのみを言っておこう。

唐詩諸家（中）

推枕殘更溫濁酒　　枕《まくら》を推《お》して残更《ざんこう》　濁酒《だくしゅ》を温《あたた》むれば
沈燈一穗照人愁　　沈灯一穂《ちんとういっすい》　人《ひと》の愁《うれ》いを照《てら》す

菅茶山《かんちゃざん》

引き続き初唐・盛唐諸家の酒詩の世界を徘徊、酔歩することとしよう。繰り返しになるが、唐代の詩は実に飲酒詩の宝庫であって、飲酒詩の名篇があまたあり、どれを選び賞するか迷うほどで、これを選することは、どの銘酒を選び味わうか決めるのにも増してむずかしい。その選が、結局は東都の一酔人が酔裏、酔後に愛誦しているところに落ち着くことになるのは、やはり飲み慣れた酒がうまいのと変わらない。

さてそこで、まずは詩人王維《おうい》による、よく知られた一篇「送元二使安西（元二《げんじ》の安西《あんせい》に使《つか》いするを送《おく》る）」から眺めたい。

唐の大詩人について、拙老のごとき門外漢がいまさら言うべきことはないが、「草隷《そうれい》に工《たくみ》に、画《え》を善《よ》くす」「画思神《がししん》に入《い》る」と評され、「詩中《しちゅう》に画《が》あり、画中《がちゅう》に詩《し》あり」と言われた傑出した画人でもあったこの詩宗は、どちらかと言えば静謐を好む田園詩人、自然詩人としての印象が強い。わが国でも古くから親しまれ、広く人口に膾炙した「鹿柴《ろくさい》」や「竹里館《ちくりかん》」などの名詩がそうした印象を生むのだが、王維が中国の詩人には珍しい仏教徒で、酒よりもむしろ茶がふさわしい詩人であることも、そういうイメージを強めているかもしれぬ。しかしさすがに世界に冠たる詩酒合一の国だけあって、その王維にしてもなお酒にちなんだすぐれた詩が何篇かある。そのうちの二、三の作を取り上げてみる。

渭城朝雨浥輕塵　　渭城《いじょう》の朝雨《ちょうう》　軽塵《けいじん》を浥《うるお》し
客舍青青柳色新　　客舎青青《かくしゃせいせい》　柳《りゅう》色《しょく》新《あら》たなり
勸君更盡一杯酒　　君《きみ》に勧《すす》む　更《さら》に一杯《いっぱい》の酒《さけ》を尽《つく》せ
西出陽關無故人　　西《にし》のかた陽関《ようかん》を出《い》づれば故人《こじん》無《な》からん

（訓読は小川環樹・都留春雄・入谷仙介氏による）

「陽関三畳《ようかんさんじょう》」の唱方によって知られ、古来送別の折に誦される詩として名高く、広く愛唱されてきた名詩である。飲酒詩そのものではないが、別離の酒、送別の酒が詠われているから、取り上げるのである。

この詩をもって送られている「元二」なる人物はいかなる人物か詳らかにしないそうだが、そんなことはどうでもよい。都護府が置かれていた安西つまりは現在の新疆のトルファンのあたりまで使者として旅立つ元二なる人物を送って行った際の作だが、前途は遥か茫々、送る方も送られる方も、万感胸に迫るものがあったことだろう。「君《きみ》に勧《すす》む更《さら》に一杯《いっぱい》の酒《さけ》を尽《つく》せ、西《にし》のかた陽関《ようかん》を出《い》づれば故人《こじん》無《な》からん」という後半の二句に、つきせぬ名残りの情がみごとに詠い収められていて、それが胸を打つ。

旅立つ人と別れの酒を酌み交わすのは、今日なお行われている美風だが、それを詠った「送《そう》別《べつ》」と題する詩も、ここに掲げておこう。これについてはコメントを省き、ただ江戸の狂詩人鈍狗斎愚仏《どんくさいぐぶつ》による、そのパロディーを併せ掲げるにとどめておく。

下馬飲君酒　　馬《うま》を下《くだ》りて君《きみ》に酒《さけ》を飲《の》ましむ
問君何所之　　君《きみ》に問《と》う　何《いずく》にか之《ゆ》く所《ところ》ぞ
君言不得意　　君《きみ》は言《い》う　意《い》を得《え》ず

歸臥南山陲　帰臥《きが》す　南山《なんざん》の陲《ほとり》
但去莫復問　但《た》だ去《さ》れ　復《ま》た問《と》う莫《なか》れ
白雲無盡時　白雲《はくうん》　尽《つ》くる時《とき》無《な》し

（同前）

送別　送別　鈍狗斎愚仏

添力飲君酒　力《ちから》を添《そ》えて君《きみ》に酒《さけ》を飲《の》ましむ
問君何所之　君《きみ》に問《と》う　何《いず》れの所《ところ》へか之《ゆ》く
君言勝手附　君《きみ》は言《い》う　勝手《かって》に附《つ》き
逼塞清水陲　清水《きよみず》の陲《ほと》りに逼塞《ひっそく》すと
但去莫復返　但《た》だ去《さ》れ　復《ま》た返《かえ》ることなかれ
借錢無盡時　借銭《しゃくせん》　尽《つ》くる時《とき》無《な》し

（日野龍夫・高橋圭一編『太平楽府他』による）

王維の飲酒詩としては、「酌酒與裴迪（酒《さけ》を酌《く》んで裴迪《はいてき》に与《あた》う）」も広く知られており、また事実傑作でもある。

酌酒與君君自寛
人情翻覆似波瀾
白首相知猶按劔
朱門先達笑彈冠
草色全經細雨濕
花枝欲動春風寒
世事浮雲何足問
不如高臥且加餐

酒《さけ》を酌《く》んで　君《きみ》に与《あと》う　君《きみ》自《み》ずから寛《ゆる》うせよ
人情《にんじょう》の翻覆《はんぷく》　波瀾《はらん》に似《に》たり
白首《はくしゅ》の相知《そうち》も猶《な》お剣《けん》を按《あん》じ
朱門《しゅもん》の先達《せんだつ》　弾冠《だんかん》を笑《わろ》う
草色《そうしょく》　全《まった》く細雨《さいう》を経《へ》て湿《うる》おい
花枝《かし》　動《うご》かんと欲《ほっ》して春風寒《しゅんぷうさむ》し
世事《せじ》は浮雲《ふうん》　何《な》んぞ問《と》うに足《た》らん
如《し》かず　高臥《こうが》し且《か》つ餐《さん》を加《くわ》えんには

（訓読は小川・都留・入谷氏による）

これは作者の親友であり、輞川《もうせん》の別業において詩を唱和した仲である裴迪が、官人としての志を得ず、不遇のうちに呻吟しているのを慰めるべく贈った詩である。酒席での即興の作だという。服部南郭はこの詩については、「裴迪が世間の者の不頼《ぶたの》もしいことを云ひ出したゆへ、なるほどそうじゃと、話をするように作るなり」などと、説いているがいかがなものか。仏道を慕う心穏やかな詩人王維の作にしては、強く激しい調子が宿っているのが目を惹く。いずれにせよ、酒は憂いを払う玉箒《たまははき》、「銷憂薬」であって、志を得ず鬱屈した折には、これを酌んで

「自《みずか》ら寛《ゆる》うする」ことこそ望ましい。そう言えば、「銷憂薬」としての酒の効用について、酒に名高いギリシアの詩人アルカイオスも、二千六百年の昔に、こんなことを詠っている。

厄災《わざわい》のことばかり気にかけていちゃならぬ、
苦しんだところで、くその役に立つまい。
最高の良薬というのはな、ビッキスよ、
酒を醸《かも》し来て酔い痴れることさ。

もっとも憂いを払うべく、王維の勧めに従って、あまりしばしば「自らを寛《ゆる》う」し過ぎると、酒客の深い憂いのよってくる所を知らぬ世の俗人たちによって、ただの「呑んべえ」と見なされてしまうので、用心せねばならぬ。

王維の酒の詩には、このほか遊侠の少年たちの意気軒昂な飲みっぷりを詠った「少年行《しょうねんこう》」や、拙老の愛誦する「田園楽《でんえんらく》」の一首「酒を酌《く》んで会《かな》らず泉水《せんすい》に臨《のぞ》み、琴《きん》を抱《いだ》いて好《よ》し長松《ちょうしょう》に倚《よ》る（以下略）」のような好ましい作があるが、割愛することにしよう。

次に王維と同じく自然詩人、山水詩人として知られ、「春眠《しゅんみん》暁《あかつき》を覚《おぼ》えず」の「春暁《しゅんぎょう》」でわれわれにもなじみ深い詩人孟浩然《もうこうねん》の一首「寒夜張明府宅宴（寒夜《かんや》に張明府《ちょうめいふ》の宅《たく》の宴《えん》）」を、一瞥しておこう。

王維と親しかったこの詩人は、「骨貌《こつぼう》淑清《しゅくせい》にして、風神散朗《ふうしんさんろう》」つまりは清らかな面立ちで、性格はさっぱりしていたと伝えられ、その五言詩は「天下《てんか》その美《び》を尽《つ》くすと称《しょう》す」と、そのすぐれた詩才を満天下に知られたが、裴迪と同じく不遇の人であった。詩文の才を認められ、官途に就くことを潔しとせず、ひたすら詩想の湧くのを待って己がために詩作したというから、天性の純粋詩人であったと言えるだろう。「故《ゆえ》に常《つね》に貧《ひん》なり」という次第であった。性狷介にして、不羈の人物であったため、幾度か進士に応じながらも及第せず、ついに郷里の鹿門山に隠れて一処士として終わった。文酒の会を好み、名士たちと交際しては、しきりに宴を張って酒を酌むのを常としていたようである。

ここでは孟のそのような酒風、酒境を伝える一首を引いておきたい。この詩は『唐詩選』にも『唐詩三百首』にも収められていないので、例によって、青木老の『中華飲酒詩選』から引く。

瑞雪初盈尺　　瑞雪《ずいせつ》　初《はじ》めて尺《しゃく》に盈《み》つ
寒宵始半更　　寒宵《かんしょう》　始《はじ》めて半更《はんこう》
列筵邀酒伴　　筵《えん》を列《つら》ねて酒伴《しゅはん》を邀《むか》え

刻燭限詩成　燭《しょく》に刻《こく》して詩《し》の成《な》るを限《かぎ》る
香炭金爐煖　香炭《こうたん》　金炉《きんろ》　煖《あたた》かに
嬌絃玉指清　嬌絃《きょうげん》　玉指《ぎょくし》　清《きよ》し
醉來方欲臥　酔《よ》い来《きた》って方《まさ》に臥《ふ》せんと欲《ほっ》し
不覺曉鷄鳴　覚《おぼ》え不《ず》　暁鶏《ぎょうけい》　鳴《な》く

「筵《えん》を列《つら》ねて酒伴《しゅはん》を邀《むか》え、燭《しょく》に刻《こく》して詩《し》の成《な》るを限《かぎ》る」とはしゃれた遊びで、俗塵を嫌い、詩酒に生きる男ならではの境地ではあるまいか。文酒の楽しみに浸るあまりに、自分を引見する予定だった大官との会見を断り、「僕已《ぼくすで》に飲《の》む。身《み》は行楽耳《こうらくのみ》。其《そ》の佗《わび》を恤《うれ》うるに遑《いとま》あらず」と喝破したという詩人らしい酒詩である。孟は他の詩でも「酒伴来《しゅはんきた》りて相命《あいめい》ず、尊《そん》を開《ひら》いて共《とも》に酲《てい》を解《と》く」と言っているところから推すと、独酌よりは対酌、群飲を好んだらしい。青木老はこの詩人について、「孟浩然も愛酒家であるから、連日豪飲し、宿酔と解酲《かいてい》を循環して繰り返したことであらう」と言っておられる。春の朝に「暁を覚えず」ぐっすりと眠っていたのも、おそらくは前夜存分に酒を蒙ったためであろう。

さて漢土には、経世の志を抱きながらも官途において不遇で、その憂さを「銷憂薬」によって晴らすことを求むる詩人あらば、一方では、ひとたび栄華をきわめながらも、挫折した憂さを酒にまぎらすべく、大酒、豪飲の日々を送った詩人もいた。杜甫の「飲中八仙歌」で、「左相《さしょう》は日興《にっきょう》に万銭《ばんせん》を費《つい》やす」とその豪遊ぶりを詠われた李適之《りてきし》がそれである。官人として栄達を重ね、丞相の位にまで登りながら、奸臣李林甫《りりんぽ》の讒にあって罷免され、一処士として酒を酣む日々を送った人物である。その作「罷相作（相《しょう》を罷《や》めて作《つく》る）」に言う、

避賢初罷相　賢《けん》を避《さ》けて初《はじ》めて相《しょう》を罷《や》め
樂聖且銜盃　聖《せい》を楽《たの》しんで且《か》つ盃《はい》を銜《ふく》む
爲問門前客　為《ため》に問《と》え　門前《もんぜん》の客《かく》
今朝幾箇來　今朝《こんちょう》　幾《いく》ばく箇《こ》か来《き》たる

（訓読は前野直彬氏による）

先の杜甫の詩に、続いて「飲《の》むこと長鯨《ちょうげい》の百川《ひゃくせん》を吸《す》うが如《ごと》く、盃《さかずき》を銜《ふく》んで聖《せい》を楽《たの》しみ賢《けん》を避《さ》けると称《しょう》す」とあるのは、右の詩を踏まえたものである。李適之は政治家としても有能であったが、中国式のヒューペルボレー（誇張法）で、「飲むこと長鯨の百川を吸うが如し」と詠われているように、飲酒一斗におよんでも乱れなかったという豪飲の士でもあった。賓客を喜び、上下の隔てなく酒を酣み交わしたというが、ひとたび大官を罷免されるや、政敵李林甫を

恐れて、以後かつての酒伴である官人たちは訪ねてこなくなったので、李適之は不満を抱いてますます酒びたりの毎日だったという。後半の二句を説いて、服部南郭は「さりながら、酒を飲むにも相手がいるが、今朝は幾人ほど来たぞ。大方一人も来たりはせまい。実は、われ権威にあった時には、大勢来たが、相をやめたれば、一人も来ぬと、憤るのである」と言っているが、正鵠を射ていよう。小杉放庵はこの詩に触れて、「適之元来世事に野心少なき人、めんどうな役目を離れ、うるさい男との対立も解放されて、のうのうとした心地となって、この詩ができた」などと述べているが、この詩はどうしてどうしてそんな呑気な境涯で作られたものではない。政敵李林甫の魔手はその後も執拗に延びてきて、やがて流罪にされ、自裁に追い込まれたのである。太平の世の名宰相も、末路は気の毒であった。こうなると、俗塵を厭い、敢えて官途に就かずに詩酒徴逐の日々を送った孟浩然や、わずか五斗米のために木端役人に腰を折ることを拒んで、田園に帰り、詩酒を友として生涯を終わった五柳先生陶淵明の人柄が、一層慕わしく思われる。

さて次にもう一首、張謂《ちょうい》の「湖中對酒作（湖中《こちゅう》にて酒《さけ》に対《たい》する作《さく》）」という飲酒詩を眺めておきたい。この詩はさして名高い作ではなく、またその作られた時の環境、状況が明らかでないため、注釈者を悩ませ、よくわからぬ詩だとされている。作者張謂は、その伝があまり明らかではないというが、杜甫と同時代の詩人、進士の出身で、官は礼部侍郎に至ったとされている。

夜坐不厭湖上月
晝行不厭湖上山
眼前一尊又長滿
心中萬事如等閑
主人有黍萬餘石
濁醪數斗應不惜
卽今相對不盡歡
別後相思復何益
茱萸灣頭歸路賖
願君且宿黃公家
風光若此人不醉
參差辜負東園花

夜坐《やざ》厭《いと》わず　湖上《こじょう》の月《つき》
昼行《ちゅうこう》厭《いと》わず　湖上《こじょう》の山《やま》
眼前《がんぜん》の一尊《いっそん》　又《また》長《とこしな》えに満《み》ち
心中《しんちゅう》万事《ばんじ》　等閑《とうかん》の如《ごと》し
主人《しゅじん》黍《しょ》有《あ》り　万余石《ばんよこく》
濁醪《だくろう》数斗《すうと》　応《まさ》に惜《お》しまざるべし
即今《そくこん》相対《あいたい》して歓《かん》を尽《つ》さずんば
別後《べつご》相思《あいおも》うも復《ま》た何《なん》の益《えき》かあらん
茱萸《しゅゆ》湾頭《わんとう》　帰路《きろ》賒《はる》かなり
願《ねが》わくは君《きみ》且《しばら》く宿《しゅく》せよ黄公《こうこう》の家《いえ》
風光《ふうこう》此《か》の若《ごと》くして人《ひと》酔《よ》わずんば
参差《しんし》として東園《とうえん》の花《はな》に辜負《こふ》せん

（訓読は前野直彬氏による）

拙老がこのさしたる傑作とも言えぬ飲酒詩に惹かれるのは、その口調のよさと、「即今相対《そくこんあいたい》して歓《かん》を尽《つく》さずんば、別後相思《べつごあいおも》うも復《ま》た何《なん》の益《えき》かあらん」という二句に、深く共感を覚えるからにほかならない。

唐詩諸家（下）

さす竹の君がすすむるうま酒にわれ酔ひにけりそのうま酒に

良寛

味酒《うまざけ》のみわの過ぎずばこれぞこの不老不死のくすりならまし

太田垣蓮月《おおたがきれんげつ》

引き続き東都の飲者の好む唐代諸家の飲酒詩を眺めつつ、贅言を加えてゆくこととしたいが、次に中唐、晩唐の詩人たちの作品に目を移そう。フランス十九世紀末の作家ユイスマンスの小説『さかしま』の主人公デゼッサントが、ウェルギリウス、ホラティウス、オウィディウス、キケロに代表される黄金時代のラテン作家よりも、もはや腐りかかった頽唐期のラテン文学を好んだように、後世の一酒徒の好みも、かすかな頽廃の匂いを放っている晩唐の詩人たちの上にある。こと酒の詩に関しても、盛唐の詩人たちの作、たとえば「以酒養真」の気概にあふれ、詩酒がまともに溶け合ってみごとな「詩酒合一」の境地を作り上げている李白の飲酒詩は、たしかに強い磁力をもち、われわれを惹きつけてやまないものがある。と同時に、先に見た杜牧や李商隠をはじめとする晩唐の詩人たちの飲酒詩にも、また捨てがたい味わいがあって、酔裏、酔後に誦するによろしい。その多くはある種の翳りを帯びており、もはや絶頂期を過ぎ、下降に向かっていた時代に生きた詩人たちの、シニシズムが漂っているかに思われる。敢えて言ってしまえば、晩唐の詩人たちによる飲酒詩は、ギリシア後代のエピグラムを多く収めた『ギリシア詞華集』の「シュンポティカ（飲酒詩）」に相通ずるところがあると言ってよい。

という次第で、ここでは主として晩唐の詩人たちの作を取り上げたいのだが、中唐の詩人韋《い》応物《おうぶつ》、権徳輿《けんとくよ》、韓愈《かんゆ》、孟郊《もうこう》、于《う》武陵《ぶりょう》などにもなかなか興味深く、また捨てがたい魅力のある飲酒詩があるので、先にそれを眺めておこう。

まずは韋応物の「對芳尊（芳尊《ほうそん》に対《たい》す）」という一首から。

對芳尊

芳尊《ほうそん》に対《たい》し

醉來百事何足論　　酔《よ》い来《きた》れば百事何《ひゃくじなん》ぞ論《ろん》ずるに足《た》らん
遙見青山始一醒　　遥《はる》かに青山《せいざん》を見《み》て始《はじ》めて一醒《いっせい》し
欲着接䍦還復昏　　接䍦《しょうり》を着《つ》けんと欲《ほっ》して還復昏《なおまたこん》す

（訓読は青木正児氏による）

王維と共に唐代の自然詩人を代表する存在であり、「まことに韋応物の詩は幽深簡遠。あるいは陶淵明以後一人なりとまでいわれている」（目加田誠氏）とその詩風を評される韋応物だが、右の一篇も、性高潔にして気質簡妙と伝えられるその人物像をよく反映しているように思われる。飄々として、超然たる飲酒詩だと言ってよかろう。その詩境、酒境は実に好ましい。次いで権徳輿の「独酌《どくしゃく》」という よき詩を、青木正児老の飄逸な味わいある訳とともに掲げたい。

獨酌復獨酌　　独り酌み　又　独り酌む
滿盞流霞色　　盃に満つる仙酒の色
身外皆虛名　　我身の外に見《あらは》るる物は皆虚名のみ
酒中有全德　　酒を飲む中にこそ完全なる徳は有れ

風清與月朗　　風清く月朗らかなる時
對此情何極　　此の酒に対《むか》へば面白きこと限りなし

先祖は殷の皇室にまで溯るという名門の出で、宰相の位にまで登り「権公」と称され、ほとんど位人臣を極めた官人が、かような飲酒詩を作っているのは面白い。権徳輿は徳高く、また学深くして文に巧みであったというが、その詩人が「身外皆虚名《しんがいみなきょめい》、酒中全徳有《しゅちゅうぜんとくあ》り」と喝破しているところがいい。右の詩にある「流霞《りゅうか》」とは、仙人の飲む酒だという。「酒中全徳有り」の一句は、「愛《う》い子よ、酒と真実とは……」との断片を残し、酒中有真を唱えたとおぼしき、酒に名高い古代ギリシアの詩人アルカイオスを想起させるところがある。ちなみにラテン語にもIn vino veritas. つまりは「酒中有真」という名高い句があるが、その本当の意味は「酒を飲むと本音が出る」ということらしい。確かにそれも真実ではあるが。

続いて中唐を代表する詩人にして大文章家たる、韓愈の七絶「遣興（興《きょう》を遣《や》る）」を一瞥しよう。

斷送一生惟有酒　　一生《いっせい》を断送《だんそう》するに　惟《た》だ酒《さけ》のみ有《あ》り
尋思百計不如閑　　百計《ひゃくけい》を尋思《じんし》するに　閑《かん》なるに如《し》かず

莫憂世事兼身事　　憂《うれ》うる莫《なか》れ　世事《せいじ》と身事《しんじ》とを
須著人間比夢間　　須《すべか》らく人間《じんかん》を著《と》って夢間《むかん》に比《ひ》すべし

（訓読は原田憲雄氏による）

韓愈には他に「把酒（酒《さけ》を把《と》る）」というなかなか魅力的な五絶があるが、敢えてこちらを掲げたのは、「一生《いっせい》を断送《だんそう》するに惟《た》だ酒《さけ》のみ有《あ》り」という痛快な詩句があることによる。つまりは「一生を送るには、ただ酒だけだ、酒に限る」とは、よくぞ言ってくださったものだ。知性の詩人である韓愈は陶淵明や李白とは異なり、酒客として名を馳せた存在ではない。その一生は、時局の変遷に従って浮沈の多い生涯であったが、その詩人の作にしてなお右のような飲酒詩があるのは面白い。激しい情念よりは理知の働きを強く感じさせる韓愈の作らしく、「須《すべか》らく人間《じんかん》を著《と》って夢間《むかん》に比《ひ》すべし」つまりは「人間の世は所詮夢の世と観ずるべきだ」という最後の詩句のうちに、韓愈らしい理知、悪く言えば理屈っぽさのようなものが読み取れると思われるのだが、いかがなものであろうか。

韓愈の門下にもあたり、また親交もあった人物として、苦吟の詩人孟東野《もうとうや》こと孟郊がいる。「狂牧之《きょうぼくし》（杜牧）」に対して「窮東野《きゅうとうや》」と言われるように、齢五十にして進士に及第したものの性狷介にして職務に精励せず、詩作にのみ耽ったため、官人としては不遇に終わった詩人である。この詩人に酒の功罪を詠った次のような作があり、酒に関してアルカイオスにも比せられる名句を吐いた。「酒徳《しゅとく》」と題する次の詩がそれである。

㈠酒是古明鏡
輾開小人心
醉見異擧止
醉聞異聲音

㈠酒《さけ》は是《こ》れ古明鏡《こめいきょう》
小人《しょうじん》の心《こころ》を輾開《てんかい》す
酔《よ》えば　挙止《きょし》を異《こと》にするを見《み》
酔《よ》えば　声音《せいいん》を異《こと》にするを聞《き》く

㈡酒功如此多
酒屈亦以深
罪人免罪酒
如此可爲箴

㈡酒功《しゅこう》は此《かく》の如《ごと》く多《おお》く
酒屈《しゅくつ》も亦《ま》た以《もっ》て深《ふか》し
人《ひと》を罪《つみ》して酒《さけ》を罪《つみ》する免《なか》れ
此《かく》の如《ごと》く箴《しん》と為《な》す可《べ》し

（訓読は青木正児氏による）

「酒《さけ》は是《こ》れ古明鏡《こめいきょう》」という詩句には、アルカイオスの「酒は人間の鏡（あるいは覗き眼鏡）なれば」という詩句に相通じるものがあり、飲酒を詠じた東西の詩に符合するところがあるのは嬉しい。無論、酒には酒徳ばかりではなく、「禍泉《かせん》」としての側面もあり、乱酔、狂酔はしばしば罪を作る。しかしそれは酒の飲み方を知らぬ者、酒客の資格を欠いた者の愚かな行為であって、酒そのものの罪ではない。貞曜《ていよう》先生孟郊は、それを「人《ひと》を罪《つみ》して酒《さけ》を罪《つみ》する免《なか》れ」と詠って、戒めとなされたのである。

中唐の詩人の飲酒詩を語るとなれば、世に広く知られ、井伏鱒二の飄逸、奔放な訳詞によって、わが国でもなじみの深い于武陵の五絶「勧酒《かんしゅ》」を逸するわけにはいかない。

勸君金屈巵　　君《きみ》に勧《すす》む　金屈巵《きんくつし》
滿酌不須辭　　満酌《まんしゃく》　辞《じ》するを須《もち》いず
花發多風雨　　花発《はなひら》けば風雨《ふうう》多《おお》く
人生足別離　　人生《じんせい》　別離《べつり》足《おお》し

（訓読は前野直彬氏による）

コノサカヅキヲウケテクレ
ドウゾナミナミツガセテオクレ
ハナニアラシノタトヘモアルゾ

「サヨナラ」ダケガジンセイダ。

詩意は敢えて説くまでもなかろう。井伏訳とともに舌頭に乗せて、ただ静かにこれを味わえばよい。この詩にも蜀山人による次のような愉快なパロディーがある。

勧レ醴《あまざけをすゝむ》　不風雅《ぶふうが》
勧レ君三国一《きみにすゝむさんごくいち》　甘酒不レ須レ辞《あまざけぢすることをもちいず》
胸焼皆迷惑《むねやけてみなめいわく》　先生無二別儀一《せんせいべつぎなし》

さて中唐の詩人たちの飲酒詩を眺めているうちに、拙老の好む晩唐の詩人たちの作について触れる紙幅に、あまり余裕が無くなった。枕頭の書『中華飲酒詩選』から、日頃愛誦している何篇かを掲げ、一言加えるにとどめねばならない。「酔士」こと皮日休《ひじつきゅう》（ヘンな名前の詩人である）の「酒中十詠《しゅちゅうじゅうえい》」と、これに和した陸亀蒙《りくきもう》の作からそれぞれ一篇ずつを引いてみる。

門巷寥寥空紫苔　門巷《もんこう》　寥　寥《りょうりょう》として空《むな》しく紫苔《したい》す
先生應渇解酲杯　先生《せんせい》　応《まさ》に渇《かっ》すべし解酲杯《かいていはい》

醉中不得親相倚　酔中《すいちゅう》　親《みずか》ら相《あ》い倚《よ》るを得《え》ず
故遣青州從事來　故《ゆえ》に青州《せいしゅう》の従事《じゅうじ》を遣《つか》わし来《きた》る

これは皮日休の作。それに唱和した陸亀蒙の作は次のとおりである。いずれ劣らぬ酒好きで意気投合した両詩人の応酬ぶりが面白い。

酒痕衣上雜莓苔　酒痕《しゅこん》は衣上《いじょう》に莓苔《ばいたい》を雑《まじ》う
猶憶紅螺一兩杯　猶《な》お憶《おも》う紅螺《こうら》の一両杯《いちりょうはい》
正被逶籬荒菊笑　正《まさ》に逶籬《じょうり》荒菊《こうぎく》の笑《わら》いを被《こうむ》る
日斜還有白衣來　日《ひ》は斜《なな》めにして還《ま》た白衣《はくい》の来《きた》る有《あ》り

「酔士」皮日休は「酒《さけ》に非《あら》ずんば適《かな》う能《あた》わず」というほど大いに酒を嗜み、天地の間の豪傑をもって任じていたが、黄巣《こうそう》の乱に際して賊に捕らえられ、偽官を授けられたがこれを断ったため、ついに賊に殺されたという。陸亀蒙は学問は深かったが進士に及第せず、仕官しなかったために窮迫した生活を送ったと伝えられる。この詩人が酒に耽ったのはわずか二年ほどで、後はきっぱりと酒を断ち、茶などを嗜んでいたらしい。詩酒の国の詩人にそう簡単に酒を断たれたのでは面白くない。

今度は羅隠《らいん》の「自遣（自《みずか》ら遣《や》る）」と題する七絶を一瞥しよう。青木老の訳もあわせ掲げる。

得卽高歌失卽休
多愁多恨亦悠悠
今朝有酒今朝醉
明日愁來明日愁

得《え》れば即《すなわ》ち高歌《こうか》し　失《うしな》えば即《すなわ》ち休《きゅう》す
多愁《たしゅう》　多恨《たこん》　亦《ま》た悠悠《ゆうゆう》
今朝《こんちょう》　酒有《さけあ》れば　今朝酔《こんちょうよ》い
明日《みょうにち》　愁来《うれいきた》らば　明日愁《みょうにちうれ》いん

得意なれば高歌し失敗したら止める
愁ひ多く恨み多くとも一向平気だ。
今朝《けさ》酒が有れば今朝《けさ》酔つぱらひ
明日《あす》愁が来たら明日《あす》愁へるまでさ。

羅隠は進士の試験に十回も落第したという、落第生の見本のような男だが、詩名は轟いていた。事実才気あふれ、鋭い機知と皮肉によって異彩を放っていたが、このタイプの詩人によくあるように、そのシニシズムゆえに世に容れられなかったらしい。しかし一種居直りとさえ見える傲然たる気概を示した右の詩は、なかなかによい。

最後に、晩唐を代表する飲酒詩人の一人である韋荘《いそう》の二篇「對酒贈友人（酒《さけ》に対《たい》して友人《ゆうじん》に贈《おく》る）」と、「題酒家（酒家《しゅか》に題《だい》す）」を、これも飄々たる味わいのある青木老の訳とともに掲げる。

多病仍多感
君心自我心
浮生都是夢
浩歎不如吟
白雪篇篇麗
清酤盞盞深
亂離俱老大
強醉莫霑襟

多病《たびょう》　仍《よっ》て多感《たかん》
君《きみ》の心《こころ》は自《おのず》から我《わ》が心《こころ》
浮生《ふせい》は都《すべ》て是《こ》れ夢《ゆめ》
浩歎《こうたん》は吟《ぎん》ずるに如《し》かず不《ず》
白雪《はくせつ》　篇篇《へんぺん》　麗《うるわ》しく
清酤《せいこ》　盞盞《さんさん》　深《ふか》し
乱離《らんり》　俱《とも》に老大《ろうだい》
強酔《きょうすい》して襟《きん》を霑《うるお》す莫《なか》れ

多病にして多感
君の心は　もちろん僕の心。

浮世は　すべて夢だ
歎ずるより吟ずるがましだ。
傑作は幾篇でも出来る
清酒は何杯でも有るさ。
お互に乱世の老書生
やけ酒でも飲まう、めそめそするなよ。

酒緑花紅客愛詩　　酒緑《しゅりょく》　花紅《かこう》　客《きゃく》は詩《し》を愛《あい》す
落花春岸酒家旗　　落花《らっか》　春岸《しゅんがん》　酒家《しゅか》の旗《はた》
尋思避世為逋客　　尋思《じんし》するに世《よ》を避《さ》けて逋客《ほかく》と為《な》り
不酔長醒也是癡　　酔《よ》わ不《ず》して長《なが》く醒《さ》むるも也《また》是《こ》れ痴《ち》

酒は緑に花は紅《くれなゐ》　客は詩を愛す
花は散る春の河岸《かし》に酒家《のみや》の旗。
つくづく思ふに、世を避けて隠者と為り
酔はずして長く醒めてゐるのも愚かなこと。

韋荘は貧家に育ち進士に及第、詩文ことにも詞《ツー》に巧みだった。彼もまた黄巣の乱に遭って辛酸をなめた詩人であり、苦難と孤独を慰めるためであろうか、酒に耽った。相当の酒好きだったらしく、飲酒詩が多く、また酒裏に誦するに足る作が幾篇もある。吝嗇だったと伝えられるが、酒の飲みっぷりはよかったようだ。「浮生《ふせい》は都《すべ》て是《こ》れ夢《ゆめ》、浩歎《こうたん》は吟《ぎん》ずるに如《し》かず」、とはいかにも。

女流詩人

かくしつつ遊び飲みこそ草木すら春はもえつつ秋は散りゆく
酒杯《さかづき》に梅の花浮け思ふどち飲みての後は散りぬともよし

大伴坂上郎女《おおとものさかのうえのいらつめ》

唐代の詩人諸家の飲酒詩をひとわたり眺めたところで、宋詩に移る前に、いわばインテルメッツォとして、次に女流詩人三人の飲酒詩を覗いてみよう。言うまでもないことだが、詩を賦するのはなにも男に限らない。洋の東西を問わず古来女性たちもまた詩作にたずさわり、男性を凌ぐ詩名を得た女流詩人も少なからずいたばかりか、わが国の平安朝のように女流歌人が男性歌人を圧倒し、柄《へい》を取った時代もあった。その女流詩人たちに酒の詩があったとしても、いささかも不思議ではない。もっとも、ヨーロッパは古代から女性の飲酒には不寛容であって、初期ローマにあっては、父親や夫の許しを得ずに飲酒した女性は、父親や夫が殺してもよいと法で定められていた(もっとも、ローマも帝政時代に入ると風紀大いに乱れ、女性も酒を飲む風習が生じたことは、オウィディウスの『愛の技法』などから窺われる)。また安土桃山時代にわが国に長く滞在し、キリスト教の布教につとめたルイス・フロイスは、当時のヨーロッパでは女性の飲酒が固く戒められていたのに対して、日本では女性がおおっぴらに酒を飲み、時には大いに酩酊するまで飲む風習があったことを、日欧文化の相違として強調しているほどであるから、ヨーロッパで女性が公然と飲酒するようになったのは、近代以後のことだと知られるのである。当然のことながら、そういう地にあっては女流詩人による飲酒詩というようなものは栄えない。

翻って漢土を眺めやると、ここではまず女流詩人それも一流の男性詩人に伍して詩史に名をとどめるほどの女流詩人そのものの数が少ない。これはヨーロッパやわが国の詩文学と比べて、中国文学の一特徴ではなかろうかとは、一酔漢が常々愚考するところである。中国名媛詩集というようなものに名を連ねている女流詩人たちも、概ね詩妓とも言うべき妓女のたぐいであって、アマチュア詩人の域を出ないように思われる。たまたま拙老の手許にはケネス・レックスロスほかの訳になる *Women Poets of China* なる女流詩人詩選集があるが、そこに収められている詩人たちの名も、二、三を除くとあまりなじみがない。もっとも、漢土にあっては詩名高い女流詩人が少ないというのは、中国文学に暗い一横文字屋の謬見であって、広大な禹域には拙老の知らぬすぐれた女流詩人があまたいるのかもしれぬ。

ともかく、中国の女流詩人と言えば、拙老の脳裏にまず浮かぶのは、「悲憤詩」によって知られる魏晋の時代の詩人蔡炎《さいえん》、唐代の魚玄機《ぎょげんき》、薛濤《せっとう》、宋代の李清照《りせいしょう》ぐらいなものである。その作品を繙いてみると、悲痛な詩を残した蔡炎には酒の詩はないが、他の三詩人には飲酒詩があり、さすがに世界に冠たる詩酒合一の国だけあって、飲酒の功徳は女流詩人にまで及んでいるわいと感嘆これ久しうする次第である。拙老の乏しい知識では、ヨーロッパの女流詩人による飲酒詩というのは、なかなかに思いつかない。

前置きはこれくらいにして、以下魚玄機、薛濤、李清照の酒にまつわる詩を一瞥してみよう。併せて本朝江戸時代の女流による飲酒詩をも引いて、読者諸彦の御覧に供したい。

中国の女流詩人で、作中にしばしば酒が詠じられているのは、晩唐の魚玄機である。わが国では、もっぱら森鷗外の小説『魚玄機』によってその名を知られているこの悲運の詩人は、悲恋に泣いた典型的な閨怨《けいえん》詩人にほかならない。その数奇な生涯は、いささかの虚構を交えて鷗外の短編小説のうちにみごとに描き出されている。長安は狭斜の街に育ち、早くから詩才をあらわして長安人士の間で評判となり、当時詩名高かった温庭筠《おんていいん》に詩作を学んだと伝えられる美貌の詩妓魚玄機は、高官李億《りおく》に見そめられてその妾となり幸福に酔ったのも束の間のこと。たちまち「愛衰えた」酷薄な男に見捨てられ、遠く去った男を恋い慕う孤閨に呻吟する身となった。身を焦がす情炎を鎮め得ぬまま咸宜観《かんぎかん》に入り女道士となったものの、男との関係は断ちがたく、やがて新たな恋人となった李某と侍女緑翹《りょくぎょう》の仲を疑い、この少女を笞殺《ちさつ》した罪が露見して、二十六歳で刑場の露と消えたのであった。

李億を思って孤閨にもだえる苦しみを、

易求無價寶　無価《むか》の宝《たから》を　求《もと》むることは易《やす》きも
難得有心郎　有心《ゆうしん》の郎《ろう》を　得《う》ることは難《かた》し
枕上潛垂淚　枕上《ちんじょう》　潜《ひそか》に　涙《なみだ》を垂《た》れ
花間暗斷腸　花間《かかん》　暗《あん》に　腸《はらわた》を断《た》つ

（訓読は辛島驍氏による。以下同）

と詠った（「鄰《となり》の女《おんな》に贈《おく》る」）年若い魚玄機を慰めるものは酒であった。次の詩は、武漢の地で李億に捨てられた時の作だが、浴びるほど酒を飲み、酔中に悲しみを忘れようとして酒浸りになったことを伝えている。捨てられた女の悲しい酒の詩である。冒頭の激切な二句「醉別千卮不浣愁、離腸百結解無由（酔別《すいべつ》千卮《せんし》なるも愁《うれい》を浣《すす》がず、離腸《りちょう》百結《ひゃくけつ》して解《と》くに由無《よしな》し）」には、万《ばん》斛《こく》の怨みと悲しみがこもっているといってよいだろう。

寄子安
酔別千卮不浣愁
離腸百結解無由
蕙蘭銷歇歸春圃
楊柳東西絆客舟
聚散已悲雲不定
恩情須學水長流
有花時節知難遇
未肯厭厭酔玉樓

子安《しあん》に寄《よ》す
酔別《すいべつ》　千卮《せんし》なるも　愁《うれい》を浣《すす》がず
離腸《りちょう》　百結《ひゃくけつ》して　解《と》くに由無《よしな》し
蕙蘭《けいらん》　銷歇《しょうけつ》して　春圃《しゅんぽ》に帰《かえ》り
楊柳《ようりゅう》　東西《とうざい》に　客舟《かくしゅう》を絆《つな》ぐ
聚散《しゅうさん》　已《すで》に悲《かな》しむ　雲定《くもさだ》まらざるを
恩情《おんじょう》　須《すべか》らく学《まな》ぶべし　水《みず》　長《とこし》えに流《なが》るるを
花有《はなあ》るの時節《じせつ》　遇《あ》い難《がた》きを　知《し》る
未《いま》だ肯《あ》えて　厭厭《えんえん》として　玉楼《ぎょくろう》に酔《よ》わず

次の詩もまた、遠く去った愛する男に恋い焦がれ、孤閨をかこつその淋しさと辛さを、即ち閨怨の情を、酒にまぎらわせようとしていた魚玄機の心情を吐露した作である。

寄國香
旦夕醉吟身
相思何處申
雨中寄書使
窗下斷腸人
山捲珠簾看
愁隨芳草新
別來清宴上
幾度落梁塵

国香《こくこう》に寄《よ》す
旦夕《たんせき》　酔吟《すいぎん》の身《み》
相思《そうし》　何《いず》れの処《ところ》にか　申《の》べん
雨中《うちゅう》　書《しょ》を寄《よ》する使《つかい》
窓下《そうか》　腸《はらわた》を断《た》つの人《ひと》
山《やま》は　珠簾《しゅれん》を捲《ま》いて　看《み》る
愁《うれい》は　芳草《ほうそう》に随《したが》って　新《あらた》なり
別来《べつらい》　清宴《せいえん》の上《うえ》
幾度《いくたび》か　梁塵《りょうじん》を落《おと》したまいしならん

辛島驍氏によると、この詩は魚玄機が長安で親しくしていた歌妓が近況を問う便りを寄越したのに答えて、捨てられた女の悲しみを述べたものであろうという。男も恋に破れると、酒に悲しみをまぎらすべく、酒杯を手に自棄酒《やけざけ》をあおるものだが、女性の身にして「旦夕酔吟《たんせきすいぎん》の身《み》（朝夕酒浸り）」とはおだやかではない。

同じく女性が酒を酌みつつ男（と思われる）を待つ詩でも、頼山陽《らいさんよう》の愛人であった江戸の女流詩人江馬細香《えまさいこう》の作となると、その詩境、酒境はだいぶ趣が異なる。比較のために「夏夜《かや》」と題するその作を掲げておこう。女性らしいこまやかな情感のただようしゃれた詩で、酒を酌む女人の心境もまた一様ではないことが知られる。

碧天如水夜清涼
月透青簾影在觴
細酌待人人不到
一繊風脚素馨香

碧天《へきてん》　水《みず》の如《ごと》く　夜清涼《よるせいりょう》
月《つき》は青簾《せいれん》を透《とお》りて　影《かげ》觴《さかずき》に在《あ》り
細酌《さいしゃく》　人《ひと》を待《ま》つも　人到《ひといた》らず
一繊《いっせん》の風脚《ふうきゃく》　素馨《そけい》香《かんば》し

（訓読は福島理子氏による）

それにしても魚玄機はよく飲んだらしく、その作中でしばしば飲酒に触れている。ここに掲げた二篇の飲酒詩は言わずもがな、他の作に見られる「酔臥醒吟都不覚（酔臥《すいが》醒吟《せいぎん》都《すべ》て覚《さと》らず）」とか「満杯春酒緑（杯《はい》に満《み》たせば春酒《しゅんしゅ》緑《みどり》なり）」「半酔起梳頭（半酔《はんすい》起《た》って梳頭《そとう》す）」というような詩句は、魚玄機の飲酒詩が、単に詩酒合一を理想とする中国の詩的コンヴェンションに則ってのみ書かれたのではないことを思わせる。魚玄機の酒は孤閨の淋しさ、悲恋の悲しみを慰める「悲酒」であって、「釣詩鉤《ちょうしこう》（詩を釣る鉤《かぎ》）」とはなっていないが、女流詩人が酒を呼んで詩想を得る「得酒詩自成（酒《さけ》を得《え》れば詩自《しおの》ずから成《な》る）」の境地に至ったとしても、なんの不思議もない。これも江戸の女流詩人である原采蘋《はらさいひん》が、そのような趣の飲酒詩を残している。これもついでに引いておく。「呼酒（酒《さけ》を呼《よ》ぶ）」と題する五絶である。

酒唯人一口
戸錢不須多
詩思有時渇
呼杯酔裏哦

酒《さけ》は唯《た》だ　人《ひと》と一口《ひとくち》
戸銭《こせん》　多《おお》くを須《もち》いず
詩思《しし》　時《とき》に渇《かわ》くこと有《あ》らば
杯《さかずき》を呼《よ》びて　酔裏《すいり》に哦《が》す

（訓読は福島理子氏による）

次に「薛濤箋《せん》」を発明したことで世に知られる、中唐の女流詩人薛濤の飲酒詩一篇を掲げよう。

西巖

凭闌卻憶騎鯨客
把酒臨風手自招
細雨聲中停去馬

西巌《せいがん》

闌《らん》に凭《よ》れば　卻《かえ》って憶《おも》う　鯨《げい》に騎《の》るの客《かく》
酒《さけ》を把《と》って　風《かぜ》に臨《のぞ》めば　手《て》　自《おのずか》ら招《まね》く
細雨声中《さいうせいちゅう》　去馬《きょば》を停《とど》め

夕陽影裏亂鳴蜩　　夕陽影裏《せきようえいり》　乱鳴《らんめい》の蜩《せみ》

（訓読は辛島驍氏による）

薛濤はもと長安の良家の娘だったというが、長じてのちは魚玄機と同じく妓女であった。やはり幼くしてすぐれた詩才をあらわし、節度使韋皋《いこう》の寵愛を受け、大詩人元稹《げんじん》との親しい交わりによっても知られている。その詩は、この大詩人によって、

錦江滑膩蛾眉秀　　錦江《きんこう》の滑膩《かつじ》　蛾眉《がび》の秀《しゅう》
幻出文君與薛濤　　幻出《げんしゅつ》す　文君《ぶんくん》と薛濤《せっとう》と
言語巧偸鸚鵡舌　　言語《げんご》　巧《たく》みに偸《ぬす》む　鸚鵡《おうむ》の舌《した》
文章分得鳳凰毛　　文章《ぶんしょう》　分《わか》ち得《え》たり鳳凰《ほうおう》の毛《け》
（以下略）

（訓読は辛島驍氏による）

と称えられているが（「薛濤《せっとう》に寄《よ》せ贈《おく》る」）、その詩風は魚玄機の詩に比べると抑制されていて品が良く、それだけにまた迫力に欠けていて魅力に乏しいとも言える。飲酒を詠じた右の詩も、

さわやかな読後感を生むが、魚玄機の詩のように読む者を惹きつけるだけの力には欠けている。酒にちなむ右のような作はあるが、全体として、薛濤には酒を詠った詩はあまりないようである。この詩人にあっては、酒も飲酒もさほど大きな意味をもたなかったのであろう。

さて女流詩人の最後として、宋代の詩人易安居士《いあんこじ》こと李清照の「詞《ツー》」を、中田勇次郎氏の優雅な訳詩ともども引いて、この章の締めくくりとしよう。

【酔花陰】

九日

薄霧濃雲愁永晝
瑞腦銷金獸
佳節又重陽
玉枕紗廚
半夜涼初透
東籬把酒黄昏後
有暗香盈袖

【酔花陰《すゐくわいん》】

九日《ここのか》

うすくこく霧《きり》たちこむる日永《ひなが》をかこちつつあれば
ひとりにくゆる瑞脳《ずゐのう》もきえはてにけり
佳節《かせつ》はまた重陽《ちようやう》となりぬ
玉《たま》の枕《まくら》　うすぎぬのとばり
みにしみ透《とほ》る夜半《よは》のすずしさ
たそがれののち東《ひがし》の籬《まがき》に酒《さけ》をくめば
よるの香《か》はそでにたまりぬ

莫道不消魂　　さびしからずといはずもあらなむ
簾巻西風　　すだれうごかしあき風《かぜ》ふきて
人比黄花痩　　人《ひと》は黄菊《きぎく》の花《はな》よりも痩《や》せたり

李清照は宋代ばかりか中国を代表する女流詞人の一人であり、異才をもって知られるが、右の詞は夫である金石学者趙明誠《ちょうめいせい》に送り届けた作だとされている。中田氏の優雅な訳詩の助けもあろうが、女性ならではの、いかにも繊細で優美な飲酒詩ではないか。

東籬把酒黄昏後　　東籬《とうり》に酒《さけ》を把《と》る黄昏《たそがれ》の後《のち》
有暗香盈袖　　暗香《あんこう》の袖《そで》に盈《み》つる有《あ》り

たそがれののち東《ひがし》の籬《まがき》に酒《さけ》をくめば
よるの香《か》はそでにたまりぬ

とは、なんともかぐわしく、どこかボードレールが絶讃した十九世紀のフランスの女流詩人ヴァルモール夫人の絶唱「サアディーの薔薇」を想起させるようなところがある。こういう飲酒

詩はやはり女性の感覚から生まれるものであろう。李清照は他の詞「声声慢《せいせいまん》」でも

三盃兩盞淡酒　　三盃両盞《さんばいりょうさん》の淡酒《うすざけ》
怎敵他晩來風急　　怎《いか》んぞ他《た》の晩来《ばんらい》の風急《かぜきゅう》なるに敵《てき》さん

と詠っているところからすると、酒を好み、かなりいける口だったのではなかろうか。

以上、女流詩人の飲酒詩を一瞥したが、詩酒合一の境成った国だけあって、ここでも詩酒が固く手を結んでいることが知られた。まずはめでたい。

蘇 軾

我飲君酒誦君詩　我君《われきみ》の酒《さけ》を飲《の》みて君《きみ》の詩《し》を誦《しょう》す
撃節不知玉壺砕　節《せつ》を撃《う》ちて玉壺《ぎょくこ》の砕《くだ》くるを知《し》らず

菅茶山

唐代の飲酒詩をひとわたり眺めわたし、女流詩人の作を覗いたところで、今度は宋詩に目を移してみたい。元来が一介の横文字屋にすぎない拙老は宋詩には暗く、その方面の知識は乏しいのだが、宋代の詩人の中で一際心惹かれる詩人が一人いることも事実だ。その詩人とは東坡《とうば》居士《こじ》こと蘇軾《そしょく》にほかならない。

宋代を代表する詩人であり、一代の碩学、文人であった蘇軾は、ある意味では中国の詩人の典型であるようにも思われる。漢土の多くの詩人の例に漏れず官途に就き、官は兵部尚書から礼部尚書の高官にまで至りながらも、時の政界の争いに巻き込まれ、二度にわたって貶謫《へんたく》の憂き目を見たばかりか、最後は遠く瘴癘《しょうれい》の地である海南島にまで流されるという、波乱に満ちた生涯を送ったのが、この詩人であった。総じて宋詩は、感情の横溢している唐詩に比べると理知的であると言われるが、蘇軾の詩に接すると、ことにもその感が深い。波乱万丈のその後半生に作られた詩は、精妙華麗にして精雅であるばかりか、悲運の人間や人間存在の悲哀を、強靭な知性のはたらきで乗り越えた卓越した人物を強く感じさせずにはおかない。内に昂騰する詩情をよく理知をもって統御したその詩境は、洗練の極みに達し詞藻また豊麗である。

東坡先生蘇軾の詩を愛する一酒客として、まだまだ勝手に放言したいことはあるが、ここはかの詩人の詩風を論ずる場ではなかった。問題はその飲酒詩である。

蘇東坡詩集、詩選のたぐいを繙いたことのある人なら誰でも気づくことだろうが、詩酒合一の国の詩人の例に漏れず、蘇軾にも酒にまつわる詩が実に多い。いや単に数が多いばかりではなく、その中に数多くの名詩、傑作を数え、漢土に生きたこの詩人が酒を愛し、詩酒をみごとにその作の中で融和、昇華せしめているさまが窺われて、それが後世の一酒客を魅了するのである。詩を生む源としての酒の功徳を言った、「得酒詩自成（酒《さけ》を得《え》れば詩自《おの》ずから成《な》る）」との名句を吐いたのも、実にこの詩人であった。

蘇軾の飲酒詩に触れるとなれば、青木正児老の著わされた『酒中趣』なる珍重すべき書に収められた「蘇東坡と酒」なる一文を、まずは紹介せねばなるまい。そこでは蘇軾は元来は大の甘党であって、若い時は非常な下戸であったが、年を追うに従って段々酒の手を上げてきたらしいと説かれている。

其の生涯に於て、中年は黄州に四年間貶謫せられ、晩年は広東の恵州・檐州に七年間貶謫せられた。その謫居の鬱を遣るは唯だ杜康有るのみといふわけで、酒こそは真に彼が「洞庭春色」の詩に謂ふところの「詩ヲ釣ル鉤」「愁ヲ掃ク箒」であった。彼は少量の酒を嗜んでは一杯機嫌で詩を作った。それで酒は余り飲めぬくせに、酒の詩を多く遺した。特に広東に謫居した晩年は、まるで酒びたりのような観を呈した。しかし固より彼は多くは飲み得ない。

当時飲酒の状況を、「書東皐子伝後」の文中に自ら語って謂ふ「予は終日飲酒しても五合に過ぎず、天下で酒を飲み得ないこと、予の下に在る者は無からう。然し人が酒を飲むことを喜び、客を見れば盃を挙げて徐に引く。すると予の胸中は之が為に浩浩となり、落落《ふとぶと》しくなり、酔ひ心地は客よりも過ぎてゐる……天下で飲を好むこと、亦予の上に或る者はなからう……

詩人自身の言葉をも引いて、蘇軾と酒との関わりが味わい深く語られているが、数多くの酒の詩を遺しているにもかかわらず、実際この詩人は酒量はごく小さかったらしい。「和陶飲酒（陶《とう》の飲酒《いんしゅ》に和《わ》す）」の敘《じょ》にも、「吾酒《われさけ》を飲《の》むこと至《いた》って少《すく》なけれども、常《つね》に盞《さん》を把《と》ることを以《もっ》て楽《たの》しみとなす」とあり、

我飲不盡器　　我《われ》飲《の》みて器《うつわ》を尽《つ》くさず
半酣味尤長　　半酣《はんかん》味《あじ》尤《もっと》も長《なが》し

と言い（「湖上夜帰《こじょうやき》」）、またみずからの飲酒を詠って、

三杯卯酒人徑醉　　三杯《さんぱい》の卯酒《ぼうしゅ》　人《ひと》　径《ただ》ちに酔《よ》い
一枕春睡日亭午　　一枕《いっちん》の春睡《しゅんすい》　日《ひ》　亭午《ていご》なり

と言っているところからしても（「上巳《じょうし》の日《ひ》、二三子《にさんし》と酒《さけ》を携《たずさ》えて出游《しゅつゆう》し、見《み》る所《ところ》に随《したが》って輒《すなわ》ち数《すう》句《く》を作《つく》る。明日之《めいじつこれ》を集《あつ》めて詩《し》と為《な》す。故《ゆえ》に詞《ことば》に倫次無《りんじな》し」）、わずかな酒で酒楽境に入れる、幸せな人物であったことが知られる。その点では「酔吟先生」と称するほど酒を好み、好んで酒を詠

じながら酒量の少なかった白楽天に相通じるところがあると言えるだろう。いずれにせよ、蘇軾は後世まで酒飲みとして名の轟いている劉伶《りゅうれい》をはじめとする、『酒顚』に名を連ねるような豪飲の士ではなかった。その詩人が、「篇々酒有り」と言われた五柳先生には及ばぬまでも、数多くのすぐれた飲酒詩を生んでいるところが面白い。繰り返しになるが、さすがは詩酒合一の国だけのことはある。

さてその蘇軾の飲酒詩だが、わずかな紙幅でこれを語り尽くすことはむずかしい。数篇を取り上げてその一斑を示し、宋代を代表するこの詩人の酒の詩が、東都の一酒徒の心にかなうものであることを知っていただくほかはない。

まず最初に、間違いなく名詩と言うに堪える一篇「月夜與客飲酒杏花下（月夜《げつや》客《きゃく》と酒《さけ》を杏花《きょうか》の下《した》に飲《の》む）」を鑑賞しよう。

杏花飛簾散餘春　　杏花《きょうか》　簾《れん》に飛《と》んで　余春《よしゅん》を散《さん》ず
明月入戸尋幽人　　明月《めいげつ》　戸《こ》に入《い》って　幽人《ゆうじん》を尋《たず》ぬ
褰衣歩月踏花影　　衣《い》を褰《かか》げ　月《つき》に歩《ほ》して　花影《かえい》を踏《ふ》めば
炯如流水涵青蘋　　炯《けい》として流水《りゅうすい》の青蘋《せいひん》を涵《ひた》すが如《ごと》し
花間置酒清香發　　花間《かかん》に置酒《ちしゅ》すれば　清香発《せいこうはっ》す

争挽長條落香雪
山城薄酒不堪飲
勸君且吸盃中月
洞簫聲斷月明中
惟憂月落酒盃空
明朝巻地春風惡
但見綠葉棲殘紅

争《いか》でか長条《ちょうじょう》を挽《ひ》きて香雪《こうせつ》を落《おと》さん
山城《さんじょう》の薄酒《はくしゅ》　飲《の》むに堪《た》えざらん
君《きみ》に勧《すす》む　且《しばら》く吸《す》え　盃中《はいちゅう》の月《つき》
洞簫《どうしょう》　声《こえ》は断《た》ゆ　月明《げつめい》の中《うち》
惟《た》だ憂《うれ》う　月落《つきお》ちて　酒盃《しゅはい》の空《むな》しからんことを
明朝《みょうちょう》　地《ち》を巻《ま》いて　春風《しゅんぷう》悪《あ》しくんば
但《た》だ見《み》ん　緑葉《りょくよう》の残紅《ざんこう》を棲《す》ましむるを

（訓読は小川環樹・山本和義氏による）

名月の夜、杏《あんず》の花の下で、遠い故郷からわざわざ訪ねて来てくれた友人を迎えての酒宴の詩である。洗練されたその詩風は繊麗にして晴朗。耿々《こうこう》たる月明かりの下、はらはらと杏の花が散りまがう中で、遠来の友を交えての酒を酌みかわす光景が、夢幻的な美しさを醸し出している実に魅力的な詩で、酔裏に愛誦するにふさわしい。

褰衣歩月踏花影
炯如流水涵青蘋

衣《い》を褰《かか》げ　月《つき》に歩《ほ》して　花影《かえい》を踏《ふ》めば
炯《けい》として流水《りゅうすい》の青蘋《せいひん》を涵《ひた》すが如《ごと》し

花閒置酒清香發　花間《かかん》に置酒《ちしゅ》すれば　清香発《せいこうはっ》す
爭挽長條落香雪　争《いか》でか長 条《ちょうじょう》を挽《ひ》きて香雪《こうせつ》を落《お》とさん

という四句が、自然の美に敏感であった詩人蘇軾の本領を感じさせ、その詩的イメージがことにも美しい。漢土には酒にまつわる詩は無数にあるが、こういう静雅な飲酒詩はそう多くはないのではなかろうか。

飲を好むこと天下に予にまさる者は無かろう、などと豪語してはいても、その実東坡先生は酒量は小さく、わずかな酒で御機嫌になってしまったらしいことは、先に触れたところだが、それでもなお時には大酔に及ぶこともあったようだ。「惡酒如惡人（悪酒《あくしゅ》は悪人《あくにん》の如《ごと》し）」という警抜な詩句で始まる次の一首がそれを物語っている。「金山寺《きんざんじ》にて柳子玉《りゅうしぎょく》と飲《の》みて大酔《たいすい》し、宝覚《ほうかく》の前榻《ぜんとう》に伏《ふ》す。夜分《やぶん》に方《はじ》めて醒《さ》め、其《そ》の壁《かべ》に書《しょ》す」という序を持った詩である。

惡酒如惡人　悪酒《あくしゅ》は　悪人《あくにん》の如《ごと》し
相攻劇刀箭　相攻《あいせ》むること　刀箭《とうせん》より劇《はげ》し
頹然一榻上　頽然《たいぜん》たり　一榻《いっとう》の上《うえ》
勝之以不戰　之《これ》に勝《か》つに　戦《たたか》わざるを以《も》ってす

詩翁氣雄拔
禪老語淸軟
我醉都不知
但覺紅綠眩
醒時江月墮
摵摵風響變
惟有一龕燈
二豪倶不見

詩翁《しおう》　気《き》　雄抜《ゆうばつ》に
禅老《ぜんろう》　語《ご》　清軟《せいなん》なり
我《われ》　酔《よ》うて　都《すべ》て知《し》らず
但《ただ》　覚《おぼ》ゆ　紅緑《こうりょく》の眩《げん》するを
醒《さ》めし時《とき》　江月《こうげつ》は堕《お》ち
摵摵《さくさく》として　風響《ふうきょう》変《へん》ぜり
惟《ただ》　一《いっ》の龕灯《かんとう》有《あ》るのみ
二豪《にごう》は　倶《とも》に見《み》えず

（訓読は小川環樹氏による）

これは詩翁つまりは詩人の柳子玉（柳瑾《りゅうきん》）なる友人と、禅老すなわち禅坊主の宝覚という「二豪」（豪飲の士）を相手に酒を酌み交わし、痛飲した後の作。蘇軾の飲んだのがどんな酒かわからないが、ともあれ詩人は彼の言う悪人のごとき「悪酒」を酌み、昏倒したらしい。
「之に勝つに戦わざるを以てす」、つまり悪人のごとき悪酒に勝つには戦わないにかぎる、ということは、飲むのを止めるほかないと知ったということだろう。確かにそのとおりだが、「二豪」は大酔してぐったりと倒れている東坡先生をよそに、「悪酒」を酌み交わしつつ、涼しい顔で詩論などを戦わせていたようだ。さすがの先生も「戦ってなお之に勝つ」豪飲の士を相手に、度を越して飲んだのが悪かったのだろう。

我酔都不知　我《われ》　酔《よ》うて　都《すべ》て知《し》らず

但覺紅綠眩　但《ただ》　覚《おぼ》ゆ　紅緑《こうりょく》の眩《げん》するを

酔っ払って何がなんだかわからなくなり、眼前に赤や緑がちらちらするばかりだとは、悪酒によらずとも大酔した酒徒の常に経験するところだ。波乱万丈、浮沈に富んだ蘇軾の生涯はおよそ安逸なものではなく、詩人はその後半生において辛酸を嘗めたが、その中にあっても晴朗の気を失わず、作るところの詩はしばしばユーモアにあふれている。右の飲酒詩も、その一例である。

次いでは「藤州《とうしゅう》の江上《こうじょう》、夜起《よるた》って月《つき》に対《たい》し、邵道士《しょうどうし》に贈《おく》る」と題された一首を眺めてみたい。

江月照我心　江月《こうげつ》　我《わ》が心《こころ》を照《て》らし

江水洗我肝　江水《こうすい》　我《わ》が肝《きも》を洗《あら》う

端如徑寸珠
墮此白玉盤
我心本如此
月滿江不湍
起舞者誰歟
莫作三人看
嶠南瘴毒地
有此江月寒
乃知天壤閒
何人不清安
床頭有白酒
盎若白露溥
獨醉還獨醒
夜氣清漫漫
仍呼邵道士
把琴月下彈

端《まさ》に径寸《けいすん》の珠《たま》の如《ごと》く
此《こ》の白玉盤《はくぎょくばん》に堕《お》つ
我《わ》が心《こころ》　本《もと》　此《かく》の如《ごと》し
月《つき》は満《み》ちて　江《こう》は湍《たん》せず
起《た》って舞《ま》う者《もの》は誰《た》ぞや
三人《さんにん》の看《かん》を作《な》す莫《な》かれ
嶠南《きょうなん》　瘴毒《しょうどく》の地《ち》
此《こ》の江月《こうげつ》の寒《さむ》き有《あ》り
乃《すなわ》ち知《し》る　天壌《てんじょう》の間《かん》
何人《なにびと》か清安《せいあん》ならざらん
床頭《しょうとう》に白酒《はくしゅ》有《あ》り
盎《おう》として白露《はくろ》の溥《たん》たるが若《ごと》し
独《ひと》り酔《よ》いて　還《ま》た独《ひと》り醒《さ》む
夜気《やき》　清漫漫《せいまんまん》たり
仍《よ》って邵道士《しょうどうし》を呼《よ》び
琴《こと》を把《と》って　月下《げっか》に弾《だん》ず

相將乘一葉　相将《あいひき》いて一葉《いちよう》に乗《じょう》じ
夜下蒼梧灘　夜《よる》下《くだ》らん　蒼梧《そうご》の灘《たん》

（訓読は小川環樹・山本和義氏による）

死の前年（一一〇〇年）罪を減ぜられ、配流の地である海南島から中国本土に戻り、「舒州《じょしゅう》団練副使・永州安置」の命を受けて、その地へ赴く途上での作である。作中に酒が詠じられてはいるが、見てのとおり飲酒詩そのものではない。李白の名高い飲酒詩「月下独酌」を踏まえた詩だが、ここに詠じられた酒境、またこの一首が写し出す詩人の心象は、まさに白玉盤そのもののように澄み切っていると言ってよい。実に清冽な一篇であって、艱難を経て到達した静雅な詩境が、美しく詠い上げられているように思う。「命なりけりさよの中山」ではないが、瘴癘の地での苦難に満ちた流謫の生活を想い起こしつつ、生きて本土へ帰れた喜びをかみ締めつつ、詩人は一人酒を酌んだのであろう。

床頭有白酒　床頭《しょうとう》に白酒《はくしゅ》有《あ》り
盎若白露溥　盎《おう》として白露《はくろ》の溥《たん》たるが若《ごと》し
獨醉還獨醒　独《ひと》り酔《よ》いて　還《ま》た独《ひと》り醒《さ》む

という三句が、そのような心境を物語っている。うるわしい詩境であり、酒境だと評せよう。

みずからを「我はもと酒を畏《おそ》るる人」と言っているように、蘇軾は本来は下戸で、およそ大酒家、豪飲の士ではない。しかしながらよく酒を飲むよろこびを解し、酒量こそ小さくとも好んで一盞の酒を酌み、しみじみと酒楽にひたることができた人物だと思う。これもまた一個の立派な酒客であり、詩酒合一の漢土の詩統が、宋代を代表するこの大詩人のうちにも生きているのが見られる。

まさに九牛の一毛だが、蘇軾の酒の詩を一瞥したところで、次に宋詩諸家の飲酒詩を垣間見ることとしよう。

宋詩諸家（上）

我今飽食高眠外　　我《われ》は今《いま》飽《あ》くまで食《くら》い高《たか》く眠《ねむ》る外《ほか》は
唯恨澄醪不滿缸　　唯《た》だ澄《す》める醪《さけ》の缸《かめ》に満《み》たざるを恨《うら》む

蘇舜欽《そしゅんきん》

宋を代表する詩人蘇軾の飲酒詩の一端を垣間見たところで、他の宋詩諸家に目を移すことにしたいが、正直に言ってこれは少々荷が重い。東都の一酔漢が酔裏酔後に誦し親しんでいるのは、陶淵明や唐代の詩人たちの作であって、蘇軾を除く宋の詩人たちにはどちらかと言えばなじみが薄い。明詩、清詩となればなおさらのことだが、これは元来が無用の閑人による気楽な酒話放談。素人談義ゆえの無学無知をさらけだすことになりそうだが、その点まず読者諸彦の御寛恕を請うておきたい。

さて宋代の詩人と言えば、上記の蘇軾をはじめ、北宋の梅堯臣《ばいぎょうしん》、欧陽脩《おうようしゅう》、王安石《おうあんせき》、黄庭《こうてい》堅《けん》、南宋の陸游《りくゆう》、楊万里《ようばんり》、范成大《はんせいだい》などがまず挙げられるが、限られた紙幅ではこれらの詩人たちによる飲酒詩のほんの一斑を示し得るにすぎない。それに王安石のように、すぐれた詩人でもありながら、その代表作に酒詩を見ない詩家もある。されば拙老の目にとまった宋代の飲酒詩をいくつかアト・ランダムに拾い上げ、酒話の題材とすることとしよう。

まずは北宋初期の名高い詩人で、蘇軾にとっては師にあたる格の梅堯臣の作「雪夜留梁推官飲（雪夜《せつや》梁《りょう》推官《すいかん》を留《とど》めて飲《の》む）」を掲げる。

晝雪落旋消　昼《ひる》の雪《ゆき》は落《お》ちて旋《たちま》ち消《き》ゆ
夜雪寒易積　夜《よる》の雪《ゆき》は寒《さむ》くして積《つも》り易《やす》し
燈淸古屋深　灯清《とうきよ》くして古屋《こおく》深《ふか》く
爐凍殘煙碧　炉《ろ》凍《こお》りて残煙《ざんえん》碧《あお》し
爲沽一斗酒　為《ため》に一斗《いっとう》の酒《さけ》を沽《か》い
暫對千里客　暫《しばら》く千里《せんり》の客《きゃく》に対《たい》す
酒薄意不淺　酒《さけ》は薄《うす》くとも意《い》は浅《あさ》からず
輕今須重昔　今《いま》を軽《かろ》んじては須《すべ》からく昔《むかし》を重《おも》んずべし

重昔是年華　昔《むかし》を重《おも》んずるは是《こ》れ年華《ねんか》の
飄飄猶過隙　飄飄《ひょうひょう》として猶《なお》隙《げき》を過《す》ぐるがごとくなればなり
一酔冒風帰　一酔《いっすい》　風《かぜ》を冒《おか》して帰《かえ》る
平明馬無跡　平明《へいめい》　馬《うま》　跡《あと》無《な》し

（訓読は筧文生氏による。以下同）

在世中から詩名高く、宰相王曙《おうしょ》によって、杜甫より以後「二百年間此《こ》の作なし」と激賞された詩人であり、欧陽脩の終生の友人でもあった梅堯臣は、進士科の出身でなく父の官位のおかげで「任子《にんし》」として官途に就いたため、官人としては不遇であり、微官に終わった。「平淡」を旨とし、日常的なことどもを静かに見つめて詠ったその詩は、深く魂を揺すぶることはないが、時としてしみじみと心に染み入ってくる。右の飲酒詩もそのような趣をたたえていると言ってよい。

多くの詩人の例にもれず、梅堯臣も貧窮の身であったが、詩酒の国たる中国の詩人の一人として、酒を好んだらしく、しばしば飲酒のことを詠っている。豊かな詩才に恵まれながら、不遇な生涯を送ったこの詩人を慰めるものは、やはり酒であったろう。その結果、どうやら過度の飲酒が祟って体をこわし、樊推官《はんすいかん》なる人物に酒を止めるよう忠告されたらしい。「樊推官勧予止酒（樊推官《はんすいかん》予《よ》に酒《さけ》を止《とど》めんことを勧《すす》む）」という一首がそのあたりを伝えていて興味深い。

少年好飲酒　少《わか》き年《とし》は酒《さけ》を飲《の》むことを好《この》む
飲酒人少過　酒《さけ》を飲《の》むも人《ひと》は過《あやま》つこと少《すく》なし
今既齒髮衰　今《いま》既《すで》に歯《は》と髪《かみ》は衰《おとろ》え
好飲飲不多　飲《いん》を好《この》めど飲《の》むこと多《おお》からず
毎飲輒嘔泄　飲《の》む毎《ごと》に輒《すなわ》ち嘔泄《おうせつ》す
安得六府和　安《いず》くんぞ六府《ろっぷ》の和《わ》するを得《え》ん
朝醒頭不擧　朝《あした》に醒《さ》むれば頭《あたま》挙《あ》がらず
屋室如盤渦　屋室《おくしつ》　盤渦《ばんか》するが如《ごと》し
取樂反得病　楽《たの》しみを取《と》らんとして反《かえ》って病《やまい》を得《う》
衞生理則那　生《せい》を衛《まも》る　理《り》とは則《すなわ》ち那《なん》ぞ
予欲從此止　予《よ》　此《こ》れより止《とど》めんと欲《ほっ》するも
但畏人譏訶　但《ただ》　人《ひと》の譏訶《きか》せんことを畏《おそ》る
樊子亦能勸　樊子《はんし》　亦《また》　能《よ》く勧《すす》む
苦口無所阿　口《くち》に苦《にが》くして阿《おも》ねる所無《ところな》し

乃知止爲是　乃《すなわ》ち止《とど》むることの是《ぜ》と為《な》すを知《し》る
不止將如何　止《とど》めずんば将《まさ》に如何《いかん》せん

これを過ごすと「禍泉」となる酒で健康を害し、飲むたびに吐いたり下したり、朝は二日酔いで頭が上がらず、部屋がぐるぐる回っているというひどい状態にありながら、世人の非難を恐れて酒を止められなかったことが、これでわかる。「止《とど》めずんば将《まさ》に如何《いかん》せん」などと言っているが、詩人が友人樊某の忠告を容れて、本当に酒を止めたかどうかはわからぬ。梅堯臣は妻を愛し、その亡き後は哀切な悼亡《とうぼう》詩を数多く遺したことでも知られるが、酒友をかたらって豪飲、大酒することは止めても、愛妻と対酌することは続けたのではなかろうか。

月出斷岸口　月《つき》は断岸《だんがん》の口《くち》より出《い》で
影照別舸背　影《かげ》は別舸《べっか》の背《せ》を照《てら》せり
且獨與婦飲　且《か》つは独《ひと》り　婦《ふ》と飲《の》まん
頗勝俗客對　頗《すこぶ》る俗客《ぞくきゃく》と対《たい》するに勝《まさ》れり

という詩句（「舟中夜家人と飲む《しゅうちゅうよるかじんとのむ》」）や、

欲置一壺酒　一壺《いっこ》の酒《さけ》を置《お》き
且獨對婦傾　且《か》つは独《ひと》り婦《つま》に対《むか》いて傾《かたむ》けんと欲《ほっ》す

という微笑ましい、あるいはまたつつましい詩句（「道損《どうそん》の『雪《ゆき》ふらんと欲《ほっ》して家人《かじん》小児《しょうじ》の輩《はい》らと飲《の》む』に和《わ》す」）がその酒境を物語っている。こういう酒なら害はないが、「詩酒合一」の気概が欠けているのはものたりない。

次いで、梅堯臣の友であり、詩人にして大学者でもあった欧陽脩の作を取り上げる。欧陽脩による飲酒詩は、拙老の架蔵する三冊の『宋詩選』のたぐいには見えないが、幸い吉川幸次郎博士の『宋詩概説』（『中国詩人選集二集』1）に飲酒を詠じた二首が引かれているので、それをお借りすることにしたい。そのうちの一首、七言古詩「豊楽亭小飲《ほうらくていしょういん》」はこんな詩である。

造化無情不擇物　造化《ぞうか》は情無《じょうな》くして物《もの》を択《えら》ばず
春色亦到深山中　春色《しゅんしょく》は亦《ま》た深山《しんざん》の中《なか》にも到《いた》る
山桃溪杏少意思　山《やま》の桃《もも》と渓《たに》の杏《あんず》とは意思《おもむき》少《すく》なきも
自趁時節開春風　自《お》のずと時節《じせつ》を趁《お》いて春風《しゅんぷう》に開《ひら》く
看花遊女不知醜　花《はな》を看《み》る遊女《ゆうじょ》は醜《みにく》さを知《し》らず

古粧野態争花紅　古《ふる》めかしき粧《よそお》い野《ひな》びたる態《すがた》もて花《はな》の紅《くれない》と争《あらそ》う
人生行樂在勉強　人生《じんせい》の行楽《こうらく》は勉強《べんきょう》に在《あ》り
有酒莫負琉璃鍾　酒《さけ》有《あ》らば琉璃《るり》の鍾《さかずき》に負《そむ》く莫《な》かれ
主人勿笑花與女　主人《しゅじん》笑《わら》う勿《な》かれ　花《はな》と女《むすめ》と
嗟爾自是花前翁　嗟《ああ》　爾《なんじ》は自《お》のずと是《こ》れ花《はな》の前《まえ》の翁《おきな》なり

四十歳にして「酔翁」と号したこの詩人も、詩酒の国の伝統に背かず、酒と無縁ではない。右の飲酒詩は人生哲学を説き、飲酒を勧める。吉川博士は、右の詩を宋人における積極的な「悲哀」の克服の例として引いておられる。確かにそうなのであろうが、激情に傾き、しばしば「悲酒」を酌む後世の東都の一酔漢の目には、右の欧陽脩の詩の世界はあまりにも静謐に過ぎて共感を呼ばない。

人生行樂在勉強　人生《じんせい》の行楽《こうらく》は勉強《べんきょう》に在《あ》り
有酒莫負琉璃鍾　酒《さけ》有《あ》らば琉璃《るり》の鍾《さかずき》に負《そむ》く莫《な》かれ

という達観の境地も、いささか理に落ちているように思われる。吉川博士の書には、この一首

に先立って、

四十未爲老　四十《しじゅう》は未《い》まだ老《お》いと為《な》さざるに
醉翁偶題篇　酔翁《すいおう》を偶《たま》たま篇《へん》に題《だい》す
醉中遺萬物　酔《よい》の中《うち》に万物《ばんぶつ》を遺《わす》る
豈復記吾年　豈《あ》に復《ま》た吾《わ》が年《とし》を記《き》せんや

……………

所以屢攜酒　所以《ゆえ》に屢《しば》しば酒《さけ》を携《たずさ》え
遠歩就潺湲　遠《とお》く歩《あゆ》みて潺湲《せんかん》に就《つ》く
野鳥窺我醉　野鳥《やちょう》は我《わ》が酔《よ》いを窺《うかが》い
溪雲留我眠　渓《たに》の雲《くも》は我《わ》が眠《ねむ》りを留《とど》む
山花徒能笑　山《やま》の花《はな》は徒《いたず》らに能《よ》く笑《わら》い
不解與我言　我《わ》れとものを言《い》うを解《かい》せず
惟有巖風來　惟《た》だ巌風《がんぷう》の来《き》たる有《あ》りて
吹我還醒然　我《わ》れを吹《ふ》きて還《ま》た醒然《せいぜん》たり

という、これも静謐な酒境を詠じた一首「滁州《じょしゅう》の酔翁亭《すいおうてい》に題《だい》す」が引かれている。

さて、その酔翁欧陽脩先生だが、なんとこの詩人に、友人である梅堯臣から酒を止めるように忠告され、それを断った詩があるのは面白い。「豈酒《あにさけ》を飲《の》みて知《し》る所無《ところな》きに如《し》かんや、古《いにしえ》より飲《の》まずして死《し》せざる無《な》し」「死生寿夭《しせいじゅよう》道《い》うに足《た》らず、百年長短《ひゃくねんちょうたん》わずかに幾時《いくとき》ぞ、但《た》だ酒《さけ》を飲《の》み詩《し》を作《つく》る莫《な》かれ、子《し》其《そ》れを聴《き》け、我《わ》が言痴《げんち》に非《あら》ず」などとうそぶいているが、これには大いに共感できる。これから推すに、酔翁こと六一居士もなかなかの飲み手ではなかったかと思われる。

さて北宋の詩人の中で、他に印象的な飲酒詩を遺した詩人として、黄庭堅（黄山谷《こうさんこく》）がいる。蘇軾の門人の一人であり、師とともに「蘇黄」と並称されるほどの卓越した存在であるこの詩人の作は深遠にして難解をもって聞こえ、宋詩に暗い一酒客などを容易には寄せつけない。一刀三拝の精刻の作であり、艱奥韜晦《かんおうとうかい》を極めたその詩風は、漢詩の一アマトゥールをして畏怖させる底のものである。それでも試みに倉田淳之助氏編の『黄山谷』（『漢詩大系』18）、荒井健氏の注した『黄庭堅』（『中国詩人選集二集』7）などを繙いてみると、幾首もの飲酒詩があって、酔裏酔後に愛誦するには至らぬまでも、それなりに興味深い。そのうちの二首を次に掲げよう。第二首目の作は、その一部分のみを引く。

食貧好酒嘗自嘲
日給上尊無骨相
大農部丞送新酒
碧香竊比主家釀
應憐坐客竟無氈
更遭官長頗譏謗
銀杯同色試一傾
排遣春寒出帷帳
浮蛆翁翁盃底滑
坐想康成論泛盎
重門著關不爲君
但備惡客來仇餉

胸中磈磊政須酒
東海可攬北斗斟

食《しょく》　貧《まずし》うして酒《さけ》を好《この》むは　嘗《つね》に自《みずか》ら嘲《あざ》ける
日《ひ》に上尊《じょうそん》を給《たま》うは　骨相《こっそう》　無《な》し
大農部丞《だいのうぶじょう》　新酒《しんしゅ》を送《おく》る
碧香《へきこう》　竊《ひそ》かに主家《しゅか》の釀《じょう》に比《ひ》す
応《まさ》に憐《あわれ》むべし坐客《ざかく》　竟《つい》に氈《せん》無《な》きを
更《さら》に遭《あ》う官長《かんちょう》の頗《すこぶ》る譏謗《きぼう》するに
銀杯《ぎんぱい》　色《いろ》を同《おな》じうして　試《こころ》みに一《ひと》たび傾《かたむ》けば
春寒《しゅんかん》を排遣《はいけん》して　帷帳《いちょう》より出《いだ》さん
浮蛆《ふそ》　翁翁《おうおう》として　盃底《はいてい》に滑《なめら》かに
坐《そぞろ》に想《おも》う康成《こうせい》が泛盎《はんおう》を論《ろん》ぜしを
重門《ちょうもん》　関《かん》を著《つ》くるは　君《きみ》が為《ため》ならず
但《ただ》　悪客《あくかく》の来《きた》って仇《きゅうしょう》餉するに備《そな》うるのみ

（訓読は倉田淳之助氏による）

胸中《きょうちゅう》　磈磊《わいらい》　政《まさ》に酒《さけ》を須《ま》つ
東海《とうかい》　北斗《ほくと》を攬《と》って斟《く》む可《べ》し

古人已悲銅雀上
不聞向時清吹音
百年毀譽付誰定
取酔自可結舌瘖

古人《こじん》　已《すで》に悲《かな》しむ　銅雀《どうじゃく》の上《うえ》
向時《こうじ》の清吹《せいすい》の音《ね》を聞《き》かずと
百年《ひゃくねん》の毀誉《きよ》　誰《だれ》に付《ふ》してか定《さだ》むる
酔《よい》を取《と》り自《みずか》ら舌《した》を結《むす》びて瘖《もだ》す可《べ》し

（訓読は荒井健氏による）

前者は英宗の娘を娶った風流人王晋卿《おうしんけい》なる人物に「碧香酒《へきこうしゅ》」を贈られての作（「便糴王丞《べんてきおうじょう》碧《へき》香酒《こうしゅ》を送《おく》らる。子瞻《しせん》の韻《いん》を用《もっ》て戯《たわむれ》に鄭彦能《ていげんのう》に贈《おく》る」）であり、後者は沙河県の知事張氏の詩に次韻しての作（「次韻《じいん》して張沙河《ちょうさが》に答《こた》う」）である。博学多識にして儒、仏、道の三教に通じ、あたかもギリシアの詩人を範とし、言語表現の上でそれを凌ぐことに詩的生命をかけたローマの詩人たちのごとく、「点鉄成金」の詩学を奉じたこの詩人の作は、酒を詠じてもなおその主知主義が色濃くにじみ出ていて、いささか理屈っぽい。しかしこの詩人にしてなお酒を好むところが、やはり詩酒合一の国たる中国である。それにしても、詩人が贈られた「碧香酒」とはどんな酒か、それが気になる。エメラルド色をした香り高い銘酒なのであろうか。

最後に、風貌などがどことなく蘇軾に似ていたというので、「小東坡」と呼ばれたという唐《とう》庚《こう》なる詩人の「酔眠（酔《よ》うて眠《ねむ》る）」という一首を掲げよう。

山靜似太古　山静《やましず》かにして　太古《たいこ》に似《に》たり
日長如小年　日長《ひなが》うして　小年《しょうねん》の如《ごと》し
餘花猶可醉　余花《よか》　猶《な》お　酔《よ》うべく
好鳥不妨眠　好鳥《こうちょう》　眠《ねむり》を妨《さまた》げず
世味門常掩　世味《せいみ》　門《もん》　常《つね》に掩《おお》い
時光簞已便　時光《じこう》　簞《てん》　已《すで》に便《べん》なり
夢中頻得句　夢中《むちゅう》　頻《しき》りに句《く》を得《え》たるも
拈筆又忘筌　筆《ふで》を拈《と》れば　又《また》　筌《せん》を忘《わす》る

（訓読は今関天彭・辛島驍氏による）

作者が恵州に流されていた折の作だとされているが、平穏な酒楽の境地が淡々と詠われていて好ましい。

さて、まずは駆け足で北宋の詩人たちの飲酒詩の世界を少しばかり垣間見てきた。他の詩人たちにも見るべき飲酒詩がないわけではないが、割愛することとし、ここらで南宋の詩人たちの飲酒詩を一瞥することにしたい。

宋詩諸家（下）

鶯花海中九年住
春江酔捲千玻璃
錦官城裏蘋風閣
百觴萬首爭淋漓

鶯花海中《おうかかいちゅう》　九年住《きゅうねんとど》まる
春江《しゅんこう》酔《よ》い捲《いさ》む　千玻璃《せんはり》
錦官城裏《きんかんじょうり》の蘋風閣《ひんぷうかく》
百觴万首《ひゃくしょうまんしゅ》　淋漓《りんり》を争《あらそ》う

王漁洋《おうぎょよう》

先に述べたとおり、北宋の後を承けた南宋の著名な詩人となれば、陸游《りくゆう》、范成大《はんせいだい》、楊万里《ようばんり》、戴復古《たいふっこ》、文天祥《ぶんてんしょう》などが数えられるが、このうち楊万里、文天祥などにはこれといった酒の詩はないようである。南宋の詩人で酒と縁が深く、好んで飲酒を詠じたのはなんと言っても陸游（陸放翁《りくほうおう》）ではなかろうかと思われる。しかしこれも宋詩を知ることの少ない一酒客の印象であるから、断言はできない。

それはともあれ、南宋最大の詩人陸游が飲酒詩を多く遺し、またその中にすぐれた作が多いということは事実である。されば陸游の飲酒詩の世界にまずは目を注ぎ、その酒境を窺ってみる。一体に宋代の詩人は多作をその一特徴とするとは、吉川幸次郎博士の説かれるところだが、陸游のごとく伝存するものだけで『剣南詩稿《けんなんしこう》』八十五巻、一万首にも達しようという膨大な作品を遺した詩人は、さすがにいない。八十五歳でその生涯を終えるまでに、おそらくは二万首あるいはそれ以上の詩を作ったものと考えられている。しかもその膨大な作品群について、吉川博士は、

且つ一万首の詩は、おざなり、ぞんざい、を感じさせることが、ほとんどない。それぞれに充実を感じさせる。一首一首に、行動的な精神がはたらいていて、大なりそれぞれに詩的造型を果たす。

と評しておられる。まさに驚嘆すべき詩的エネルギーであり、その豊かな詩才にはただ呆れるばかりである。陸游は、宋(北宋)の領土に侵攻し、その領土を奪った宿敵金に対する反攻を唱える愛国詩人であり、憂国の士であると同時に、陶淵明の高風を慕う孤高の隠逸の人、田園

詩人でもあるという矛盾した側面を持った人物であった。

宋詩に暗い拙老には、その詩風を説くだけの学殖はない。ただ、

人生最樂事　　人生《じんせい》　最《もっと》も楽《たの》しき事《こと》

臥聽壓新酒　　臥《ふ》して新酒《しんしゅ》を圧《あっ》するを聴《き》くなり

と詠った（「月下小酌《げっかしょうしゃく》」）この詩人が、詩酒の国の伝統に背かず酒をほしいままにして詩作に耽り、酒に感慨を託したことのみを言っておきたい。エピグラフとして掲げた清の詩人王漁洋の詩「陸放翁《りくほうおう》の心太平菴硯《しんたいへいあんけん》の歌《うた》」の一節は、しきりに酒を酌んでは怒濤のごとく詩を吐き出した陸游の姿を描いたものである。陸游の飲酒詩は、拙老の手にしている二種類の彼の詩選の中にも幾首も見られるが、その中から、いかにもこの詩人ならではと思われる二首を取り上げて次に掲げる。

樓上醉歌　　楼上《ろうじょう》の酔歌《すいか》

我遊四方不得意　　我《わ》れ四方《しほう》に遊《あそ》びて意《い》を得《え》ず

陽狂施藥成都市　　狂《きょう》と陽《いつわ》りて成都《せいと》の市《まち》に施薬《しやく》す

大瓢滿貯隨所求
聊爲疲民起憔悴
瓢空夜靜上高樓
買酒捲簾邀月醉
醉中拂劍光射月
往往悲歌獨流涕
剗却君山湘水平
斫却桂樹月更明
丈夫有志苦難成
修名未立華髮生

江樓醉中作

淋漓百榼宴江樓
秉燭揮毫氣尚遒
天上但聞星主酒

大瓢《たいひょう》満《み》ち貯《たくわ》えて求《もと》め所《ら》るるに随《したが》い
聊《いささ》か疲民《ひみん》の為《ため》に憔悴《しょうすい》を起《お》こす
瓢《ひょう》空《むな》しく　夜《よる》静《しず》かにして　高楼《こうろう》に上《のぼ》り
酒《さけ》を買《か》い　簾《すだれ》を捲《ま》き　月《つき》を邀《むか》えて酔《よ》う
酔中《すいちゅう》　剣《けん》を払《はら》えば　光《ひかり》　月《つき》を射《さ》し
往往《おうおう》　悲歌《ひか》して独《ひと》り涕《なみだ》を流《なが》す
君山《くんざん》を剗却《さんきゃく》せば湘水《しょうすい》平《たい》らかに
桂樹《けいじゅ》を斫却《しゃっきゃく》せば月《つき》更《さら》に明《あき》らかならん
丈夫《じょうぶ》　志《こころざし》有《あ》るも成《な》り難《がた》きに苦《くる》しみ
修名《しゅうめい》　未《いま》だ立《た》たずして　華髪《かはつ》生《しょう》ず

江楼《こうろう》にて酔中《すいちゅう》の作《さく》

淋漓《りんり》たる百榼《ひゃくこう》　江楼《こうろう》に宴《えん》す
燭《しょく》を秉《と》り毫《ごう》を揮《ふる》う　気《き》尚《なお》遒《しゅう》なり
天上《てんじょう》但《ただ》聞《き》く　星《ほし》　酒《さけ》を主《つかさど》ると

（訓読は一海知義氏による）

人間寧有地埋憂　人間《じんかん》寧《いずく》んぞ地《ち》の憂《うれ》いを埋《うず》むるところ有《あ》らんや
生希李廣名飛將　生《い》きては李広《りこう》の飛将《ひしょう》と名《な》づけられしを希《ねが》い
死慕劉伶贈醉侯　死《し》しては劉伶《りゅうれい》の酔侯《すいこう》を贈《おく》られしを慕《した》う
戲語佳人頻一笑　戯《たわむ》れに佳人《かじん》に語《かた》る　頻《しき》りに一笑《いっしょう》せしより
錦城已是六年留　錦城《きんじょう》　已《すで》に是《こ》れ六年留《ろくねんとど》まれりと

（訓読は前野直彬氏による）

前者には国土回復を冀《こいねが》う熱烈な愛国者、主戦論を唱える硬骨漢として知られながら、官途において不遇であり、冷遇されて志を果たし得なかった無念の思いがみなぎっていると言えるだろう。

醉中拂劍光射月　酔中《すいちゅう》　剣《けん》を払《はら》えば　光《ひかり》　月《つき》を射《さ》し
往往悲歌獨流涕　往往《おうおう》　悲歌《ひか》して独《ひと》り涕《なみだ》を流《なが》す

という詩句は、切歯扼腕する憂国の詩人としての陸游の姿を彷彿とさせるものだ。陸游は杜甫と同じく剛腸を抱き、経綸の志を胸に秘めつつも、ついに重く用いられることなく八十五年の

生涯を終えたが、他の詩ではそれを嘆じて、

生涯落魄惟躭酒
客路蒼茫自詠詩

生涯《しょうがい》　落魄《らくはく》　惟《ただ》酒《さけ》に躭《ふけ》るのみ
客路《かくろ》蒼茫《そうぼう》　自《みずか》ら詩《し》を詠《えい》ず

と詠ってもいる（「晩《くれ》に松滋《しょうじ》の渡口《とこう》に泊《はく》す」）。ほぼ同じ思いは後者「江楼にて酔中の作」にも託されているが、こちらにはみずから放埒をもって任じ、「放翁」と号した詩人の「放」の側面を窺わせるに足るように思われる。詩人はまた、

尊中酒満身彊健
未恨飄零過此生

尊中《そんちゅう》　酒満《さけみ》ち　身彊健《みきょうけん》ならば
未《いま》だ恨《うら》まず　飄零《ひょうれい》して此《こ》の生《せい》を過《す》ごすを

とも言っている（「成都書事《せいとしょじ》」）。落魄と流浪のうちに過ごした失意の詩人を慰めるものはやはり酒にほかならなかったのである。

陸游に続いては、これも南宋の著名な詩人范成大の作をひとつ眺めておこう。「四時田園雑《しじでんえんざっ》興《きょう》」の中の一首（「冬日田園雑興《とうじつでんえんざっきょう》」其八）である。官人として不遇に終わった陸游と異なり、宰

相の位にまでのぼったというこの詩人の詩は、端正にして静雅であるが、詩情の昂騰は見られず、インパクトは弱い。田舎でののんびりとした洒楽を詠じた次の詩も、さような趣を持つ。

榾柮無煙雪夜長
地爐煨酒煖如湯
莫嗔老婦無盤飣
笑指灰中芋栗香

榾柮《そだ》に煙無《けむりな》く雪《ゆき》の夜《よ》は長《なが》し
地炉《ちろ》に酒《さけ》を煨《に》れば煖《あたた》きこと湯《ゆ》の如《ごと》し
嗔《いか》る莫《な》かれ　老婦《ろうふ》の盤飣無《つまみものな》きを
笑《わら》いて灰《はい》の中《なか》に芋《いも》と栗《くり》の香《かんば》しきを指《さ》す

（訓読は入谷仙介氏による）

雪のしんしん降る夜に、炉ばたで芋や栗を肴にして老婦を前にして熱燗で一杯やる楽しみが、おだやかな詩に盛られているのが見られる。小さな詩境である。范成大の詩はわが国において江戸末期に愛読されたようであるが、吉川幸次郎博士はその詩境が蕪村の俳諧のそれに近いことを指摘されたそうである。いかにも、右の詩を題材に、蕪村風の俳句の一句ぐらいひねり出せそうな気がしてくる。

次に陸游に詩を学んだこともある江湖遊歴の職業詩人であった戴復古の「九日《きゅうじつ》」と題する七絶、すなわち杜甫や王維によっても詠われている、九月九日の重陽《ちょうよう》の節句におこなわれる

「登高」に際しての感慨を述べた作を引いてみよう。

醉來風帽半攲斜
幾度他郷對菊花
最苦酒徒星散後
見人兒女倍思家

酔来《すいらい》　風帽《ふうぼう》　半《なか》ば攲斜《きしゃ》す
幾度《いくたび》か　他郷《たきょう》　菊花《きくか》に対《たい》す
最《もっと》も苦《くる》しむ　酒徒《しゅと》　星散《せいさん》の後《のち》
人《ひと》の児女《じじょ》を見《み》て　倍〻《ますます》家《いえ》を思《おも》う

（訓読は山田勝美氏による）

これは王維の詩を意識した作だが、「登高」の主題を飲酒と結びつけ、酒友たちが散じて後の遊歴、流浪の身の淋しさを言っているところに新味があると言えるかもしれぬ。

さて以上が宋詩諸家のうちの幾人かの詩人の飲酒詩の世界だが、最後に、厳密に言えば宋詩諸家には入らない一人の大詩人の作品を取り上げねばなるまい。その詩人とは、南宋の詩人でも北宋の詩人でもなく、陸游が終生敵視した異朝すなわち金王朝の詩人元好問《げんこうもん》にほかならない。

遠くは唐の詩人元結《げんけつ》の血を引くという詩人元好問は、杜甫の格調を受け継ぎ、蘇軾、黄庭堅の詩精神を深く汲み取っていると評されるすぐれた詩人だが、その作は後世の東都の一酒徒の平生親しむところとはなっていない。しかるに、強いてその詩集を繙けば、そこにはこの詩人が深く関心を寄せたという、「中華飲酒詩の祖」五柳先生陶淵明に和し、これに倣った「飲酒《いんしゅ》」「後飲酒《ごいんしゅ》」と題する一連の詩が並んでいるのは嬉しい。思いがけず意外な知己、酒友に出会ったごとき心地がし、これぞわが心にかなえりの感があるので、早速にもこの詩人の作をわが壺中天に引き入れることとしよう。

「飲酒」「後飲酒」と題された元好問の一連の詩のうち、ここでは三首を掲げる（訓読はいずれも鈴木修次氏による）。

飲酒　其一
西郊一畝宅
閉門秋草深
牀頭有新釀
意愜成孤斟
擧杯謝明月
蓬蓽肯相臨
願將萬古色

飲酒《いんしゅ》　其《そ》の一《いち》
西郊《せいこう》　一畝《いっぽ》の宅《たく》
門《もん》を閉《と》ざし　秋草深《しゅうそうふか》し
牀頭《しょうとう》に　新釀《しんじょう》　有《あ》り
意《い》に愜《かな》えば　孤斟《こしん》を成《な》す
杯《さかずき》を挙《あ》げて　明月《めいげつ》に謝《つ》ぐ
「蓬蓽《ほうひつ》も　相臨《あいのぞ》む肯《べ》し
願《ねが》わくは　万古《ばんこ》の色《いろ》を将《もっ》て

照我萬古心　我《わ》が万古《ばんこ》の心《こころ》を照《て》らせ」と

其五　其《そ》の五《ご》

此飲又復醉　此《ここ》に飲《の》み　又《また》　復《ま》た酔《よ》う
此醉更酣適　此《ここ》に酔《よ》い　更《さら》に　酣適《かんてき》す
徘徊雲月閒　雲月《うんげつ》の間《かん》に　徘徊《はいかい》し
相對澹以默　相対《あいたい》して　澹《たん》　以《もっ》て　黙《もく》
三更風露下　三更《さんこう》　風露《ふうろ》の下《もと》
巾袖警微溼　巾袖《きんしゅう》　微溼《びしつ》を警《いまし》む
浩歌天壤閒　浩歌《こうか》す　天壌《てんじょう》の間《かん》に
今夕知何夕　今夕《こんせき》　何《いか》なる夕《ゆうべ》なるを知《し》らんや

後飲酒　其四　後《のち》の飲酒《いんしゅ》　其《そ》の四《し》

酒中有勝地　酒中《しゅちゅう》に　勝地《しょうち》　有《あ》り
名流所同歸　名流《めいりゅう》の　同《とも》に帰《き》する所《ところ》
人若不解飲　人《ひと》　若《も》し　飲《の》むを解《かい》せざれば

俗病從何醫
此語誰所云
吾友田紫芝
紫芝雖吾友
痛飲眞吾師
一飲三百杯
談笑成歌詩
九原不可作
想見當年時

俗病《ぞくびょう》は　何《なに》に従《よ》りて医《いや》さん
此《こ》の語《ご》　誰《たれ》の云《い》う所《ところ》ぞ
吾《わ》が友《とも》　田紫芝《でんしし》
紫芝《しし》は　吾《わ》が友《とも》と雖《いえど》も
痛飲《つういん》は　真《しん》に吾《わ》が師《し》
一飲三百杯《いちいんさんびゃくはい》
談笑《だんしょう》　歌詩《かし》と成《な》る
九原《きゅうげん》　作《おこ》す可《べ》からず
当年《とうねん》の時《とき》を想見《そうけん》するのみ

遺山先生元好問は、蘇軾、黄庭堅の詩統を継ぐ詩人であり、南宋の陸游と並び立つ重要な詩人とされている。先人の詩を学び尽くし、博大な学識を詰め込んだ巨大な詩嚢から生まれたその作品は、いかにも重厚な感じがするばかりか難解であって、拙老のごとき無学な一アマトゥールの管見僻説を許さない。ただそこに五柳先生のエコーを発見したことをよろこび、先生の飲酒詩と併せて、時にこれを誦することにしたいものである。

本来はこれで終わるはずだったが、最後の最後にひとつおまけを付け足そう。新中国で愛国

「詞人」として高く評価されているという詞人辛棄疾《しんきしつ》の詞「清平楽《せいへいがく》」である。先に引いた范成大の「四時田園雑興」に似た趣のある作で、のどかな田園生活で酒を酌む楽しさが詠われている。

茅簷低小
渓上青草
酔裏呉音相媚好
白髪誰家翁媼

大児鋤豆渓東
中児正織雞籠
最喜小児無頼
渓頭臥剝蓮蓬

茅《かや》の簷《のき》は低《ひく》く小《ちい》さく
渓《たに》の上《ほとり》には青《あお》く青《あお》き草《くさ》
酔《よ》いの裏《うち》には呉音《ごおん》は相《あ》い媚《なまめか》しく好《よ》し
白髪《しらが》なるは誰《た》が家《いえ》の翁 媼《おきなおうな》ぞ

大児《だいじ》は豆《まめ》を渓《たに》の東《ひがし》に鋤《す》き
中児《ちゅうじ》は正《まさ》に鶏《にわとり》の籠《かご》を織《あ》む
最《もっと》も喜《よろこ》ばしきは小児《しょうじ》の無頼《ぶらい》にして
渓《たに》の頭《ほとり》に臥《ふ》して蓮蓬《はすのみ》を剝《む》くなり

（訓読は入谷仙介氏による）

これも蛇足を承知で一言付け加えると、「唐詩は酒である」「宋詩は茶である」と吉川博士はおおせられる。そのせいであろうか、唐人の飲酒詩に比べると、宋人の飲酒詩は同じく酒を詠ってはいても、心からそれに感応し陶酔することを阻む何物かがあるように思われてならない。

明詩

又聞酔趣同詩趣
古今賢達皆因循

又聞《またき》く　酔趣《すいしゅ》の詩趣《ししゅ》に同《おな》じきを
古今《ここん》の賢達皆因循《けんだつみないんじゅん》

新井白石

ほんの一斑にすぎぬとは言え、宋詩諸家による飲酒詩をひとわたり眺め渡したところで、次に明代の詩に移ろう。とは言っても、ただの漢詩愛好家にすぎぬ東都の一酒徒は、またしてもここではたと当惑せざるを得ない。宋詩にも明るいとは言えない拙老だが、明詩となるとさらになじみが薄い。その昔、博学にして詩心豊かな西洋古典文学の大家が、ビザンチン文学とはどのようなものかと問われて、「そうですねえ、まあ明代の詩のようなものですかね」と答えたというが、この答えによって、大先生が何を言おうとされたのかは、想像に難くない。ビザンチン帝国の文学というのは、聖者伝だの、宗教詩だの平板な歴史書だのといったものが大半で、擬古的で修辞学の臭いが強く、およそ面白くはない。つまりは、明詩を引き合いに出すことによって、その西洋古典学の大先生は、ビザンチン文学は退屈だと言いたかったのであろう。それが脳裏の片隅にあったためか、拙老もまた進んで明詩に親しもうなどという気が久しく起こらなかった。ただ一人の詩人の作を除いては、である。例外であるそのただ一人の詩人とは、森鷗外の流麗な和訳によって知られる「青邱子歌《せいきゅうしか》」の作者たる高青邱すなわち高啓《こうけい》にほかならない。

わが国では明詩は不人気であまり読まれていないようだが、高啓の詩は例外的に江戸時代からよく読まれ、明治の思想家田岡嶺雲《たおかれいうん》にもこの詩人の評伝があるというが、拙老は不学にしてその書を読んだことはない。元末から明初にかけて乱世を生き、出仕を求められて一度は明の太祖に仕えたものの、やがて憎まれて三十九歳の若さで刑死したこの詩人の詩は、みずみずしい感性を感じさせるものが多く、今日なお愛読に堪えるものだ。江戸時代以来わが国で愛読されたというのも、また頷ける。明詩に暗い拙老も、この詩人の作にだけはいささかなじみがある。されば飲酒詩に関しては、明詩はもっぱら青邱子高啓に代表してもらうこととし、後は袁《えん》宏道《こうどう》、李夢陽《りぼうよう》、李攀龍《りはんりょう》といった詩人たちの作を一篇ずつ眺めることで、責めをふさぐこととしたい。

さて拙老の手元には、蒲池歓一氏による『高青邱』（『漢詩大系』21）、入谷仙介氏注による『高啓』（『中国詩人選集二集』10）の二種類の詩集があるが、前者は何首もの酒にちなんだ詩を収めており、東都の一酔人の心にかなう作もまたそのうちにある。その中から二首を選んで次に掲げる。まずは曹操の名高い作と晋の陸機に倣った一篇「短歌行《たんかこう》」から（以下訓読は蒲池氏による）。

置酒高臺　酒《さけ》を高台《こうだい》に置《お》けば
樂極哀來　楽《たの》しみ極《きわ》まって哀《かな》しみ来《きた》る
人生處世　人生《じんせい》世《よ》に処《お》る
能幾何哉　能《よ》く幾何《いくばく》ぞや
日西月東　日《ひ》は西《にし》に　月《つき》は東《ひがし》に
百齡易終　百齢《ひゃくれい》終《おわ》り易《やす》し
可嗟仲尼　嗟《さ》すべし　仲尼《ちゅうじ》
不見周公　周公《しゅうこう》を見《み》ず
鼓絲拊石　糸《いと》を鼓《こ》し　石《いし》を拊《う》ち
以永今日　以《もっ》て今日《こんにち》を永《なが》うす

歡以別虧　歓《よろこ》びは別《わかれ》を以《もっ》て虧《か》くるも
憂因會釋　憂《うれい》は会《あ》うに因《よ》って釈《と》く
燕鴻載鳴　燕鴻《えんこう》　鳴《めい》を載《う》け
蘭無故榮　蘭《らん》に故栄《こえい》なし
子如不樂　子《し》　如楽《もしたのし》まずんば
白髮其盈　白髪《はくはつ》　それ盈《み》たむ
執子之手　子《し》の手《て》を執《と》りて
以酌我酒　以《もっ》て我《わ》が酒《さけ》を酌《く》ましむ
式詠短歌　式《もっ》て短歌《たんか》を詠《えい》じ
爰祝長壽　爰《ここ》に長寿《ちょうじゅ》を祝《しゅく》す

冒頭の四句からして既に知られるように、この詩のテーマ自体は、「人生は短い、されば酒を飲んでこの今という時を楽しめ」という、古くは漢代の「西門行《せいもんこう》」に見られ、西方ではホラティウスの carpe diem（その日の花を摘め）という表現によって代表され、また『ギリシア詞華集』の飲酒詩にも共通するものであって、特に独自性があるわけではない。詩句の上から見ても、陸機の「短歌行」の、

置酒高堂　高堂《こうどう》に置酒《ちしゅ》し
悲歌臨觴　悲《ひ》歌《か》して觴《さかずき》に臨《のぞ》む
人壽幾何　人寿《じんじゅ》幾何《いくばく》ぞ
逝如朝霜　逝《ゆ》くこと朝霜《ちょうそう》の如《ごと》し

や、同じく曹操の「短歌行」の、

對酒當歌　酒《さけ》に対《たい》しては当《まさ》に歌《うた》うべし
人生幾何　人生《じんせい》は幾何《いくばく》ぞ
譬如朝露　譬《たと》えば朝露《ちょうろ》の如《ごと》し
去日苦多　去日《きょじつ》苦《はなは》だ多《おお》し
慨當以慷　慨《がい》して当《まさ》に慷《こう》すべし
幽思難忘　幽思《ゆうし》忘《わす》れ難《がた》し
何以解憂　何《なに》を以《もっ》て憂《うれい》を解《と》かん
惟有杜康　惟《ただ》杜康《とこう》有《あ》るのみ

を踏襲していることは明らかであり、これも名高い漢の武帝作の「秋風《しゅうふう》の辞《じ》」の「歓楽極《かんらくきわ》まって哀情多《あいじょうおお》し」を踏まえたものであることがわかる。しかしこの一篇を全体として眺め味わうと、そこにはやはり近代の詩人ならではの繊細な感覚と「ほそみ」を帯びた哀感が色濃くただよっているのが感じられる。古来の伝統的な詩題に拠りながらも、この飲酒詩において、高啓はその独自性を発揮していると言ってよいのではなかろうか。

次に、これも李白や李賀にも同じ詩題の作がある「将進酒《しょうしんしゅ》」なる一篇を掲げよう。蒲池氏はこの詩を「この作もまた独特で彼の傑作の一つである」と評しておられる。

君不見陳孟公　　君《きみ》見《み》ずや陳孟公《ちんもうこう》
一生愛酒稱豪雄　　一生酒《いっしょうさけ》を愛《あい》して　豪雄《ごうゆう》と称《しょう》さる
君不見揚子雲　　君《きみ》見《み》ずや揚子雲《ようしうん》
三世執戟徒工文　　三世戟《さんせいげき》を執《と》って　徒《いたずら》に文《ぶん》に工《たくみ》なり
得失如今兩何有　　得失《とくしつ》　今《いま》の如《ごと》き　両《ふたつ》ながら何《なに》か有《あ》らむ
勸君相逢且相壽　　君《きみ》に勧《すす》む　相逢《あいあ》うて且《か》つ相寿《あいじゅ》せん
試看六印盡垂腰　　試《こころみ》に看《み》よ　六印《りくいん》尽《ことごと》く腰《こし》に垂《た》るるを
何似一巵長在手　　何《なん》ぞ似《に》ん　一巵《いっし》長《とこしえ》に手《て》に在《あ》るに

莫惜黄金醉青春
幾人不飲身亦貧
酒中有趣世不識
但好富貴忘其眞
便須吐車茵
莫畏丞相瞋
桃花滿谿口
笑殺醒遊人
絲繩玉缸釀初熟
搖蕩春光若波綠
前無御史可盡歡
倒著錦袍舞鸜鵒
愛妾已去曲池平
此時欲飲焉能傾
地下應無酒壚處
何苦寂寞孤平生

惜《おし》む莫《なか》れ　黄金《おうごん》　青春《せいしゅん》に酔《よ》うを
幾人《いくにん》か飲《の》まず　身亦貧《みまたまず》し
酒中《しゅちゅう》　趣《おもむき》あり　世《よ》　識《し》らず
但《た》だ富貴《ふうき》を好んで　其真《そのしん》を忘《わす》る
便《すなわ》ち須《すべか》らく車茵《しゃいん》に吐《と》すべし
畏《おそ》るる莫《なか》れ丞相《じょうしょう》の瞋《いか》るを
桃花《とうか》　谿口《けいこう》に満《み》ち
笑殺《しょうさつ》す醒遊《せいゆう》の人《ひと》
糸縄《しじょう》　玉缸《ぎょくこう》　醸《じょう》初《はじ》めて熟《じゅく》し
春光《しゅんこう》を揺蕩《ようとう》して　波《なみ》の緑《みどり》なるが若《ごと》し
前《まえ》に御史《ぎょし》なし　歓《かん》を尽《つ》くすべし
錦袍《きんぽう》を倒著《とうちゃく》して鸜鵒《くよく》を舞《ま》わん
愛妾《あいしょう》　已《すで》に去《さ》って　曲池《きょくち》平《たいら》かに
此《こ》の時《とき》　飲《の》まんと欲《ほっ》するも焉《いず》くんぞ能《よ》く傾《かたむ》けん
地下《ちか》応《まさ》に酒壚《しゅろ》の処《ところ》なかるべし
何《なに》を苦《くる》しんで　寂寞《せきばく》　平生《へいぜい》に孤《そ》むくや

一杯一曲　一杯一曲《いっぱいいっきょく》
我歌君續　我《わ》れ歌《うた》わん君続《きみつづ》け
明月自來　明月《めいげつ》 自《おのずか》ら来《きた》って
不須秉燭　燭《しょく》を秉《と》るを須《もち》いず
五嶽既遠　五岳《ごがく》既《す》でに遠《とお》く
三山亦空　三山《さんざん》亦《ま》た空《むな》し
欲求神仙　神仙《しんせん》を求《もと》めんと欲《ほっ》すれば
在杯酒中　杯酒《はいしゅ》の中《なか》に在《あ》り

高啓の右の詩は、同じ詩題による李白の作にみなぎる烈々たる気概や壮大な宇宙的な広がりを欠いているし、李賀の作に見られる、妖しい耀きを放つ独創的な詩句が連ねられているわけでもない。その表現からすればむしろ淡々としていて、平凡とさえ映る。にもかかわらず、酒中酒後にこれを誦すれば、しみじみと心に染み入ってくる。やはり傑作と称するに足りる飲酒詩のひとつだろう。

莫惜黄金醉青春　惜《おし》む莫《なか》れ　黄金《おうごん》　青春《せいしゅん》に酔《よ》うを

幾人不飲身亦貧　　幾人《いくにん》か飲《の》まず　身亦貧《みまたまず》し
酒中有趣世不識　　酒中《しゅちゅう》趣《おもむき》あり　世《よ》　識《し》らず
但好富貴忘其眞　　但《た》だ富貴《ふうき》を好《この》んで　其真《そのしん》を忘《わす》る

欲求神仙　　神仙《しんせん》を求《もと》めんと欲《ほっ》すれば
在杯酒中　　杯酒《はいしゅ》の中《なか》に在《あ》り

とは、なかなかによきことを仰せられたものだ。

青邱先生の飲酒詩は、まだほかにも何首か興味深いものがあるが、他の詩人たちの作にも目をやらねばならぬため、これくらいにしておこう。

高啓に次いでは、明末の詩人袁宏道の「和方子公（方子公《ほうしこう》に和《わ》す）」という飲酒詩一篇を一瞥しておこう。この詩人に関する拙老の知識ははなはだ乏しい。わずかに入矢義高先生の解説によって、その生涯のあらましを教えられ、代表作の何篇かを卒読したにとどまる。しかし次に掲げる飲酒詩には、末尾に酒徒の心にかなう詩句があるので、敢えてこれを引くのである。

酒困傷脾色昏沈　　酒《さけ》に困《くる》しみ脾《ひ》を傷《いた》めて色昏沈《いろこんちん》

下馬呼水煎人參　馬《うま》を下《お》り水《みず》を呼《よ》んで人参《にんじん》を煎《に》る
皆云昨宵倦苦極　皆《み》な云《い》う　昨宵《さくしょう》　倦苦極《けんくきわ》まり
動以狂藥相規箴　動《やや》もすれば狂薬《きょうやく》を以《もっ》て相《あ》い規箴《きしん》せり
須臾甕香撲鼻來　須臾《しゅゆ》にして甕香《おうこう》　鼻《はな》を撲《う》ちて来《きた》り
初猶矜持漸浸淫　初《はじ》めは猶《な》お矜持《きょうじ》せるも漸《よう》やく浸淫《しんいん》す
尊隤罍決不可止　尊《たる》は隤《くず》れ罍《かめ》は決《やぶ》れて止《とど》む可《べ》からず
突如一羣狂猩猩　突《とつ》として一群《いちぐん》の狂《くる》える猩猩《しょうじょう》の如《ごと》く
脫帽擲天呼石語　帽《ぼう》を脱《ぬ》ぎ天《てん》に擲《なげう》って石《いし》を呼《よ》んで語《かた》る
蒼旻不高海不深　蒼旻《そうびん》も高《たか》からず　海《うみ》も深《ふか》からず
至哉酒人天下樂　至《いた》れる哉《かな》　酒人《しゅじん》　天下楽《てんからく》
惟有醉死無醒生　惟《た》だ酔《よ》うて死《し》する有《あ》るのみ　醒《さ》めて生《い》くる無《な》し

（訓読は入矢義高氏による）

これは方子公なる、詩人の友人にして大酒飲みの男のめちゃくちゃな酔態を描いた詩であって、酒楽境を詠った作ではないが、最後の二句が面白い。大方、世の酒飲みは酔うとかような大言壮語を吐くものである。

続いては「古文辞」運動の主張者であり、またその実践家として知られる李夢陽の「送周判官（周判官《しゅうはんがん》を送《おく》る）」と題された七絶を引く（覚束ない訓読は拙老自身による）。

明燈綠酒五花裘
客舍新秋螢火流
問君不飲眞何事
明日出城風葉愁

明灯緑酒《めいとうりょくしゅ》　五花《ごか》の裘《きゅう》
客舎新秋《きゃくしゃしんしゅう》　蛍火《けいか》流《なが》る
君《きみ》に問《と》う　飲《の》まざるは真《しん》に何事《なにごと》ぞ
明日城《みょうにちしろ》を出《い》ずれば風葉愁《ふうようられ》う

宋詩を否定し、ひたすら盛唐の詩を理想とする李夢陽の詩は、感情の振幅が大きく、激越だとされているようだが、右に引いた飲酒詩はおだやかな作と見える。無論、さほどの傑作、名詩とは言えないが。おそらくはこれから遠くの任地へ赴こうという友人を、酒を酌みつつ送る惜別の情があふれているのが好ましい。李夢陽にはこのほか、「乾坤酔眼中（乾坤《けんこん》も酔眼《すいがん》の中《なか》）」などという気が利いた詩句を含む「早春《そうしゅん》黄宅《こうたく》に宴《えん》す」という飲酒詩などもある。

さて明詩の最後に、これも覚束ない拙老自身による訓読を添え、李攀龍作の「冬日登樓（冬《ふゆ》の日楼《ひろう》に登《のぼ》る）」なる一篇を引いて、この稿を終えることとしたい。

佳節高樓酒復清
鮑山斜日入杯平
天涯誰借窮交涙
海内空傳拙官名
四野浮雲垂雪色
千林朔氣擁寒聲
醉來極目中原盡
獨抱風流萬古情

佳節高楼《かせつこうろう》　酒復《さけま》た清《きよ》し
鮑山斜日《ほうざんしゃじつ》　杯《はい》に入《い》りて平《たい》らかなり
天涯誰《てんがいだれ》か借《か》さん　窮交《きゅうこう》の涙《なみだ》
海内空《かいだいむな》しく伝《つた》う　拙官《せっかん》の名《な》
四野《しゃ》に浮雲《ふうん》　雪色垂《せっしょくた》れ
千林《せんりん》に朔気《さくき》　寒声《かんせい》を擁《よう》す
酔来《よいきた》って目極《めきわ》まるところ中原尽《ちゅうげんつ》き
独《ひと》り抱《いだ》く　風流万古《ふうりゅうばんこ》の情《じょう》

王世貞《おうせいてい》とともに「古文辞」運動を継ぎ、その指導者であったこの文学者は、文壇の中心的存在であったばかりか、吉川幸次郎博士によれば「時代最大の巨人であり、一顰一笑が世の中に影響を与えた」とのことである（『中国詩人選集二集』2『元明詩概説』）。さような大文学者ではあるが、今日その代表作とされる詩を何篇かを覗いてみるとさほど面白くもなく、一向に感動を覚えることもない。往々にして、と言うよりも大方の文学理論の大家は、実作となるとさしたる作を生み得ないものだが、詩人としてのこの先生の場合も、例外ではなさそうである。右に引いた酒の詩などは、その中にあっては興味を惹く作だと言ってよい。

ところで、拙老はこのところ耄碌してアタマがぼけ、酒は進んでも筆が一向に進まず、ものが書けずに苦しんでいるのだが、李攀龍にもこんな詩句がある。次の詩句の「中歳」を「老年」に置き換えると、まさに拙老の心境なので、敢えて引いておく。

終年著書一字無　　終年《しゅうねん》書《しょ》を著《あら》わして一字《いちじ》無《な》く
中歳學道乃狂夫　　中歳《ちゅうさい》道《みち》を学《まな》んですなわち狂夫《きょうふ》

続いて先生は、「まあどぶろくでも買って飲むがいい」と自らに勧めているが、そのお勧めに従いたい。枯渇した創造意欲を掻き立てるものは、やはり最後は酒である。

清詩

世情皆粉飾
哀樂無一眞
只此醉鄕內
遠求古之人

世情《せじょう》　皆《みな》　粉飾《ふんしょく》
哀楽《あいらく》　一《いっ》の真《しん》なる無《な》し
只此《ただこ》の酔郷《すいきょう》の内《うち》に
遠《とお》く古《いにし》えの人《ひと》を求《もと》めん

大沼枕山

東都の一酒徒による、『詩経』に始まる壺中天のよろぼい歩きも、よろめきつつそろそろと時代を下っているうちに、ようやく清代にまでたどりついた。中国は世界に冠たる詩酒合一の国だけあって、その壺中天つまりは飲酒詩の世界もまた広大無辺、これまでに窺ってきた詩はほんの九牛の一毛にすぎない。それでも、漢詩の一アマトゥールにすぎぬ身としては、「遥けくも来たるものかな」との感無しとしない。

さて、次は清詩である。なじみが薄いという点では清詩も明詩と変わらないが、その中にも心惹かれる飲酒詩がないわけではない。その何篇かを以下に掲げて、禹域における詩酒合一の伝統が、旧中国最後の王朝の詩人たちの中にも脈々と生き続けた跡を眺めておこう。

清朝で詩名ある詩人と言えば、銭謙益《せんけんえき》、呉偉業《ごいぎょう》（呉梅村《ごばいそん》）、王士禛《おうししん》（王漁洋《おうぎょよう》）、袁枚《えんばい》といったところであろうが、中国詩の伝統に背かず、これらの詩人たちはいずれも酒にちなむ詩を残している。但し袁枚にはこれといって心に適う飲酒詩が見出だせないので、黄景仁《こうけいじん》の作をもってこれに代えることにする。

まずは明末清初の詩人牧斎《ぼくさい》こと銭謙益の一首「與顧秀才飲酒作（顧秀才《こしゅうさい》と酒《さけ》を飲《の》みての作《さく》）」を一瞥するところから始めることとしたい。

無花頗恨司花神　花無《はなな》きは　頗《すこぶ》る恨《うら》む　花《はな》を司《つかさど》るの神《かみ》を
有酒偏宜衝酒人　酒有《さけあ》るは　偏《ひとえ》に宜《よろ》し　酒人《しゅじん》に衝《むか》うに
但看當筵浮大白　但《た》だ看《み》る　筵《えん》に当《あた》って　大白《たいはく》を浮《ふ》するを
何愁後閤走窮賔　何《なん》ぞ愁《うれ》えむ　後閤《こうこう》に　窮賔《きゅうひん》を走《はし》らすを
桑閒布穀催耕急　桑間《そうかん》の　布穀《ふこく》は　耕《こう》を催《うなが》すこと急《きゅう》に

樹上提壺勧飲頻
我老君貧何所作
商量同占酔郷民

樹上《じゅじょう》の　提壺《ていこ》は　飲《いん》を勧《すす》むること頻《しき》りなり
我《われ》は老《お》い　君《きみ》は貧《ひん》なり　何《なん》の作《な》す所《ところ》ぞ
商量《しょうりょう》せむ　酔郷《すいきょう》の民《たみ》を同《おな》じく占《し》めんことを

（訓読は近藤光男氏による）

清初の詩人として呉偉業と双璧をなすと言われる傑出した詩人であり、博学な文人であった銭謙益は、中国の詩人に多く見られるように政治家でもあり、官は明朝の礼部尚書という大官にまで上っている。それでいながら、明朝の滅亡に際しては真っ先に清に降伏の文書を奉ったとして非難を浴び、その上清朝に官職を授けられたことで、無節操な人間として強く批判されたという。個人的にも好色にして貪欲との悪評があったらしい。二朝に仕えたその無節操ぶりがかえって反感を呼び、乾隆帝の勅命によって、死後百年にしてその文業が抹殺されるという運命に遭遇した詩人でもあった。しかしそういう歴史的事実は、銭謙益の詩の価値を減じるものではない。右に引いた飲酒詩は、この詩人の属していた東林党とその反対党の確執に巻き込まれ、郷里に帰って逼塞していた折の作だという。烈々たる迫力や以酒養真の気概はみなぎってはいないが、豊かな詞藻を感じさせる好ましい詩である。

続いてはこれも明末清初に令名あった詩人であり、明朝の滅亡という亡国の悲哀をつぶさに味わった梅村こと呉偉業の作を二首取り上げることにしよう。「行路難《こうろなん》」十八首のうちの「其十八」と、「過呉江有感（呉江《ごこう》を過《す》ぎて感有《かんあ》り）」と題された作を並べて掲げる。

箕踞狂呼不得意
君不見嵆生幽憤阮生哭
執法在前無所畏
頽然便就醉
不如飲一斗
此中未得逍遙遊
禮法之士憎如讎
裸身大笑輕王侯
吾將老焉惟糟丘

箕踞《ききょ》し　狂呼《きょうこ》するも　意《い》を得《え》ざるを
君見《きみみ》ずや　嵆生《けいせい》は幽憤《ゆうふん》し阮生《げんせい》は哭《こく》す
執法《しっぽう》　前《まえ》に在《あ》るも　畏《おそ》るる所無《ところな》し
頽然《たいぜん》として　便《すなわ》ち酔《すい》に就《つ》くに
如《し》かず　一斗《いっと》を飲《の》み
此《こ》の中《うち》　未《いま》だ逍遥遊《しょうようゆう》を得《え》ず
礼法《れいほう》の士《し》より憎《にく》まること讎《あだ》の如《ごと》く
裸身《らしん》　大笑《たいしょう》して　王侯《おうこう》を軽《かろ》んず
吾《わ》れ将《まさ》に老《お》いんとす　惟《た》だ糟丘《そうきゅう》

（訓読は福本雅一氏による）

落日松陵道
堤長欲抱城

落日《らくじつ》　松陵《しょうりょう》の道《みち》
堤長《つつみなが》くして　城《しろ》を抱《いだ》かんと欲《ほっ》す

塔盤湖勢動　　塔盤《とうわだ》かまりて　湖勢《こせい》動《うご》き
橋引月痕生　　橋《はし》引《ひ》いて　月痕《げっこん》生《しょう》ず
市靜人逃賦　　市《まち》静《しず》かにして　人《ひと》　賦《ふ》を逃《のが》れ
江寬客避兵　　江《こう》寛《ひろ》くして　客《かく》　兵《へい》を避《さ》く
廿年交舊散　　廿年《にゅうねん》　交旧《こうきゅう》散《さん》じ
把酒歎浮名　　酒《さけ》を把《と》りて　浮名《ふめい》を歎《たん》ず

（同前）

前者は、亡国の詩人として明朝に殉ずる覚悟をしながらも、家族の恩愛のしがらみに縛られてそれを果たし得ず、失意の余生を、郷里での田園生活と詩作によって慰めるほかなかったこの詩人の哀しみがにじんだ詩である。わずか二年に満たない間といえども、心ならずも二朝に仕えたことは、みずからを変節漢として責め続ける結果をもたらし、呉偉業の後半生に暗い影を落とすこととなった。

吾將老焉惟糟丘　　吾《わ》れ将《まさ》に老《お》いんとす　惟《た》だ糟丘《そうきゅう》

という冒頭の一句のうちに、悔悟と滅び去った前朝を偲ぶ心が集約されていると言っていいだろう。悔恨のうちに酌んだ梅村の酒は、おそらくは苦いものであったろう。

後者「呉江を過ぎて感有り」にしても、亡国の詩人として官途を捨ててよりひたすら詩に生き、それによって詩名一世に高くとも、なおそれに虚しさを覚えて酒を酌む詩人の姿が彷彿と浮かんでくる。悲哀の響きを宿した最後の一句、

把酒歎浮名　　酒《さけ》を把《と》りて　浮名《ふめい》を歎《たん》ず

のうちに、詩人の深い吐息が聞こえてくるようだ。

さて今度は、清初の大詩人として「一代の正宗」と仰がれたという、漁洋山人王士《し》禛（王士禎《てい》とも言う）の酒にちなむ詩を二篇引いて一瞥しておきたい。銭謙益や呉偉業よりやや遅れて明末に生まれ、やがて長じては清朝に官吏として仕えて、国司祭酒（大学総長）からついには法務大臣である刑部尚書にまで順調に上りつめたこの漁洋山人の詩には、亡国の悲哀は宿ってはいない。稀に見る天賦の詩才と高い教養に支えられたその詩の世界は、意識的に非政治的であり、「温にして麗」であると評されている。岩波版『中国詩人選集二集』で『王士禛』の巻を担当された高橋和巳氏はこの詩人の詩風について、「彼の文学は、激しい燃焼の文学である

よりも、静謐と平和の文学であり、主張の文学であるよりも、吟味と鑑賞の態度の産物であると言える」と述べている。氏の言う「やすらぎの文学」である王士禛の詩が、その飲酒詩を含めて後世の一酒徒の胸を激しく揺すぶることが少ないのは、そのせいであろうか。いやそれ以上に、こちらの側に詩人の高い教養を受け止め、それを鑑賞する能力が欠けているからに相違ない。清詩を代表するさような詩人としての、漁洋山人の酒にちなむ詩の中から、「花朝道中有感寄陳其年（花朝道中《かちょうどうちゅう》感《かん》有《あ》り、陳其年《ちんきねん》に寄《よ》す）」七絶三首のうちの一首と、「徳州答鄭山公留別作（徳州《とくしゅう》にて鄭山公《ていざんこう》の留別《りゅうべつ》の作《さく》に答《こた》う）」と題された律詩一篇を選んでみた。

風俗淮南古禁煙
紅橋解禊雨晴天
酒徒散盡楊枝別
説著花朝一惘然

風俗《ふうぞく》淮南《わいなん》の古禁煙《こきんえん》
紅橋《こうきょう》の解禊《かいけい》　雨晴《うせい》の天《てん》
酒徒《しゅと》散《さん》じ尽《つく》し楊枝《ようじ》は別《わか》る
花朝《かちょう》に説著《せっちゃく》すれば一《いっ》に惘然《もうぜん》

城下河流日暮寒
明燈綠酒罄交歡

城下《じょうか》の河流《かりゅう》　日暮《にちぼ》寒《さむ》し
明灯緑酒《めいとうりょくしゅ》　交歓《こうかん》を罄《つ》くす

（訓読は橋本循氏による）

従知越絶風煙好
敢謂珠厓道路難
嚴瀬千峯雲際出
武夷九曲鏡中看
官園焙後茶香熟
此日思君到建安

従《たと》え越絶風煙《えつぜつふうえん》の好《よ》きを知《し》るとも
敢《あえ》て謂《いわ》んや珠厓道路《しゅがいどうろ》の難《かた》きを
厳瀬《げんらい》の千峯《せんぽう》 雲際《うんさい》に出《い》で
武夷《ぶい》の九曲《きゅうきょく》 鏡中《きょうちゅう》に看《み》ん
官園焙後《かんえんぼうご》 茶香《さこう》熟《じゅく》す
此《こ》の日《ひ》 君《きみ》が建安《けんあん》に到《いた》るを思《おも》う

（同前）

作者王士禛は、酒を詠じて名を得た詩人ではない。しかしその詩人にしてなお、飲酒にちなむ右のような作があるところに、詩酒の国としての中国の詩的伝統の強固さを感じさせられずにはいられない。前者について橋本循氏は、その詩意を「淮南に於ける詩酒の友との曾遊を想い起こして、人生の離合集散の定めなきを感ずる」と説いておられるが、そういう趣の詩として読めば、詩興は一層深まる。ちなみに作中の「楊枝」とは、陳其年が慣れ親しんでいた歌童のことだという。後者について言えば、親友鄭山公の留別の詩に答えたこの詩は、しみじみとした味わいに満ちている。

明燈綠酒罄交歡　　明灯緑酒《めいとうりょくしゅ》　交歓《こうかん》を罄《つ》くす

なる詩句のうちに、遠くへ旅立ってゆく親友を思う惜別の情があふれていてよい。古来別れに酒はつきものであるが、それがほとんど常に送別、留別の詩の中にみごとに詠い込まれているところが、やはり詩酒合一の国である。

次は黄景仁の五絶一首に目をやっておこう。短い飲酒詩だが、捨てがたい味がある作ゆえ、拙老による訓読を添えて敢えて次に掲げる。

夜與方仲履飲　　夜方仲履《よるほうちゅうり》と飲《の》む

細酌向名月　　細酌《さいしゃく》して名月《めいげつ》に向《む》かい
含情問柳條　　情《じょう》を含《ふく》みて柳　条《りゅうじょう》に問《と》う
春人倶欲去　　春《はる》　人《ひと》と倶《とも》に去《さ》らんとす
直是可憐宵　　直《ただ》ちに是《こ》れ憐《あわ》れむべき宵《よい》

宋の大詩人黄庭堅《こうていけん》を遠祖に持つと伝えられ、早くから詩才をあらわした詩人として詩名こそ高かったが、黄景仁は不遇であった。これまでに見た詩人たちが官人として出世したのにひきかえ、幾度応じても科挙の試験に合格せず、官途に就く道も開けぬままに貧窮のうちに死んだという。世に容れられにくい変人で、「狂生」と呼ばれたと伝えられているが、詩人として生きるほかなかった、ある意味では詩人らしい詩人だったとも言えよう。右の一篇は、李白などの豪放な飲酒詩に比べるとこまやかで繊細だが、小さな酒境を詠ったものだ。こういう飲酒詩も悪くはない。かような浅酌低唱向きの飲酒詩には、どこか江戸漢詩に似た趣があるように思われるのだが、これは酔人の見立て違いであろうか。

これまでに銭謙益、呉偉業、王士禛、黄景仁といった清朝の詩人たちの飲酒詩を眺めわたしてきたが、実は清詩の中で逸するには惜しい飲酒詩がほかに一篇ある。王士禛の姪婿にあたる詩人趙執信《ちょうしつしん》の「太白酒楼歌《たいはくしゅろうか》」がそれだが、なにぶん長すぎて、全篇を引くことができない。割愛するのも惜しいので、その一部だけを掲げておく。

高樓勢與泰岱平
高楼《こうろう》 勢《いきおい》 泰岱《たいたい》と平《たいら》かなり

樓邊夜夜輝長庚
楼辺《ろうへん》 夜夜《よよ》 長庚《ちょうこう》輝《かがや》く

仙人猶似戀陳迹
仙人《せんにん》 猶《な》お陳迹《ちんせき》を恋《こ》うるが似《ごと》し

長援北斗東南傾
長《とこしえ》に 北斗《ほくと》を援《ひ》いて 東南《とうなん》に傾《かたむ》く

當年賀監早相識
当年《とうねん》 賀監《がかん》 早《つと》に相識《そうしき》

長安論詩青眼明
金龜換酒定何許
酒家恨不傳其名
任城地好富水木
憑高縱飲神崢嶸
（中略）
文章故是身外物
敢與麴蘖相爭衡
文章殉人酒殉己
此論雖創堪服膺
（後略）

長安《ちょうあん》　詩《し》を論《ろん》じて　青眼《せいがん》明《あきら》かなり
金亀《きんき》　酒《さけ》に換《か》う　定《さだ》んで何《いず》れの許《ところ》ぞ
酒家《しゅか》　恨《うら》むらくは　其《そ》の名《な》を伝《つた》えず
任城《にんじょう》　地好《ちょ》くして　水木《すいぼく》に富《と》む
高《たか》きに憑《よ》って　縦《ほしいまま》に飲《の》めば　神崢嶸《しんそうこう》
文章《ぶんしょう》　故《も》と是《こ》れ　身外《しんがい》の物《もの》
敢《あえ》て　麴蘖《きくげつ》と　相争衡《あいそうこう》せんや
文章《ぶんしょう》　人《ひと》に殉《じゅん》じ　酒己《さけおのれ》に殉《じゅん》ず
此《こ》の論《ろん》　創《そう》なりと雖《いえど》も　服膺《ふくよう》するに堪《た》えたり

（訓読は近藤光男氏による）

後半の四句で、「文章とはもともと作者の身を離れて存在するものだから、酒と並べてどっちが大切だなどと言っても仕方がない。文章は世の人に捧げるもので、酒は自分のために身を捧げるものだ」ということを言っているが、東都の一酔漢をして言わしめれば、文章も酒もどっちとも大切で、しかもいずれも「身外の物」ではない。文章は酒を酌んだ折に自ずと脳髄より湧き出てくる「身内の物」であり、酒もこれを体内に取り込んで「身内の物」としてこそ、単なる液体であることを止めるのではないか。要は「文酒」「詩酒」という形で、この二つが固く結びついていることが大切なのである。「此《こ》の論創《ろんそう》なりと雖《いえど》も服膺《ふくよう》するに堪《た》えたり（この論は私の独創で、胸に収めておくに足りるものだ）」などとうそぶかれても、にわかには服膺できぬ。そんな屁理屈はともかく、李白酒楼に題した右の一篇は、なかなかに迫力に満ちたよい酒詩である。

拾遺

四十年來詩酒徒
一生縁興滯江湖
不愁世上無人識
唯怕村中沒酒沽

四十年来《よんじゅうねんらい》詩酒《ししゅ》の徒《と》たり
一生《いっしょう》興《きょう》に縁《よ》って江湖《こうこ》に滞《とど》まる
愁《うれ》えず世上《せじょう》人《ひと》の識《し》る無《な》きを
唯《ただ》怕《おそ》る村中《そんちゅう》酒《さけ》沽《か》う没《な》きを

羅業《らぎょう》

前章までで、『詩経』から清朝に至る中国の詩人たちが築き上げた巨大な壺中天の酔歩逍遥をひとまずは終えた。酔裏酔後の朦朧として定かならぬ目による飲酒詩鑑賞であったが、拙老としては薄氷を踏む思いをしつつ、それなりに愉しませてもいただき、実にありがたい。辛抱強くおつきあいくださった読者諸彦には御礼を申し上げる。

禹域における詩と酒の交わりをこの目で確かめようとして始めた酒話であったが、語り得たことはあまりにも少ない。ともあれ、時代の流れに沿って中華飲酒詩を追うことで、「詩酒」「詩酒徒」という言葉を生んだ中国における、詩酒の結びつきの強さを、改めて感じさせられた次第であった。中華飲酒詩の世界は広く、深い。容易には極めがたい奥深い中国の詩的世界の根底に、酒というものが一貫して横たわっていることを確認できただけでも以て瞑すべきであろうか。

さて最後は「拾遺」ということで、主に清末以後の詩で、なんらかの意味で酒にちなむ詩を何篇か拾い上げてみた。その中には本来の意味の飲酒詩ではなく、一風変わった作もあるが、かの国にはこんな酒の詩もあったのかということで、軽い驚きを誘うのではないかと思われる。無論、いずれの詩も既に本朝の先学諸家によって紹介されているものだが、それを中華飲酒詩の系譜の上に載せることで、改めて読者の注意を喚起したいのである。

最初に引くのは、清末の戊戌《ぼじゅつ》政変の大立者で、「変法自強の策」によっても知られる著名な政治家康有為《こうゆうい》による、ビールを詠じた興味深い七絶一篇である。これは吉川幸次郎博士の名著『続人間詩話』に出ているので、読まれた方も多かろう。そこから借用させていただく。

啤酒尤傳免恨名　啤酒《ビール》は尤《もっと》も伝《つた》う免恨《ミュンヘン》の名《な》

創于湃認路易傾　湃認《バイエルン》の路《ル》易《イ》の傾《ケニヒ》より創《はじ》まる
吾曾入飲王酒店　吾《わ》れ曾《か》つて王《おう》の酒店《しゅてん》に入《い》りて飲《の》みぬ
三千人酔飲如鯨　三千《さんぜん》の人《ひと》は酔《よ》い　飲《の》むこと鯨《くじら》の如《ごと》し

康有為は戊戌の政変に失敗してのち海外に亡命し、日本をふり出しに、諸国への旅に出た。その旅先でさまざまな異国の文物に触れ、感慨を催すたびに詩を賦している。右の一篇は、ヨーロッパ滞在中にミュンヘンを訪れた折の作である。本場ドイツのビールは世界に名高いが、それがこんな形で詠われているのは、なんとも興味深い。康有為もミュンヘンではドイツ人たちに混じって早速ビアホールへ繰り込んだのであろう。それにしても「免恨」がミュンヘン、「湃認」がバイエルン、「傾」がケーニッヒつまりは「王」とあっては、先学の知識を借りなければ、現代中国語の知識が無い者には容易にはわからない。

吾曾入飲王酒店　吾《わ》れ曾《か》つて王《おう》の酒店《しゅてん》に入《い》りて飲《の》みぬ
三千人酔飲如鯨　三千《さんぜん》の人《ひと》は酔《よ》い　飲《の》むこと鯨《くじら》の如《ごと》し

という詩句は、杜甫がかの「飲中八仙歌」で、酒豪として知られた李適之《りてきし》の豪飲ぶりを「飲《の》むこと長鯨《ちょうげい》の百川《ひゃくせん》を吸《す》うが如《ごと》し」と詠った詩句を踏まえたものだろう。この一篇、大きなビアホールで大ジョッキを傾けつつ「鯨飲」し、陽気に歌い騒ぐドイツ人たちの姿を活写していて、実に面白い。ちなみにビールと言えば、ゲーテにもこんな詩がある。

ぼくらの本はごみだらけ
えらくするのはビールだけ
ビールはぼくらを楽しませ
本はぼくらを苦します

（植田敏郎氏訳）

康有為はすぐれた政治家で、その名のとおり有為な人物であったが、詩文を重んじた中国の政治家、官人の例にもれず、詩人としてもなかなかの力量の持ち主であったようだ。残念ながら、わが国では政治家というのは無教養の代名詞となっており、明治以後は政治家あるいは高級官僚にして詩人というような人物は少ない。明治時代の著名な政治家で、征韓論を唱えたことで悪名高い副島種臣《そえじまたねおみ》が漢詩人としてすぐれ、清国滞在中に多くの詩を詠じているのが目立つ程度である。

ここで目を転じて、今度は中国の詩人が、ドイツ人ならぬ日本人の酒態を詠った詩を二篇掲げよう。いずれもわが国とかかわりの深い人たちの作である。

清末の詩人として黄遵憲《こうじゅんけん》の名は、わが国の読者には必ずしもよく知られているとは言い難い。それでも彼の代表的な詩は、岩波版『中国詩人選集二集』に島田久美子氏の訳を付して収められているし、ほかに、われわれ日本人にとってははなはだ興味深い『日本雑事詩《にほんざつじし》』が、平凡社の東洋文庫に入っているので、中国文学の専門家ならずとも、この政治家にして詩人の作品を知る人々も、少なからずいるものと思われる。黄遵憲は外交官として明治初期のわが国に四年間滞在し、その間に日本の言語から風俗、風習、地理、歴史などさまざまな事象を詠じた『日本雑事詩』を刊行したが、その中に日本人の宴会の様子を主題にした、「酒宴《しゅえん》」と題することんな作がある。

斜陽紅映酒旗低
食榼歸時袖各攜
都爲細君留割肉
自拚空酌醉如泥

斜陽《しゃよう》　紅《くれない》に映《えい》じて　酒旗《しゅき》低《た》る
食榼《おり》を　帰《かえ》る時《とき》に　袖《そで》に各々《おのおの》携《たずさ》うるは
都《す》べて細君《さいくん》のために　割肉《かつにく》を留《とど》むるなり
自《みずか》ら拚《うちす》つ　空酌《のみつく》して酔《よ》うこと泥《どろ》の如《ごと》くなるに

（訓読は実藤恵秀・豊田穣氏による）

存分に飲みかつ食らう中国の宴会の風に慣れたこの詩人の目には、酒宴の席でものをあまり食べず、残りものを折り詰めにして懐に入れ、妻子（細君とあるが）のために持ち帰る日本の男たちの習慣が、みみっちく異様なものと映ったのであろう。いじましく思われたのかも知れぬ。

自《みずか》ら拚《うちす》つ　空酌《のみつく》して酔《よ》うこと泥《どろ》の如《ごと》くなるに

という最後の一句が、苦笑を誘わずにはおかない。
黄遵憲自身の酒境を詠じた飲酒詩としては、「己亥雑詩《きがいざっし》」其八十八に次のような作がある。

蜡餘忽夢大同時　　蜡余《さよ》　忽《たち》まち夢《ゆめ》む　大同《だいどう》の時《とき》
酒醒衾寒自嘆衰　　酒醒《さけさ》め衾《しとね》寒《さむ》くして自《み》ずから衰《おとろ》えを嘆《なげ》く
與我周旋最親我　　我《わ》れと周旋《しゅうせん》して最《もっと》も我《わ》れに親《した》しむ
關門還讀自家詩　　門《もん》を関《と》ざして還《ま》た読《よ》む自家《じか》の詩《し》

（訓読は島田久美子氏による）

詩人はおそらく酔中に、彼の唱えた新しいユートピア、理想郷である「大同世界」を夢見て、酒が醒めると同時に、心身と情熱の衰えたことを嘆いているらしい。それはいいとして、敢えて贅言を加えるならば、酒が醒めてまたしても自作の詩を読み直すというのがどうもよくわからぬ。「自ずから衰えを嘆」いている点では同じだが、拙老なぞは酒が醒めては無論のこと、たとえ酔裏、酔後でも自分の書いたものなぞは読みたくもないのだが。そんな真似をしたら、せっかくの酒興が失せてしまうではないか。

続いて、これも吉川博士の『続人間詩話』に見える詩だが、章炳麟《しょうへいりん》なる清朝末期の碩学にも、わが国人の酒宴の様子に触れたかような詩がある。

暘谷多温風　暘《ひ》のいずる谷《たに》なれば　温《あたたか》き風《かぜ》多《おお》く
藪野無枯條　藪《さわ》にも野《の》にも　枯《か》れたる条《えだ》無《な》し
處處闢林囿　処処《しょしょ》に　林《はやし》と囿《その》を闢《ひら》き
屐屩行相招　屐屩《げた》もて行《ゆ》くゆく相《あ》い招《まね》く
上著高山冠　上《うえ》には高山冠《こうざんかん》を著《つ》け
革帶横在腰　革帯《かくたい》は横《よこ》に腰《こし》に在《あ》り
後有曼鬋婦　後《うしろ》に曼《なが》き鬋《かみ》せる婦《おんな》有《あ》り

相従羅酒肴　相《あ》い従《したが》って酒肴《しゅこう》を羅《つら》ねぬ
三觴乃未已　三《み》たびの觴《さかずき》すら未《い》まだ已《や》まざるに
忽在山之椒　忽《たちま》ちにして山《やま》の椒《みね》に在《あ》り

黄遵憲が比較的日本に好意的だったのに対して、吉川博士によれば、一九三六年まで生きた「清朝古代言語学の集大成者である」この大先生は、大の日本嫌いで日本のものをことごとくけなし、罵倒し続けたという。孫文の友人でもあり、清朝打倒を唱えた一方の旗頭でもあった章先生は、清国官憲の追跡を逃れてしばらく東京に亡命していたらしい。右の詩はその間に作った「東夷詩《とうい》」十首のうちのひとつ（第二首）である。なにぶん「東夷」すなわち野蛮な「あずまえびす」の国であるから、中華の大人にしてみれば、目に触れ耳にするものことごとく気に入らず、軽蔑の対象でしかなかったようだ。これに先立つ第一首では、「おれもむかし十四、五のころには、日本はよいところだときかされたが、こうして逃げ来て見ると、きくと見るとは大ちがい、車騎はまことに精妍《せいけん》であり、艨艟《もうどう》は天と斉《ひと》しく、つまり陸海軍だけは堂々としているけれども、財政は窮乏し、みなし子まで人頭税を取られている。泥棒は横行し、男女はくっつきあい、足の病気が多いというのは脚気のことらしい」というようなことを詠じているという。その大先生の目には、

三觴乃未已　三《み》たびの觴《さかずき》すら未《い》まだ已《や》まざるに
忽在山之椒　忽《たちま》ちにして山《やま》の椒《みね》に在《あ》り

というような酒宴の席は、いかにも淫らなものと映ったに相違ない。「山《やま》の椒《みね》に在《あ》り」というのは、男女の歓会を言う隠語だという。ろくろく盃も交わさず、酒興も尽くさぬうちに、たちまちに男女相連れ立って待合だの出会い茶屋などにしけこむ東夷の風習に接して、儒学思想に凝り固まった謹厳な大先生は、「け、けしからぬ、禽獣のごとしじゃ」と怒り狂い、さような東夷の淫風を心底から軽蔑しておられるのである。

さて最後に、今世紀の初頭に女性の革命烈士として活躍し、三十三歳（一説に三十一歳）の若さで刑死した「女俠」秋瑾《しゅうきん》女士の酒にちなむ詩を一瞥しておこう。中国の近代史上傑出した民主運動の先駆者であり、清朝打倒の急先鋒であった革命家秋瑾も、明治三十七年つまり一九〇四年に、日本に留学生としてやって来ている。十八歳で結婚したが夫とうまくゆかず、財産を処分して私費留学生として来日したという。日本滞在中に清朝打倒を目指す秘密結社を組織し、革命結社「光復会」のメンバーとなって、帰国後テロ活動に加わり、一九〇七年に同志による清朝の高官暗殺に連座して処刑された。その秋瑾女士に、「對酒（酒《さけ》に対《たい》す）」と題された次のような烈々たる気概を示す詩がある（訓読は拙老自身による）。

不惜千金買寶刀　千金《せんきん》を惜《お》しまず宝刀《ほうとう》を買《か》う
貂裘換酒也堪豪　貂裘《てんきゅう》を酒《さけ》に換《か》うるは也《また》豪《ごう》に堪《た》えたり
一腔熱血勤珍重　一腔《いっこう》の熱血《ねっけつ》勤《つと》めて珍重《ちんちょう》す
酒去猶能化碧濤　酒《さけ》去《さ》って猶《なお》能《よ》く碧濤《へきとう》と化《か》す

近代中国における女性解放のためにも力を尽くし、またうら若い女の身で革命運動のために一身を擲《なげう》ち、ついにはテロリズムにまで走った秋瑾女士は、その性「放縦《ほうしょう》にして自豪《じごう》、酒《さけ》を喜《よろこ》び剣《けん》を善《よ》くした」という。

休言女子非英物　言《い》う休《な》かれ女子《じょし》は英物《えいぶつ》に非《あら》ずと
夜夜龍泉壁上鳴　夜夜《よよ》　龍泉《りゅうせん》は　壁上《へきじょう》に鳴《な》く

と喝破した彼女には（「龍泉」とは名剣を指す）、その作「剣歌《けんか》」にも、「右手把劍左把酒（右手《みぎて》に剣《けん》を把《と》り左《ひだり》に酒《さけ》を把《と》る）」というような激しい詩句が見られる。これは必ずしも詩的誇張ではなく、女士は日本滞在中に入手した日本刀を、実際に携えていたという。

秋瑾はただの革命家ではなく、詩酒に深く情を寄せる詩人でもあった。李白の「将進酒」の一節を踏まえた右の飲酒詩は、火のように激しい彼女の性格を窺わせるに足る作だと言えよう。吉川博士の『続人間詩話』には、女士が「銀瀾《ぎんらん》使者」という日本人に、日露戦争戦地早見地図なるものを見せられたときの感慨を詠った、七言律詩一首が収められている。これにも酒が登場するので、ついでに引いておきたい。

萬里乗風去復來
隻身東海挾春雷
忍看圖畫移顏色
肯使江山付劫灰
濁酒難銷憂國涙
救時應仗出群才
拚以十萬頭顱血
須把乾坤力挽回

万里《ばんり》　風《かぜ》に乗《の》りて　去《さ》りて復《ま》た来《き》たる
隻《ひと》り身《み》の　東海《とうかい》に　春雷《しゅんらい》を挾《いだ》く
看《み》るに忍《しの》びんや図画《ずが》の顔色《がんしょく》を移《うつ》すを
肯《あ》えて江山《こうざん》をして劫灰《ごうかい》に付《ふ》せしめんや
濁《にご》り酒《ざけ》は　憂国《ゆうこく》の涙《なみだ》を銷《け》し難《がた》く
時《とき》を救《すく》うには応《よろ》しく群《ぐん》に出《ひい》でし才《さい》に仗《よ》るべし
拚《あま》んじて十万《じゅうまん》の頭顱《とうろ》の血《ち》を以《も》って
須《す》べからく乾坤《けんこん》を把《も》って力《つと》めて挽《ひ》き回《かえ》すべし

吉川博士は秋瑾の詩について、「激烈な実践家として終始した彼の女の詩は、もとよりおさなさをまぬかれぬ。またみな未定稿であり、韻字をまちがえたりもしている」と評しておられる。確かにそうであろうが、同時にその作は専門詩人には見られぬ「女俠」の凜冽の気がみなぎっていて、それが読む者の心を打つ。

この詩をもって「拾遺」の締めくくりとするが、最終章にとりあげた詩人たちが、いずれも日本と深い関わりを持った人々であることに、中国の飲酒詩を愛する本朝の一酒徒として感慨を覚えずにはいられない。

引用書目一覧

本書において、漢詩の訓読文・邦訳等を引用した主な書籍を掲げた。
配列は著者名五十音順とした。

青木正児『中華飲酒詩選』(筑摩書房、一九六四)
同右『酒中趣』(筑摩書房、一九八四)
同右『酒顛』(前掲『中華飲酒詩選』所収)
同右『李白』(集英社〈漢詩大系8〉、一九六五)
荒井　健注『李賀』(岩波書店〈中国詩人選集14〉、一九五九)
同右　注『黄庭堅』(岩波書店〈中国詩人選集二集7〉、一九六三)
市野澤寅雄『杜牧』(集英社〈漢詩大系14〉、一九六五)
一海知義注『陸游』(岩波書店〈中国詩人選集二集8〉、一九六二)
伊藤正文注『曹植』(岩波書店〈中国詩人選集3〉、一九五八)
井伏鱒二『厄除け詩集』(講談社文芸文庫、一九九四)
今関天彭・辛島　驍『宋詩選』(集英社〈漢詩大系16〉、一九六六)
入谷仙介『宋詩選』(朝日新聞社〈新訂中国古典選18〉、一九六七)

入矢義高注『袁宏道』（岩波書店〈中国詩人選集二集11〉、一九六三）
内田泉之助『古詩源（上）』（集英社〈漢詩大系4〉、一九六四）
大田南畝『通詩選諺解』（『大田南畝全集（1）』所収、岩波書店、一九八五）
同右『通詩選笑知』（前掲『大田南畝全集（1）』所収）
小川環樹注『蘇軾（上）』（岩波書店〈中国詩人選集二集5〉、一九六二）
小川環樹・都留春雄・入谷仙介選訳『王維詩集』（岩波文庫、一九七二）
小川環樹・山本和義選訳『蘇東坡詩選』（岩波文庫、一九七五）
筧　文生注『梅暁臣』（岩波書店〈中国詩人選集二集3〉、一九六二）
蒲地歓一『高青邱』（集英社〈漢詩大系21〉、一九六六）
辛島　驍『魚玄機・薛濤』（集英社〈漢詩大系15〉、一九六四）
倉田淳之助『黄山谷』（集英社〈漢詩大系18〉、一九六七）
黒川洋一注『杜甫（上）』（岩波書店〈中国詩人選集9〉、一九五七）
小杉放庵『唐詩および唐詩人（初唐・盛唐篇）』（創拓社出版、一九九〇）
近藤光男『清詩選』（集英社〈漢詩大系22〉、一九六七）
斎藤　晌『李賀』（集英社〈漢詩大系13〉、一九六七）
同右『唐詩選（上）』（集英社〈漢詩大系6〉、一九六四）
実藤恵秀・豊田　穣訳『日本雑事詩』（平凡社〈東洋文庫〉、一九六八）
斯波六郎『中国文学における孤独感』（岩波書店、一九九〇）
島田久美子注『黄遵憲』（岩波書店〈中国詩人選集二集15〉、一九六三）

鈴木修次『元好問』（集英社〈漢詩大系20〉、一九六五）
鈴木虎雄『陶淵明詩解』（平凡社〈東洋文庫〉、一九九一）
高木正一『唐詩選（下）』（朝日新聞社〈新訂中国古典選13〉、一九六六）
高田真治『詩経（上・下）』（集英社〈漢詩大系1・2〉、一九六六・六八）
高橋和巳注『王士禛』（岩波書店〈中国詩人選集二集13〉、一九六二）
田中克己『白楽天』（集英社〈漢詩大系12〉、一九六四）
徳田　武注『江戸漢詩選（1）』（岩波書店、一九九六）
中田勇次郎『歴代名詞選』（集英社〈漢詩大系24〉、一九六五）
橋本　循『王漁洋』（集英社〈漢詩大系23〉、一九六五）
服部南郭『唐詩選国字解』（日野龍夫校注『唐詩選国字解』所収、平凡社〈東洋文庫〉、一九八二）
原田憲雄訳注『李賀歌詩編（1）』（平凡社〈東洋文庫〉、一九九八）
同右　『韓愈』（集英社〈漢詩大系11〉、一九六五）
日夏耿之介『唐山感情集』（『日夏耿之介全集（2）』所収、河出書房新社、一九七八）
日野龍夫・揖斐高・水田紀久校注『蘐園録稿・如亭山人遺藁・梅墩詩鈔』（岩波書店〈新日本古典文学大系64〉、一九九七）
日野龍夫・高橋圭一編『太平楽府他』（平凡社〈東洋文庫〉、一九九一）
福島理子注『江戸漢詩選（3）』（岩波書店、一九九五）
福本雅一注『呉偉業』（岩波書店〈中国詩人選集二集12〉、一九六二）
星川清孝『古詩源（下）』（集英社〈漢詩大系5〉、一九六五）

前野直彬注解『唐詩選（中）』（岩波文庫、一九六二）
同右　注解『唐詩選（下）』（岩波文庫、一九六三）
同右　『陸游』（集英社〈漢詩大系19〉一九六四）
松浦友久編訳『李白詩選』（岩波文庫、一九九九）
松枝茂夫編『中国名詩選（上）』（岩波文庫、一九八三）
同右　編『中国名詩選（下）』（岩波文庫、一九八六）
松枝茂夫・和田武司訳注『陶淵明全集（上）』（岩波文庫、一九九〇）
目加田誠『詩経』（岩波新書、一九五四）
同右　『杜甫』（集英社〈漢詩大系9〉、一九六五）
同右　『唐詩散策』（時事通信社、一九七九）
同右　『唐代詩史』（『目加田誠著作集（6）』、龍渓書舎、一九八一）
山田勝美『中国名詩鑑賞辞典』（角川書店、一九七八）
吉川幸次郎注『詩経国風（上）』（岩波書店〈中国詩人選集1〉、一九五八）
同右　『杜詩論集』（筑摩書房、一九八〇）
同右　『宋詩概説』（岩波書店〈中国詩人選集二集1〉、一九六二）
同右　『元明詩概説』（岩波書店〈中国詩人選集二集2〉、一九六三）
同右　『続人間詩話』（岩波新書、一九六一）
吉川幸次郎・三好達治『新唐詩選』（岩波新書、一九五二）

あとがき

前著『詩林逍遥―枯骨閑人東西詩話』に続いて、おかしな本をまた大修館書店から出してもらうこととなった。前著でお世話になった編集部の小笠原周さんに、己の浅学をも顧みずに、酒席で「今度は中国の飲酒詩について書いてみたい」などと、うっかりもらしてしまったのが事のきっかけであった。下手の横好きの域を出ない横文字屋が、一人さような夢想を抱いていたうちはよかったが、同氏の「やりましょう」という一言で、とうとう本当に二年間に及ぶ『しにか』誌での連載が始まってしまったのである。さすがに本名を名乗ることは憚られたので、連載は戯号の枯骨閑人の名をもってしたが、内心忸怩たるものがあり、毎回薄氷を踏む思いであった。それがこのたび一冊の書として上木されるとなると、うれしさよりも気恥ずかしさがまず先に立つ。まさに酔人の暴挙にほかならないが、それにしても酒が人を駆り立てる勢いは恐ろしい。古代ギリシアの抒情詩だの、中世ロマンス語の詩だのといった、およそ陽のあたらぬ詩文学を細々と読みかつ講釈してきたヘンな男が、おおけなくも中国古典詩について書いたものを、世に送り出すことになってしまったのである。

わが国のヨーロッパ文化の受容と理解は実は皮相なもので、若い頃はバッハやモーツァルトやドストエフスキーに心酔していた筈の男が、中年を過ぎると演歌などに心惹かれ、床屋風俳句に手を出したり、腰折れ歌を詠み出したりするようになる例は珍しくはない。ことは外国文学業者の場合も同じで、この種の人士の「東洋回帰」も、またしばしば指摘されてきたところである。拙老もまたその例にもれない。不惑を過ぎての東洋回帰に加えて、近年は語学力が乏しいためによくわかりもせぬ横文字を読むことに倦み、もっぱら日本古典や漢詩などを気ままに読みふけることが多くなった。拙老は生来学問は大の苦手で、「研究」というような高尚なことは性に合わない上に、老来耄碌、東洋志向がますます強まり、下手の横好きが高じて、ついには「本業」を放擲して、狂詩制作にのめり込むに至ったのは、困ったものである。

本書『壺中天酔歩』は、「横肱《おうこう》の酒人」と称し、一盞の酒を酌んでは酔裏、酔後に肱《ひじ》を横たえて中華飲酒詩を読むことを老後の楽しみとしている一酒徒が、その好むところの飲酒詩に寄せる思いを吐露したものである。学術書ではなく、学問的に何かを明らかにしようとしたものではない。偶々《たまたま》本書を手にしてくださる奇特な読者は、できれば酒杯を片手に、広大無辺な中国の飲酒詩の世界を著者とともに酔歩していただくことを冀《こいねが》う次第である。執筆にあたっては、青木正児、吉川幸次郎両氏をはじめ、わが国の中国文学者諸氏の著作を十分に利用させていただいた。一介の漢詩の素人が、ともかくもかような本を書けたのも、先学諸家による立派なお仕事があってのことである。その学恩に深く感謝する次第である。執筆に際して依拠した書目は巻末に掲げたが、全体としての統一をはかるため、漢詩の読み下しや字体の用法などに関しては、一部勝手に手を加えた箇所もある。その身勝手を深くおわびしたい。

余計なことだが、本書執筆の状況について、一言付け加えさせていただく。先に触れたとおり、本書は『しにか』での連載エッセイをまとめて一書としたものだが、その大半の部分は、気が狂いそうに忙しい超多忙のさなかに、文字通り寸暇を割いて猛スピードであたふたと書き綴ったものである。拙老はわずかな五斗米のために大学に職を奉じている一貧士だが、大学というところはおかしなところで、なんの間違いか「閑人」を名乗っていた男が、連載中に、皮肉にも大学管理人の一人として学内随一の「忙人」たることを強いられる羽目に陥り、ついには過労のあまり昏倒して「亡人」の一歩手前まで行く、という悲惨な状況に置かれてきたのである。そういう中での毎月連載であったので、扱った中国の飲酒詩に関しても、丁寧にこれを調べたり、文章に意を用いたりする時間のゆとりがまったく無かった。そのため、遺漏、誤り、至らぬ点が多々あろうかと思われる。一書にまとめるにあたって、本来ならば徹底的に筆を加えるべきところだが、未だ官を解かれず、それも許されぬ状況にある。そこでやむなく、全体の表記などの統一をはかり、明らかな誤りを訂正したほかは、内容はほぼ『しにか』に連載したままの形となっている。読者諸賢のお目こぼしを請う次第である。

本書が形をなして世に出ることとなったのは、拙老の酒伴でもある大修館書店編集部の小笠原周氏の御尽力によるものである。同氏には「壺中天酔歩」を『しにか』誌上に連載中からお世話になり、一貫して貴重な御教示をいただいた。この場を借りて厚くお礼申し上げる。

また装丁に関しては、辱知の吉野史門氏のお手を煩わせることとなった。近年中国の古典研究に打ち込んでおられる氏の手で、中華飲酒詩にまつわる本書が、それにふさわしい衣裳をまとうことになったのは、拙老にとって大きな喜びである。

最後に『詩林逍遥』『文酒閑話』に引き続いて、親友田中弥千雄翁のいかにも味わい深い題字で、みたび拙著を飾ることができたことを、心から嬉しく思う。かようなたわけた著作だが、本書が大修館書店編集部と上記の方々の御厚意によって、詩酒の趣を解する人々の目に触れることになったのは、著者としてこれにまさる喜びはない。

古絶偶成（酒中戯作）

老來未解宦　　老来《ろうらい》未《いま》だ宦《かん》を解《と》かず

枉稱大學人　　枉《ま》げて大学人《だいがくじん》と称《しょう》す

平生唯耽酒　　平生《へいぜい》唯《ただ》酒《さけ》に耽《ふけ》り

歎不脱俗塵　　俗塵《ぞくじん》を脱《だっ》せざるを歎《たん》ず

二〇〇二年　二月

老耄書客　枯骨閑人識

初出　『月刊しにか』一九九九年十月号～二〇〇一年九月号

[著者紹介]

沓掛良彦（くつかけ　よしひこ）

1941年生まれ。早稲田大学文学部露文科卒業。東京大学大学院博士課程修了。文学博士。西洋古典文学専攻。東京外国語大学名誉教授。枯骨閑人は狂詩・狂歌作者としての戯号。

著書　『サッフォー―詩と生涯』（平凡社、1988年、水声社、2006年）、『焔の女―ルイーズ・ラベの詩と生涯』（水声社、1988年）、『讃酒詩話』（岩波書店、1998年）、『詩林逍遥』（大修館書店、1999年）、『文酒閑話』（平凡社、2000年）、『エロスの祭司―評伝ピエール・ルイス』（水声社、2003年）、『大田南畝』（ミネルヴァ書房、2007年）ほか。

訳書　『ホメーロスの諸神讃歌』（平凡社、1990年、筑摩書房、1998年）、『ピエリアの薔薇―ギリシア詞華集選』（平凡社、1994年）、『トルバドゥール恋愛詩選』（平凡社、1996年）、ピエール・ルイス『ビリティスの歌』（水声社、2004年）、オウィディウス『恋愛指南』（岩波書店、2008年）ほか多数。

壺中《こちゅう》天酔歩《てんすいほ》――中国《ちゅうごく》の飲酒詩《いんしゅし》を読む

NDC921／vi, 297p／20cm

初版第1刷――2002年4月10日
初版第2刷――2008年9月1日

著者――沓掛良彦《くつかけよしひこ》
発行者――鈴木一行
発行所――株式会社大修館書店
〒101-8466 東京都千代田区神田錦町3-24
電話　03-3295-6231（販売部）03-3294-2353（編集部）
振替　00190-7-40504
[出版情報] http://www.taishukan.co.jp

装丁者――吉野史門／題字　田中弥千雄
印刷所――三松堂印刷
製本所――三水舎

ISBN978-4-469-23220-2　Printed in Japan